オズの魔法使い

L・F・ボーム／作
田邊雅之／監訳
日本アニメーション／絵

★小学館ジュニア文庫★

もくじ

おもな登《とう》場《じょう》人《じん》物《ぶつ》
ブリキの木《き》こり
心臓《しんぞう》が欲《ほ》しい！
カカシ
脳《のう》みそが欲《ほ》しい！
ワン！
トト
カンザスに帰《かえ》りたい！
ドロシー
勇気《ゆうき》が欲《ほ》しい！
ライオン

大《おお》きな竜《たつ》巻《まき》

ドロシーはカンザスの大草原《だいそうげん》の真《ま》ん中《なか》で、農業《のうぎょう》をしているヘンリーおじさん、その奥《おく》さんのエムおばさんと一緒《いっしょ》に暮《く》らしていました。

３人《にん》は小《ちい》さな家《いえ》に住《す》んでいました。家《いえ》を造《つく》るのに必要《ひつよう》な木《き》は、馬車《ばしゃ》ではるか遠《とお》くから運《はこ》んでこなければならなかったからです。

１部屋《へや》しかない家《いえ》は、４枚《まい》の壁《かべ》と床《ゆか》と屋根《やね》からできた簡単《かんたん》なもので、中《なか》にはさびたような料理用《りょうりよう》のストーブと皿《さら》を入《い》れておく食器棚《しょっきだな》、テーブルがそれぞれひとつずつ、そして椅《い》子《す》が３つか４つと、ベッドがありました。

ヘンリーおじさんとエムおばさんが眠《ねむ》る大《おお》きなベッドは部屋《へや》の隅《すみ》に、別《べつ》の隅《すみ》にはドロシーのベッドがありました。家《いえ》には屋根裏部屋《やねうらべや》も食料《しょくりょう》をしまっておく倉庫《そうこ》もありませんが、「竜巻部屋《たつまきべや》」と呼《よ》ばれる、床下《ゆかした》に掘《ほ》られた小《ちい》さな穴《あな》がひとつだけありました。

どんな建物《たてもの》でも壊《こわ》していくような強《つよ》い竜巻《たつまき》が起《お》きたときに、ドロシー一家《いっか》が隠《かく》れられるようにするためのものです。床《ゆか》の真《ま》ん中《なか》に引《ひ》っ張《ぱ》って開《あ》ける扉《とびら》があり、そこからはしごを使《つか》って、小《ちい》さくて暗《くら》い穴《あな》の中《なか》に降《お》りていけるようになっていました。

小《ちい》さな家《いえ》の入《い》り口《ぐち》に立《た》って周《まわ》りを見渡《みわた》すと、ドロシーの目《め》に入《はい》ってくるのは灰色《はいいろ》の大草《だいそう》原《げん》だけです。どちらの方向《ほうこう》を向《む》いても、空《そら》の端《はし》まで届《とど》く平《たい》らな土地《とち》が広《ひろ》がっているだけで、木《き》一本《いっぽん》、家《いえ》一軒《いっけん》建《た》っていません。

しかも太陽《たいよう》の光《ひかり》は、耕《たがや》された土地《とち》をじりじりと焦《こ》がして、小《ちい》さなヒビの入《はい》った灰色《はいいろ》っぽい土《つち》のかたまりに変《か》えてしまいます。草《くさ》でさえ緑色《みどりいろ》ではありません。長《なが》い葉《は》っぱの先《さき》っぽも、大草原《だいそうげん》にあるすべての見《み》られるものと同《おな》じように灰色《はいいろ》になっていました。

それはドロシーの家《いえ》も同《おな》じです。家《いえ》は昔《むかし》、ペンキで塗《ぬ》られていました。でもペンキは太《たい》陽《よう》の熱《ねつ》でデコボコになり、雨《あめ》で洗《あら》い流《なが》されてしまったために、今《いま》では大草原《だいそうげん》にあるすべてのものと同《おな》じように、くすんだ灰色《はいいろ》に変《か》わっていました。

エムおばさんも、ここにやってきて暮《く》らし始《はじ》めた頃《ころ》は、若《わか》くてかわいらしい奥《おく》さんでしたが、太陽《たいよう》と風《かぜ》のせいで変《か》わってしまいました。キラキラと輝《かがや》いていたはずの目《め》は暗《くら》い灰《はい》色《いろ》になり、赤《あか》かった頬《ほお》や唇《くちびる》も灰色《はいいろ》に変《か》わりました。体《からだ》はやせ細《ほそ》り、顔《かお》つきもいかめしくなって、まったく笑《わら》わない人《ひと》になってしまったのです。

家族《かぞく》のいないドロシーが初《はじ》めてこの家《いえ》に来《き》たとき、エムおばさんは子《こ》どもの笑《わら》い声《ごえ》にたいそう驚《おどろ》きました。ドロシーの朗《ほが》らかな声《こえ》が耳《みみ》に届《とど》くたびに、胸《むね》のところに手《て》を当《あ》てて、叫《さけ》び声《ごえ》を上《あ》げたものです。

それは今《いま》でも変《か》わりません。ドロシーが笑《わら》ったりすると、何《なに》か楽《たの》しいことなんてあるのかしらと、不思議《ふしぎ》そうに見《み》つめるのです。

エムおばさんのだんなさんであるヘンリーおじさんも、決《けっ》して笑《わら》わない人《ひと》でした。いつも朝《あさ》から晩《ばん》まで働《はたら》いていて、何《なに》かを楽《たの》しむということを知《し》らない人《ひと》でした。ヘンリーおじさんも、長《なが》いヒゲから、使《つか》いこんだブーツまですべてが灰色《はいいろ》になっていましたし、いかめしくてまじめで、ほとんどしゃべりませんでした。

そんな暮《く》らしの中《なか》、ドロシーを笑《わら》わせてくれて、ドロシーが周《まわ》りにあるもののように灰《はい》色《いろ》にならないようにしてくれるのは犬《いぬ》のトトでした。

トトは灰色《はいいろ》ではありません。長《なが》くツヤツヤとした毛並《けな》みをしている、黒《くろ》い子犬《こいぬ》でした。

へんてこな形《かたち》をした、ちっちゃな鼻《はな》の両脇《りょうわき》では、いつも楽《たの》しそうに黒《くろ》くてちっちゃな目《め》が輝《かがや》いています。トトは一日中《いちにちじゅう》遊《あそ》び回《まわ》っていましたし、ドロシーもいつもトトと遊《あそ》んでいました。ドロシーはトトのことが、大好《だいす》きだったのです。

でも今日《きょう》は、ドロシーとトトは一緒《いっしょ》に遊《あそ》んでいませんでした。ヘンリーおじさんは家《いえ》の入《い》り口《ぐち》、階段《かいだん》のところに座《すわ》って、いつもよりも灰色《はいいろ》になった空《そら》を心配《しんぱい》そうに眺《なが》めています。ドロシーもトトを抱《かか》えながら、扉《とびら》の内側《うちがわ》に立《た》って空《そら》を見上《みあ》げています。その頃《ころ》エムおばさんは、お皿《さら》を洗《あら》っていました。

はるか遠《とお》くの北《きた》のほうから、風《かぜ》の低《ひく》い音《おと》が聞《き》こえてきます。ヘンリーおじさんとドロシーの目《め》には、まるで波《なみ》がうねるように、長《なが》い草《くさ》が風《かぜ》に倒《たお》されていくのが見《み》えました。嵐《あらし》がやってくるのです。

今度《こんど》は、南《みなみ》のほうからピューという鋭《するど》い音《おと》が伝《つた》わってきます。ふたりがそちらのほうに目《め》を向《む》けると、大平原《だいへいげん》に生《は》えている草《くさ》を揺《ゆ》らしながら、嵐《あらし》が南《みなみ》の方角《ほうがく》からも近《ちか》づいてくるのがわかりました。

ヘンリーおじさんは、突然《とつぜん》、立《た》ち上《あ》がるとおばさんに大《おお》きな声《こえ》で話《はな》しかけました。

「竜巻《たつまき》がやってくるぞ、エム。わしは家畜《かちく》たちを見《み》てくるよ」

おじさんはこう言《い》って、飼《か》っている牛《うし》や馬《うま》のいる納屋《なや》のほうに走《はし》っていきました。

エムおばさんは皿洗《さらあら》いを途中《とちゅう》でやめて、扉《とびら》のところに来《き》ました。おばさんは空《そら》を一目見《ひとめみ》ただけで、危《あぶ》ない状況《じょうきょう》がすぐそこまで近《ちか》づいてきているのに気《き》づきました。

「ドロシー急《いそ》いで！」

おばさんが叫《さけ》びました。

「竜巻部屋《たつまきべや》に向《む》かって走《はし》るのよ！」

ところが、どうしたことでしょう。トトがドロシーの腕《うで》から飛《と》びだして、ベッドの下《した》にもぐりこんでしまったのです。ドロシーは、すぐにトトをつかまえにいきました。

一方《いっぽう》、すっかりおびえたエムおばさんは床《ゆか》の扉《とびら》を開《あ》けて、小《ちい》さくて暗《くら》い穴《あな》に通《つう》じるはしごを降《お》りていきました。

ドロシーはやっとのことでトトをつかまえると、すぐにエムおばさんの後《あと》を追《お》いかけます。

でも竜巻《たつまき》はどんどん近《ちか》づいてきます。

それはドロシーが部屋《へや》を横切《よこぎ》って、竜巻部屋《たつまきべや》に着《つ》くまで、あと半分《はんぶん》というところに来《き》たときのことでした。強《つよ》い風《かぜ》が大《おお》きな叫《さけ》び声《ごえ》のような音《おと》を立《た》てると、家《いえ》が激《はげ》しく揺《ゆ》れたのです。ドロシーは立《た》っていられなくなり、床《ゆか》に座《すわ》りこんでしまいました。

そこで不思議《ふしぎ》なことが起《お》きました。

家《いえ》が2、3回《かい》くるくると回転《かいてん》したかと思《おも》うと、ゆっくりと空中《くうちゅう》に舞《ま》いあがっていきます。ドロシーは、まるで自分《じぶん》が気球《ききゅう》で空《そら》に上《あ》がっていくような気分《きぶん》になりました。北《きた》からやってきた風《かぜ》と、南《みなみ》からやってきた風《かぜ》は、ドロシーの家《いえ》が建《た》っているところで合《あ》わさり、ちょうど竜巻《たつまき》の中心《ちゅうしん》になったのです。

普通《ふつう》、竜巻《たつまき》の中心《ちゅうしん》では風《かぜ》は吹《ふ》いていませんが、全部《ぜんぶ》の方向《ほうこう》から強《つよ》い風《かぜ》の力《ちから》が加《くわ》わったせいで、家《いえ》はどんどん高《たか》く持《も》ちあげられ、ついには竜巻《たつまき》のてっぺんにまで昇《のぼ》っていきました。そして家《いえ》は竜巻《たつまき》のてっぺんまで持《も》ちあげられたまま、まるで鳥《とり》の羽《はね》が運《はこ》ばれるように、何《なん》十《じっ》キロも遠《とお》くへ簡単《かんたん》に運《はこ》ばれてしまったのです。

家《いえ》の辺《あた》りは真《ま》っ暗《くら》で、強《つよ》い風《かぜ》がドロシーの周《まわ》りで恐《おそ》ろしい音《おと》を立《た》てて鳴《な》っています。

でもドロシーは、自分《じぶん》がとても安全《あんぜん》に竜巻《たつまき》の上《うえ》に乗《の》っているのに気《き》づきました。最初《さいしょ》、家《いえ》は何度《なんど》かくるくる回《まわ》りましたし、ひどく傾《かたむ》いたこともあります。けれどそれが過《す》ぎると、ドロシーはまるでゆりかごの中《なか》にいる赤《あか》ちゃんのように、優《やさ》しく揺《ゆ》すってもらっているような気分《きぶん》になりました。

犬《いぬ》のトトは竜巻《たつまき》に運《はこ》ばれながら、ゆらゆら揺《ゆ》れているのが気《き》に入《い》らないようでした。あっちへ行《い》ったかと思《おも》えばこっちへ来《き》たりと、大声《おおごえ》でワンワンほえながら部屋《へや》の中《なか》を走《はし》り回《まわ》ります。ドロシーはじっと床《ゆか》に座《すわ》ったまま、次《つぎ》に何《なに》が起《お》きるのだろうと考《かんが》えていました。

小《ちい》さな家《いえ》は、竜巻《たつまき》のてっぺんで揺《ゆ》れ続《つづ》けています。あるときには、竜巻部屋《たつまきべや》の扉《とびら》に近《ちか》づきすぎて、トトが床《ゆか》の外《そと》へ落《お》ちてしまったこともありました。

最初《さいしょ》、ドロシーは、トトがどこかに行《い》ってしまったと思《おも》いましたが、床《ゆか》の穴《あな》から片耳《かたみみ》がちょこんと突《つ》きだしているのに、すぐに気《き》がつきました。風《かぜ》の勢《いきお》いが強《つよ》いせいで、トトは地面《じめん》に落《お》ちていかずに空《そら》に浮《う》かんでいたのです。

ドロシーは這《は》いつくばって穴《あな》のところまで行《い》くと、トトの耳《みみ》をつまんで、部屋《へや》の中《なか》へ引《ひ》っ張《ぱ》りあげてやりました。その後《あと》は、もう二度《にど》とトトが床《ゆか》の穴《あな》に落《お》ちたりしないように、

竜巻部屋《たつまきべや》の扉《とびら》を閉《し》めました。

そうして何時間《なんじかん》も過《す》ぎていく間《あいだ》に、ドロシーは竜巻《たつまき》に乗《の》って空《そら》を飛《と》び続《つづ》けるのが、だんだん怖《こわ》くなくなってきました。

けれど、そのかわりにとても寂《さび》しくなってきました。また、周《まわ》りを吹《ふ》く風《かぜ》の音《おと》が強《つよ》すぎるので、耳《みみ》が聞《き》こえなくなりそうにもなりました。

最初《さいしょ》のうちは、地面《じめん》に家《いえ》が落《お》っこちたら粉々《こなごな》になってしまうんじゃないかしらと心配《しんぱい》したのですが、何時間《なんじかん》経《た》っても、ひどい出来事《できごと》はちっとも起《お》きません。そこでドロシーは心《しん》配《ぱい》をするのをやめて、これから起《お》きることを、落《お》ち着《つ》いて待《ま》つことにしたのです。

ドロシーは竜巻《たつまき》に揺《ゆ》れる床《ゆか》をつたって、なんとかベッドにたどり着《つ》くと寝《ね》そべりました。

トトもドロシーの後《あと》を追《お》いかけてきて、隣《となり》で横《よこ》になりました。

家《いえ》は竜巻《たつまき》のてっぺんで揺《ゆ》れ続《つづ》けていますし、外《そと》では風《かぜ》がゴーゴー鳴《な》っています。

でもドロシーはすぐに目《め》を閉《と》じると、ぐっすり眠《ねむ》ってしまいました。

マンチキンの国《くに》で

ドロシーがベッドの上《うえ》で目《め》を覚《さ》ましました。竜巻《たつまき》のてっぺんをふわふわと飛《と》んでいたはずの家《いえ》が、どーんと強《つよ》く揺《ゆ》れたのです。柔《やわ》らかいベッドの上《うえ》で寝《ね》ていなければ、ドロシーはけがをしていたかもしれません。

あまりに揺《ゆ》れが大《おお》きかったので、ドロシーははっと息《いき》をのんで、何《なに》が起《お》こったのかしらと不思議《ふしぎ》に思《おも》いました。トトも冷《つめ》たくてちっちゃな鼻《はな》をドロシーの顔《かお》にこすりつけて、心配《しんぱい》そうにクーンと鳴《な》いています。

体《からだ》を起《お》こしたドロシーは、もう家《いえ》が揺《ゆ》れていないことに気《き》づきました。家《いえ》の周《まわ》りも暗《くら》くはありません。明《あか》るい太陽《たいよう》の光《ひかり》が窓《まど》から差《さ》しこみ、小《ちい》さな部屋《へや》いっぱいにあふれています。ドロシーはベッドから飛《と》び起《お》きると、トトと一緒《いっしょ》に部屋《へや》の中《なか》を走《はし》っていき、扉《とびら》を開《あ》けてみました。

その瞬間《しゅんかん》、ドロシーはびっくりして叫《さけ》びながら、周《まわ》りを見渡《みわた》しました。家《いえ》の周《まわ》りにはすばらしい景色《けしき》が広《ひろ》がっていたのです。景色《けしき》を見《み》れば見《み》るほど、ドロシーの目《め》はまん丸《まる》になっていきました。

竜巻《たつまき》は、とても優《やさ》しく（普通《ふつう》の竜巻《たつまき》に比《くら》べればですが）、ドロシーとトトがいた家《いえ》を地面《じめん》に置《お》いてくれました。ドロシーたちが着《つ》いたのは、驚《おどろ》くほどきれいな町《まち》の真《ま》ん中《なか》でした。

周《まわ》りは、きれいな芝生《しばふ》でおおわれていて、良《よ》い香《かお》りのする実《み》をたくさんつけた立派《りっぱ》な木《き》が、何本《なんぼん》もあります。あちこちの土手《どて》では目《め》にもあざやかな花《はな》が咲《さ》き乱《みだ》れていて、きれいな羽《はね》をした珍《めずら》しい鳥《とり》たちが、木々《きぎ》や草《くさ》むらの間《あいだ》でさえずったりパタパタ羽《は》ばたいたりしていました。

少《すこ》し離《はな》れたところでは、緑《みどり》に包《つつ》まれた土手《どて》の間《あいだ》を小川《おがわ》がキラキラ光《ひか》りながら流《なが》れていました。

長《なが》い間《あいだ》、何《なに》もかもが乾《かわ》ききった灰色《はいいろ》の大草原《だいそうげん》で暮《く》らしてきたドロシーにとって、ポコポコという小川《おがわ》のせせらぎは、とても気持《きも》ちのいいものでした。

この不思議《ふしぎ》で、きれいな景色《けしき》をドロシーが立《た》ったままじっと眺《なが》めていると、今《いま》まで見《み》たこともないような、変《か》わった人《ひと》たちが4人《にん》、自分《じぶん》のほうに向《む》かってくるのに気《き》づきました。

これまでドロシーの周《まわ》りにいた大人《おとな》の人《ひと》たちに比《くら》べれば、背《せ》は高《たか》くありません。でも、とても小《ちい》さいというわけでもありませんでした。

ドロシーは年《とし》の割《わり》には背《せ》の高《たか》い子《こ》どもでしたが、その人《ひと》たちは、ドロシーと同《おな》じくらいの背《せ》の高《たか》さのようです。ただし見《み》た目《め》からすると、ドロシーよりもだいぶ年上《としうえ》のようです。

3人《にん》の男《おとこ》の人《ひと》とひとりの女《おんな》の人《ひと》は、みんな変《へん》な服装《ふくそう》をしていました。

頭《あたま》から30センチくらい伸《の》びている、先《さき》のとんがった丸《まる》い帽子《ぼうし》をかぶっているのです。帽《ぼう》子《し》のつばには小《ちい》さな鈴《すず》がついていて、動《うご》くたびにかわいらしくチリンチリンと音《おと》がします。男《おとこ》の人《ひと》は青《あお》い帽子《ぼうし》、女《おんな》の人《ひと》は白《しろ》い帽子《ぼうし》をかぶっていて、女《おんな》の人《ひと》はひだのついた白《しろ》いガウンを肩《かた》のところにかけていました。

そのガウンには、太陽《たいよう》の光《ひかり》を反射《はんしゃ》してダイヤモンドのようにキラキラと光《ひか》る、小《ちい》さな星《ほし》の形《かたち》の宝石《ほうせき》がちりばめられていました。男《おとこ》の人《ひと》たちは帽子《ぼうし》と同《おな》じくらい濃《こ》い青色《あおいろ》の服《ふく》を着《き》ていて、ピカピカに磨《みが》かれたブーツをはいています。ブーツの上《うえ》の深《ふか》く折《お》り返《かえ》された部分《ぶぶん》も青色《あおいろ》をしていました。

3人《にん》いた男《おとこ》の人《ひと》たちのうち、ふたりはあごヒゲを生《は》やしていたので、ドロシーは、ヘンリーおじさんと同《おな》じくらいの年《とし》だろうと思《おも》いました。

小柄《こがら》な女《おんな》の人《ひと》は、明《あき》らかにもっと年《とし》をとっていました。顔《かお》はしわだらけで、髪《かみ》の毛《け》はほぼ真《ま》っ白《しろ》。少《すこ》しぎくしゃくした動作《どうさ》で歩《ある》いていたからです。

ドロシーは家《いえ》の扉《とびら》のところに立《た》ったまま、4人《にん》を眺《なが》めていました。

その人《ひと》たちはドロシーの家《いえ》の近《ちか》くまで来《く》ると立《た》ち止《ど》まって、何《なに》かをコソコソ話《はな》し合《あ》っています。まるで、もっと家《いえ》の近《ちか》くに寄《よ》るのを怖《こわ》がっているようです。

でも小柄《こがら》なおばあさんはドロシーに近《ちか》づいてくると深《ふか》くおじぎをして、優《やさ》しい声《こえ》で話《はな》しかけてきました。

「マンチキンの国《くに》へようこそ、偉《えら》い魔女様《まじょさま》。悪《わる》い東《ひがし》の魔女《まじょ》を退治《たいじ》してくださって、本当《ほんとう》にありがとうございます。

おかげさまでわたしたちの国《くに》の人々《ひとびと》は、自由《じゆう》の身《み》になることができました」

ドロシーは、びっくりしながら話《はなし》を聞《き》いていました。その小柄《こがら》な女《おんな》の人《ひと》は、どうして自《じ》分《ぶん》のことを魔女《まじょ》と呼《よ》び、東《ひがし》の悪《わる》い魔女《まじょ》をやっつけてくれたなどと言《い》うのでしょう？

ドロシーは無邪気《むじゃき》で、悪《わる》さなんてしない小《ちい》さな女《おんな》の子《こ》です。それに竜巻《たつまき》によって、家《いえ》があったカンザスから、遠《とお》く離《はな》れた場所《ばしょ》に運《はこ》ばれてきただけでした。これまで生《い》きてきた中《なか》で、何《なに》かを退治《たいじ》したことなんて一度《いちど》だってありません。

小柄《こがら》な女《おんな》の人《ひと》は、ドロシーが返事《へんじ》をするのを明《あき》らかに待《ま》っているようです。そこでドロシーは、ためらいながらこう言《い》うことにしました。

「ご親切《しんせつ》にありがとうございます。でも、きっと何《なに》か勘違《かんちが》いしているんだわ。わたしは何《なに》も退治《たいじ》していないもの」

「どっちにしても、あなたの家《いえ》は魔女《まじょ》を退治《たいじ》してくれたんですよ」

小柄《こがら》なおばあさんは、笑《わら》いながら答《こた》えました。

「だから、あなたが退治《たいじ》したのと同《おな》じなんです。ほら、ご覧《らん》になって！」

おばあさんは、竜巻《たつまき》で運《はこ》ばれてきた家《いえ》の隅《すみ》のほうを指《ゆび》さしながら話《はな》し続《つづ》けます。

「土台《どだい》の下《した》から、魔女《まじょ》の両脚《りょうあし》が飛《と》びだしています」

指《ゆび》さされた方向《ほうこう》を見《み》たドロシーは、怖《こわ》くなって小《ちい》さく叫《さけ》びました。

ドロシーの家《いえ》は、太《ふと》い材木《ざいもく》が組《く》み合《あ》わされた土台《どだい》の上《うえ》に立《た》っていました。その隅《すみ》のところから、先《さき》っちょのとんがった銀色《ぎんいろ》の靴《くつ》をはいた2本《ほん》の脚《あし》が、にょっきり突《つ》きでていたのです。

「ああ、どうしよう！　わたしったら、なんてことをしちゃったのかしら！」

ドロシーはおどおどしながら、両手《りょうて》を握《にぎ》りしめました。

「お家《うち》が、この人《ひと》の上《うえ》に落《お》ちたんだわ！　いったい、どうすればいいの？」

「何《なに》もしなくていいんですよ」

小柄《こがら》な女《おんな》の人《ひと》は、落《お》ち着《つ》いて言《い》いました。

「でも、この人《ひと》は誰《だれ》なの？」

「さっきも言《い》ったように、その人《ひと》は、悪《わる》い東《ひがし》の魔女《まじょ》だったんです。ずっと長《なが》い間《あいだ》、マンチキンたちをしばりつけて、昼《ひる》も夜《よる》も奴隷《どれい》のようにこき使《つか》っていた魔女《まじょ》です。けれど、これでもう自由《じゆう》の身《み》になりました。だからみんな、あなた様《さま》にすごく感謝《かんしゃ》しているんです」

「マンチキンって、誰《だれ》のことなの？」

ドロシーが尋《たず》ねました。

「悪《わる》い魔女《まじょ》が支配《しはい》していた、この東《ひがし》の国《くに》に住《す》んでいる人《ひと》たちのことですよ」

「じゃあ、あなたがマンチキンなの？」

とドロシーが尋《たず》ねました。

「いいえ、わたしは北《きた》の国《くに》に住《す》んでいます。でも、マンチキンたちの友《とも》だちなんです。東《ひがし》の魔女《まじょ》が死《し》んだのを見《み》て、マンチキンたちがすぐに使《つか》いの者《もの》をよこしてくれたので、わたしも急《いそ》いでやってきたんです。わたしは北《きた》の魔女《まじょ》です」

「なんてことかしら！　あなたは本物《ほんもの》の魔女《まじょ》なの？」

ドロシーは叫《さけ》んでしまいました。

「ええ、そのとおりです。

わたしは良《よ》い魔女《まじょ》だから、みんなに好《す》かれているんです。

ただし、この国《くに》を支配《しはい》していた悪《わる》い魔女《まじょ》ほど魔力《まりょく》がありません。もしわたしにそんな魔力《まりょく》があったら、自分《じぶん》の手《て》で、この国《くに》の人《ひと》たちを自由《じゆう》にしてあげていたでしょうね」

「魔女《まじょ》というのは、みんな悪《わる》い人《ひと》ばかりだと思《おも》っていたわ」

ドロシーは、目《め》の前《まえ》にいる本物《ほんもの》の魔女《まじょ》を半分《はんぶん》、怖《こわ》がりながら言《い》いました。

「あら、違《ちが》うわ。それは大《おお》きな勘違《かんちが》いです。オズの国《くに》には4人《にん》の魔女《まじょ》しかいないけど、そのうちのふたり、北《きた》と南《みなみ》に住《す》む魔女《まじょ》は良《よ》い魔女《まじょ》なのです。これは本当《ほんとう》の話《はなし》よ。わたしがそのうちのひとりだから、間違《まちが》いようがないんです。

東《ひがし》と西《にし》に住《す》んでいるのは、本当《ほんとう》に悪《わる》い魔女《まじょ》です。けれど、そのうちのひとりをあなたが退治《たいじ》してくれたので、もうオズの国全体《くにぜんたい》でも悪《わる》い魔女《まじょ》はひとりだけ……西《にし》の魔女《まじょ》しか残《のこ》っていません」

「でも」

しばらく考《かんが》えた後《あと》、ドロシーが言《い》いました。

「エムおばさんは、魔女《まじょ》なんて大昔《おおむかし》にみんな死《し》んでしまったと言《い》っていたわ」

「エムおばさんとは、誰《だれ》のことですか？」

「カンザスに住《す》んでいる、わたしのおばさんよ。わたしもそこから来《き》たの」

北《きた》の魔女《まじょ》はうつむき、地面《じめん》を見《み》つめながらしばらく考《かんが》えごとをしているようでした。

それから顔《かお》を上《あ》げて、ドロシーに尋《たず》ねてきました。

「わたしは、カンザスという土地《とち》がどこにあるか知《し》らないんです。その国の話《はなし》は、今《いま》まで聞《き》いたこともありませんから。ねえ教《おし》えてくださる？　そこは文明《ぶんめい》の発達《はったつ》した国《くに》なのかしら？」

「ええ、もちろんよ」

「それで納得《なっとく》がいきました。文明《ぶんめい》の発達《はったつ》した国《くに》には、魔女《まじょ》や魔法使《まほうつか》い、男《おとこ》や女《おんな》の魔術師《まじゅつし》はひとりも残《のこ》っていないはずですから。

でも、ほら、オズの国《くに》は世界《せかい》の他《ほか》の場所《ばしょ》から切《き》り離《はな》されているので、まだ文明《ぶんめい》が発達《はったつ》していません。だからわたしたちの仲間《なかま》には、まだ魔女《まじょ》や魔法使《まほうつか》いがいるのです」

「魔法使《まほうつか》いっていうのは誰《だれ》のこと？」

ドロシーが尋《たず》ねました。

「他《ほか》でもないオズのことです。すごい魔法使《まほうつか》いなんです」

魔女《まじょ》は声《こえ》をひそめて、ささやくように答《こた》えました。

「あの男《おとこ》の人《ひと》は、わたしたち魔女《まじょ》がみんなで集《あつ》まってもかなわないような、強《つよ》い力《ちから》をもっているんです。彼《かれ》はエメラルドの都《みやこ》に住《す》んでいるんですよ」

ドロシーが別《べつ》の質問《しつもん》をしようとしたところで、それまで静《しず》かにそばに立《た》っていたマンチキンたちが、大《おお》きな叫《さけ》び声《ごえ》を上《あ》げました。マンチキンたちは、悪《わる》い魔《ま》女《じょ》が押《お》しつぶされた家《いえ》の隅《すみ》を指《ゆび》さしました。

「どうしたの？」

小柄《こがら》な魔《ま》女《じょ》のおばあさんはこう尋《たず》ねながら、マンチキンが指《ゆび》さしたほうを見《み》ると笑《わら》いだしました。家《いえ》に押《お》しつぶされて死《し》んだ、東《ひがし》の悪《わる》い魔《ま》女《じょ》の脚《あし》がすっかり消《き》えてしまい、銀色《ぎんいろ》の靴《くつ》だけが残《のこ》っていたのです。

「東《ひがし》の魔《ま》女《じょ》は、すごく年《とし》をとっていましたからね」

北《きた》の魔《ま》女《じょ》は説明《せつめい》しました。

「太陽《たいよう》のせいで、あっという間《ま》に干《ひ》からびてしまったんでしょう。これで、もう東《ひがし》の魔《ま》女《じょ》はおしまいだわ。

でも銀色《ぎんいろ》の靴《くつ》はあなたのものになったんだから、今度《こんど》はあなたがはかなければなりません」

北《きた》の魔《ま》女《じょ》は手《て》を伸《の》ばして靴《くつ》を拾《ひろ》いあげると、ほこりを払《はら》い落《お》としてから、ドロシーに渡《わた》しました。

「東《ひがし》の魔女《まじょ》は、この銀《ぎん》の靴《くつ》を自慢《じまん》にしていたんです」

今度《こんど》はマンチキンのひとりが言《い》いました。

「この靴《くつ》には、何《なに》かの魔法《まほう》の力《ちから》があるみたいなんです。どんな魔法《まほう》なのかは、僕《ぼく》たちにはわかりっこないけど」

ドロシーは家《いえ》の中《なか》に靴《くつ》を持《も》ってきて、テーブルの上《うえ》に置《お》きました。それからもう一度《いちど》家《いえ》の外《そと》に出《で》て、マンチキンたちのもとに戻《もど》ってくると、こう言《い》いました。

「わたしは、おじさんとおばさんのところに帰《かえ》りたいんです。きっとわたしのことを、心配《しんぱい》するに違《ちが》いないから。帰《かえ》り方《かた》を教《おし》えてもらえませんか？」

マンチキンたちと魔女《まじょ》は、まず顔《かお》を見合《みあ》わせ、それからドロシーを眺《なが》めます。でも首《くび》を横《よこ》に振《ふ》ってしまいました。

「東《ひがし》のほう、ここからそんなに遠《とお》くないところに」

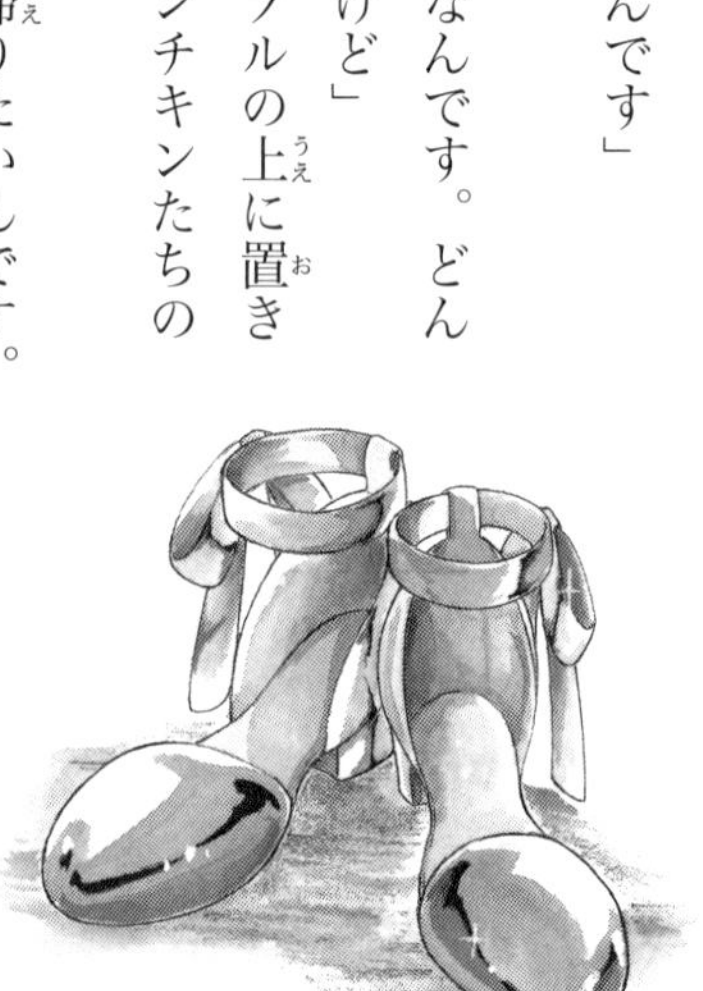

マンチキンのひとりが言《い》いました。

「大《おお》きな砂漠《さばく》があって。でも砂漠《さばく》を生《い》きて渡《わた》れる人《ひと》は、ひとりもいないんです」

「南《みなみ》も同《おな》じです」

別《べつ》のマンチキンが言《い》いました。

「ぼくは砂漠《さばく》のところに行《い》って、自分《じぶん》で見《み》たことがある。南《みなみ》はクアドリングの国《くに》になっているんですよ」

「ぼくが聞《き》いた話《はなし》だと」

３人目《にんめ》のマンチキンが言《い》いました。

「西《にし》も同《おな》じなんだそうです。その国《くに》にはウィンキーたちが住《す》んでいるんだけど、悪《わる》い西《にし》の魔女《まじょ》が支配《しはい》していて、国《くに》の中《なか》を横切《よこぎ》ったりすると奴隷《どれい》にされてしまうんです」

「わたしは北《きた》の国《くに》に住《す》んでいるけど」

年《とし》をとった小柄《こがら》な魔女《まじょ》が言《い》いました。

「北《きた》の国《くに》の端《はし》っこにも、オズの国《くに》の周《まわ》りに広《ひろ》がっている広《ひろ》い砂漠《さばく》が続《つづ》いているわ。ねえ、お嬢《じょう》さん、どうやら、あなたはわたしたちと一緒《いっしょ》に暮《く》らすしかなさそうよ」

マンチキンや魔女《まじょ》の話《はなし》を聞《き》いたドロシーは、べそをかき始《はじ》めました。見《み》たこともないような変《か》わった人《ひと》たちに囲《かこ》まれて、寂《さび》しくなってきたのです。

ドロシーが涙《なみだ》を流《なが》すのを見《み》て、心優《こころやさ》しいマンチキンたちも悲《かな》しい気持《きも》ちになったようでした。すぐにハンカチを取《と》りだして、一緒《いっしょ》に泣《な》きだしたからです。

一方《いっぽう》、北《きた》の魔女《まじょ》は帽子《ぼうし》を脱《ぬ》ぐと、帽子《ぼうし》の先《さき》を鼻《はな》の上《うえ》にのせてバランスをとり、

「1、2、3」

とおごそかな声《こえ》で呪文《じゅもん》を唱《とな》えます。すると帽子《ぼうし》は突然《とつぜん》、石板《せきばん》に変《か》わりました。そこには白《しろ》いチョークの文字《もじ》で、次《つぎ》のように大《おお》きく書《か》かれていました。

《ドロシーを、エメラルドの都《みやこ》に行《い》かせるように》

北《きた》の魔女《まじょ》は鼻《はな》の上《うえ》から石板《せきばん》を降《お》ろすと、そこに書《か》かれていたお告《つ》げの言葉《ことば》を読《よ》みました。

そして、こんなふうに尋《たず》ねてきました。

「ねえ、お嬢《じょう》さん、あなたの名前《なまえ》はドロシーなの？」

「ええ」

ドロシーは顔《かお》を上《あ》げて、涙《なみだ》を拭《ふ》きながら答《こた》えました。

「だったら、あなたはエメラルドの都《みやこ》に行《い》かなければなりません。もしかすると、オズがあなたを助《たす》けてくれるかもしれないわね」

「その都《みやこ》は、どこにあるの？」

「この国《くに》のちょうど真《ま》ん中《なか》にあります。都《みやこ》はオズによって治《おさ》められているの。さっきわたしが話《はな》した、偉《えら》い魔《ま》法《ほう》使《つか》いのことね」

「その人《ひと》は、良《よ》い人《ひと》なの？」

ドロシーは心配《しんぱい》そうに尋《たず》ねました。

「良《よ》い魔《ま》法《ほう》使《つか》いです。でも人間《にんげん》かどうかはわかりません。わたしは、一度《いちど》も会《あ》ったことがないから」

「どうやったら、そこに行《い》けるのかしら？」

「歩《ある》いて行《い》かなければならないわ。長《なが》い旅《たび》になるでしょうね。居《い》心《ご》地《こ》《ち》がいい場《ば》所《しょ》もあれば、薄《うす》暗《ぐら》くて恐《おそ》ろしい出来事《できごと》も起《お》きる場《ば》所《しょ》を通《とお》っていくのです。

でも、わたしは知《し》っているかぎりの魔《ま》法《ほう》を使《つか》って、あなたがひどい目《め》にあわないようにしてあげる」

「わたしと一緒《いっしょ》に来《き》てくれるんじゃないの？」

北《きた》の魔女《まじょ》のことを、自分《じぶん》にとってのたったひとりの友《とも》だちだと思《おも》い始《はじ》めていたドロシーは、必死《ひっし》にお願《ねが》いしました。

「いいえ、それはできないの。

でも一緒《いっしょ》に行《い》くかわりに、あなたにキスをしてあげましょう。北《きた》の魔女《まじょ》にキスをされた人《ひと》には、誰《だれ》も悪《わる》さをしようとしなくなるんです」

魔女《まじょ》はドロシーに近《ちか》づくと、おでこに優《やさ》しくキスをしました。魔女《まじょ》の唇《くちびる》が触《ふ》れたところには、丸《まる》くキラキラとした印《しるし》ができました。ドロシーはすぐ後《あと》に、そのことに気《き》づきました。

「エメラルドの都《みやこ》に行《い》く道《みち》には、黄色《きいろ》いレンガが敷《し》かれています」

北《きた》の魔女《まじょ》は説明《せつめい》しました。

「だから道《みち》に迷《まよ》ったりはしません。オズのところに着《つ》いても、彼《かれ》を怖《こわ》がったりせずに、あなたに何《なに》が起《お》きたのかを説明《せつめい》して、助《たす》けてくださいと頼《たの》みなさい。

じゃあ、お嬢《じょう》さん、さようなら」

3人《にん》のマンチキンたちは、ドロシーに深々《ふかぶか》とおじぎをして、旅《たび》の安全《あんぜん》を祈《いの》ってくれました。それから木《き》の間《あいだ》を歩《ある》いて、帰《かえ》っていきました。

北《きた》の魔女《まじょ》はドロシーに向《む》かって親《した》しげに小《ちい》さくうなずくと、左《ひだり》のかかとを軸《じく》にして3回《かい》転《てん》して、あっという間《ま》に姿《すがた》を消《け》してしまいました。

これを見《み》てびっくりしたのが犬《いぬ》のトトでした。

トトは魔女《まじょ》がいなくなったのを確《たし》かめてから、ワンワン大《おお》きな声《こえ》でほえました。魔女《まじょ》が近《ちか》くに立《た》っていたときには、怖《こわ》くてうなり声《ごえ》を上《あ》げることもできなかったのです。

でも、小柄《こがら》なおばあさんが魔女《まじょ》だということを知《し》っていたドロシーは、そんなふうに姿《すがた》を消《け》すだろうと思《おも》っていたので、ちっとも驚《おどろ》きませんでした。

ドロシー、カカシを助《たす》ける

北《きた》の魔女《まじょ》やマンチキンたちと別《わか》れてひとりになると、ドロシーはおなかがすいていることに気《き》づきました。そこで食器棚《しょっきだな》のところに行《い》ってパンをちょっと切《き》り、バターを塗《ぬ》りました。

ドロシーはトトにも少《すこ》しパンをあげてから、棚《たな》から桶《おけ》を取《と》りだして小《ちい》さな川《かわ》に持《も》っていき、透明《とうめい》でキラキラとした水《みず》を桶《おけ》いっぱいに汲《く》みました。

一方《いっぽう》、トトは木《き》のところに走《はし》っていき、そこにとまっていた鳥《とり》たちに向《む》かって、ワンワンほえ始《はじ》めました。トトを連《つ》れ戻《もど》しにいったドロシーは、木《き》の枝《えだ》からおいしそうな実《み》がぶら下《さ》がっているのを見《み》つけたので、いくつかとることにしました。朝《あさ》ごはんのときに、一緒《いっしょ》に食《た》べようと思《おも》ったのです。

ドロシーは家《いえ》に戻《もど》り、冷《つめ》たくて澄《す》んだ水《みず》をトトとたっぷり飲《の》んだ後《あと》、エメラルドの都《みやこ》に出《で》かける準備《じゅんび》を始《はじ》めました。

ドロシーには、替《か》えの服《ふく》は1着《ちゃく》しかありませんでした。でも運《うん》のいいことに、その服《ふく》は洗濯《せんたく》がしてあり、ベッドの横《よこ》にある釘《くぎ》にかけられていました。

それは白《しろ》と青《あお》のギンガムチェックのワンピースでした。何度《なんど》も洗濯《せんたく》したせいで少《すこ》し色《いろ》あせていましたが、かわいらしい服《ふく》です。

ドロシーはていねいに顔《かお》を洗《あら》い、清潔《せいけつ》なギンガムチェックの服《ふく》に身《み》を包《つつ》み、ピンク色《いろ》の日《ひ》よけ帽《ぼう》をかぶってひもを結《むす》びました。それから小《ちい》さなバスケットを取《と》りだして、食器棚《しょっきだな》の中《なか》にあったパンをいっぱいに詰《つ》めて、上《うえ》から白《しろ》いふきんをかぶせました。

でも、自分《じぶん》の足元《あしもと》を見《み》たドロシーは、靴《くつ》がとても古《ふる》くてぼろぼろになっていることに気《き》がつきました。

「長《なが》い旅《たび》をするなら、この靴《くつ》じゃ絶対《ぜったい》にもたないわよね、トト」

トトは小《ちい》さな黒《くろ》い目《め》でドロシーの顔《かお》を見上《みあ》げ、ドロシーの言《い》っていることがわかるよと合図《あいず》をするために、しっぽを振《ふ》りました。

そのとき、テーブルの上《うえ》に置《お》いてある銀色《ぎんいろ》の靴《くつ》が、ドロシーに見《み》えました。そう、もともとは東《ひがし》の悪《わる》い魔女《まじょ》がはいていたものです。

「この靴《くつ》は、わたしの足《あし》にあうかしら」

ドロシーは、トトに話《はな》しかけました。

「長《なが》い道《みち》を歩《ある》くのにちょうどいいわよね。すり減《へ》ったりしないはずだから」

ドロシーは、自分《じぶん》がはいていた古《ふる》い革《かわ》の靴《くつ》を脱《ぬ》ぎ、銀色《ぎんいろ》の靴《くつ》を試《ため》してみました。するとどうでしょう。まるでドロシーのために注文《ちゅうもん》して作《つく》られた靴《くつ》のように、ピッタリだったのです。

銀色《ぎんいろ》の靴《くつ》にはきかえたドロシーは、最後《さいご》にバスケットを手《て》にとりました。

「さあ、一緒《いっしょ》においで、トト。エメラルドの都《みやこ》に行《い》きましょう。どうやったらカンザスに戻《もど》れるのか、偉《えら》いオズの魔法使《まほうつか》いにききにいくの」

ドロシーは家《いえ》の扉《とびら》を閉《し》めて鍵《かぎ》をかけ、鍵《かぎ》を服《ふく》のポケットの中《なか》に注意深《ちゅういぶか》くしまいました。自分《じぶん》の後《うし》ろをトコトコと静《しず》かについてくるトトと一緒《いっしょ》に、旅《たび》を始《はじ》めたのです。

家《いえ》の近《ちか》くには道《みち》が何本《なんぼん》か通《とお》っていましたが、北《きた》の魔女《まじょ》が言《い》っていた、黄色《きいろ》のレンガが敷《し》かれた道《みち》は簡単《かんたん》に見《み》つかりました。

道《みち》が見《み》つかると、ドロシーはエメラルドの都《みやこ》に向《む》けて元気《げんき》よく歩《ある》きだしていました。

銀色《ぎんいろ》の靴《くつ》は、硬《かた》くて黄色《きいろ》い道路《どうろ》の上《うえ》でカチカチと陽気《ようき》に音《おと》を立《た》てています。空《そら》からは太陽《たいよう》が明《あか》るく照《て》らし、鳥《とり》は優《やさ》しい声《こえ》で歌《うた》っていました。

突然《とつぜん》、竜巻《たつまき》に巻《ま》きこまれて、自分《じぶん》の住《す》んでいたところから、遠《とお》い見知《みし》らぬ国《くに》まで吹《ふ》き飛《と》ばされてしまう。小《ち》さな女《おんな》の子《こ》がそんな経験《けいけん》をすれば、普通《ふつう》はしょんぼりしてしまいます。

でもドロシーは、みなさんが思《おも》っているほど、しょげてはいませんでした。むしろ道《みち》を歩《ある》いていくうちに、自分《じぶん》の周《まわ》りに広《ひろ》がっている見知《みし》らぬ国《くに》が、とてもすてきなことに気《き》づいて驚《おどろ》きました。道《みち》の両脇《りょうわき》には、きれいに青色《あおいろ》で塗《ぬ》られた柵《さく》があり、柵《さく》の向《む》こう側《がわ》には小麦《こむぎ》と野菜《やさい》がたっぷり実《みの》っている畑《はたけ》が広《ひろ》がっています。どうやらマンチキンたちは畑仕事《はたけしごと》がうまく、作物《さくもつ》をたくさん育《そだ》てるのが得意《とくい》なようでした。

ドロシーがときどき、家《いえ》の前《まえ》を通《とお》り過《す》ぎると、その姿《すがた》を一目《ひとめ》見《み》ようと人《ひと》が出《で》てきて、ドロシーが通《とお》り過《す》ぎていく間《あいだ》、おじぎをしました。マンチキンたちは、ドロシーが悪《わる》い東《ひがし》の魔女《まじょ》を退治《たいじ》し、自分《じぶん》たちを自由《じゆう》の身《み》にしてくれたということを、みんな知《し》っていたのです。

マンチキンたちが住《す》んでいる家《いえ》は見《み》た目《め》が変《か》わっていて、どれも大《おお》きくて丸《まる》い屋根《やね》がついていました。また家《いえ》は全部《ぜんぶ》、青《あお》で塗《ぬ》られていました。東《ひがし》の国《くに》では、青《あお》い色《いろ》が一番人気《いちばんにんき》があったからです。

やがて夕方《ゆうがた》が近《ちか》づいてきました。ドロシーはずっと歩《ある》き続《つづ》けたせいで疲《つか》れていましたし、今晩《こんばん》、どこに泊《と》まればいいのかしらと考《かんが》え始《はじ》めました。ドロシーが、他《ほか》の家《いえ》よりも少《すこ》し大《おお》きな家《いえ》のところに来《き》たのは、ちょうどそんなときでした。

家《いえ》の前《まえ》には緑《みどり》の芝生《しばふ》でおおわれた庭《にわ》があり、たくさんの男《おとこ》の人《ひと》や女《おんな》の人《ひと》が踊《おど》っていました。５人《にん》の小《ちい》さなバイオリン奏者《そうしゃ》が、めいっぱい大《おお》きな音《おと》を出《だ》しながら演奏《えんそう》していて、みんな笑《わら》ったり歌《うた》ったりしています。近《ちか》くにある大《おお》きなテーブルには、おいしそうな果物《くだもの》や木《き》の実《み》、パイにケーキ、そして他《ほか》にもおいしそうなものが山《やま》ほど置《お》かれていました。

その人《ひと》たちはドロシーを温《あたた》かく迎《むか》え入《い》れて、夕《ゆう》ごはんに誘《さそ》ってくれただけでなく、今夜《こんや》は自分《じぶん》たちのところに泊《と》まるようにと言《い》ってくれました。

この家《いえ》は、マンチキンたちの国《くに》の中《なか》で、最《もっと》もお金持《かねも》ちのうちのひとりが住《す》んでいる家《いえ》でした。お金持《かねも》ちのマンチキンは友《とも》だちを集《あつ》めて、悪《わる》い魔女《まじょ》が死《し》んで自由《じゆう》の身《み》になったことをお祝《いわ》いしていたのです。

ドロシーはごちそうをおなかいっぱい食《た》べて、「ボク」という名前《なまえ》の、お金持《かねも》ちのマンチキンから直々《じきじき》におもてなしを受《う》けました。それからソファに座《すわ》って、みんなが踊《おど》るのを眺《なが》めていました。

ドロシーが銀色《ぎんいろ》の靴《くつ》をはいているのを見《み》ると、ボクはこんなふうに話《はな》しかけてきました。

「きっとあなたは、偉《えら》い魔女《まじょ》なんでしょうね」

「どうして？」

「銀色《ぎんいろ》の靴《くつ》をはいておられるし、悪《わる》い魔女《まじょ》を退治《たいじ》してくださいましたから。それに、あなたの着《き》ているワンピースには白《しろ》い模様《もよう》が入《はい》っている。白《しろ》い色《いろ》を身《み》につけるのは、魔女《まじょ》と魔法使《まほうつか》いだけなんです」

「わたしの服《ふく》は青《あお》と白《しろ》のチェック柄《がら》よ」

ドロシーは、ワンピースのしわをのばしながら説明《せつめい》しました。

「そういう服《ふく》を着《き》てくださるのはありがたい」

ボクは言《い》いました。

「青《あお》はマンチキンの色《いろ》で、白《しろ》は魔女《まじょ》の色《いろ》なのです。だから、その服《ふく》を着《き》ていると、あなたは親切《しんせつ》な魔女《まじょ》だということがわかるんです」

ドロシーは、なんと答《こた》えたらいいのかわからなくなりました。

マンチキンの人《ひと》たちは、みんなドロシーのことを魔女《まじょ》だと思《おも》っているようです。でもドロシーは普通《ふつう》の小《ちい》さな女《おんな》の子《こ》ですし、たまたま竜巻《たつまき》に巻《ま》きこまれて、見慣《みな》れない不思議《ふしぎ》な国《くに》にやってきただけでした。ドロシーは、そのことをよく知《し》っていたのです。

ドロシーがダンスを見《み》るのに飽《あ》きると、ボクはドロシーを家《いえ》の中《なか》に連《つ》れていき、すてきなベッドがある部屋《へや》を貸《か》してくれました。ベッドには青《あお》い布《ぬの》でできたシーツがかかっていて、その上《うえ》でドロシーは朝《あさ》までぐっすり眠《ねむ》りました。トトはドロシーの隣《となり》で、青《あお》いマットの上《うえ》で丸《まる》まりながら寝《ね》ました。

やがて朝《あさ》がやってくると、ドロシーは朝《あさ》ごはんをたっぷりと食《た》べ、小《ちい》さなマンチキンの赤《あか》ちゃんがトトとじゃれて、しっぽを引《ひ》っ張《ぱ》ったり、喜《よろこ》んで声《こえ》を上《あ》げたり、笑《わら》ったりするのを眺《なが》めて楽《たの》しんでいました。

マンチキンの国《くに》の人《ひと》たちは、トトにとても興味《きょうみ》をもちました。今《いま》まで犬《いぬ》を見《み》たことがなかったからです。

「エメラルドの都《みやこ》は、どのくらい遠《とお》いの？」

ドロシーは尋《たず》ねました。

「わかりません」

ボクは、おごそかな声《こえ》で言《い》いました。

「行《い》ったことがないから、知《し》らないのです。特別《とくべつ》な用事《ようじ》がないかぎり、オズには近寄《ちかよ》らないほうがいいのですよ。

ただ、エメラルドの都《みやこ》まではずいぶん距離《きょり》がありますし、着《つ》くまでに何日《なんにち》もかかります。ここは豊《ゆた》かで居心地《いごこち》のいい国《くに》ですが、旅《たび》を終《お》えて都《みやこ》に着《つ》くまでには、道《みち》の悪《わる》いところや危《あぶ》ない場所《ばしょ》も通《とお》っていかなければなりません」

これを聞《き》いてドロシーはちょっと心配《しんぱい》になりました。

でも、自分《じぶん》をカンザスに戻《もど》してくれるのは、偉《えら》い魔法使《まほうつか》いのオズだけです。そのことがわかっていたので、ドロシーは引《ひ》き返《かえ》したりしないわと、勇気《ゆうき》をだして誓《ちか》いました。

ドロシーは友《とも》だちになったマンチキンたちに別《わか》れを告《つ》げ、再《ふたた》び黄色《きいろ》いレンガの道《みち》を歩《ある》き始《はじ》めました。

やがて何《なん》キロか進《すす》んだところでちょっと休《やす》もうと思《おも》い、道《みち》の脇《わき》に立《た》っていた柵《さく》をよじ登《のぼ》り、そこに座《すわ》ることにしました。

柵《さく》の向《む》こう側《がわ》には、大《おお》きなトウモロコシ畑《ばたけ》が広《ひろ》がっています。実《みの》ったトウモロコシを鳥《とり》たちが食《た》べないようにと、高《たか》い棒《ぼう》に取《と》りつけられたカカシが、それほど遠《とお》くない場所《ばしょ》に立《た》っているのも見《み》えました。

ドロシーは片手《かたて》の上《うえ》にあごをのせて、物思《ものおも》いにふけりながら、カカシをじっと見《み》つめました。

頭《あたま》の部分《ぶぶん》は、わらを詰《つ》めた小《ちい》さな袋《ふくろ》でできていて、顔《かお》だとわかるように目《め》と鼻《はな》と口《くち》がペンキで描《か》かれています。頭《あたま》の上《うえ》には、とんがった帽子《ぼうし》がのせてあり、わらの詰《つ》まった体《からだ》には、使《つか》い古《ふる》されて色《いろ》あせた服《ふく》が着《き》せられていました。

そして足《あし》には、この国《くに》に住《す》んでいる男《おとこ》の人《ひと》たちがみんなはいているような、古《ふる》いブーツをはいています。カカシはそんな格好《かっこう》で背中《せなか》に棒《ぼう》を差《さ》され、トウモロコシの茎《くき》よりも高《たか》い場所《ばしょ》にぶら下《さ》がっていました。

ドロシーはペンキで描《か》かれた、カカシのおかしな顔《かお》をじっと眺《なが》めていました。するとどうしたことでしょう。カカシは片目《かため》でゆっくりと、ウインクしてきたのです。

ドロシーは、びっくりしてしまいました。カンザスで使《つか》われていたカカシは、決《けっ》してウインクなんかしません。ドロシーは最初《さいしょ》、自分《じぶん》が見間違《みまちが》えてしまったのだと思《おも》いました。でも、それは見間違《みまちが》えではありませんでした。今度《こんど》は親《した》しみを込《こ》めた態度《たいど》で、頭《あたま》を下《さ》げてきたのです。

そこでドロシーは座《すわ》っていた柵《さく》から降《お》りて、カカシに近《ちか》づいていくことにしました。犬《いぬ》のトトは、カカシの背中《せなか》に差《さ》さった棒《ぼう》の周《まわ》りをグルグル回《まわ》りながら、ワンワンほえています。

「こんちは」

少《すこ》しかすれた声《こえ》で、カカシが話《はな》しかけてきました。

「あなた、しゃべったの？」

ドロシーは驚《おどろ》いて、カカシに尋《たず》ねました。

「もちろんだよ。ご機嫌《きげん》いかが？」

「わたしはすごく元気《げんき》よ。ありがとう」

ドロシーは礼儀《れいぎ》正《ただ》しく答《こた》えました。

「あなたはご機嫌《きげん》いかが？」

「あんまり元気《げんき》じゃないんだ」

カカシは、笑《わら》いながら言《い》いました。

「カラスを追《お》い払《はら》うために、朝《あさ》から晩《ばん》まで棒《ぼう》にぶら下《さ》げられているのは、すごくたいくつなんだよね」

「降《お》りられないの？」

「うん、この棒《ぼう》が背中《せなか》に差《さ》さっているからね。この棒《ぼう》を外《はず》してくれたら、すごくありがたいんだけど」

ドロシーは両手《りょうて》を伸《の》ばしてカカシを持《も》ちあげ、棒《ぼう》から外《はず》してあげました。わらでできているので、とても軽《かる》かったのです。

「本当《ほんとう》にありがと」

地面《じめん》に降《お》ろしてもらったカカシは、お礼《れい》を言《い》いました。

「生《う》まれ変《か》わったみたいな気分《きぶん》だよ」

ドロシーは、カカシがしゃべるのを聞《き》いて、わけがわからなくなってしまいました。わらが詰《つ》められたカカシが話《はなし》をしたり、おじぎをしたり、自分《じぶん》の隣《となり》を歩《ある》いたりするのは、とても変《へん》な感《かん》じがしたからです。

「ところで、君《きみ》は誰《だれ》なの？　それと、どこに行《い》くつもりなんだい？」

カカシは背伸《せの》びをして、あくびをしてから尋《たず》ねてきました。

「わたしの名前《なまえ》はドロシーよ。エメラルドの都《みやこ》に行《い》って、偉《えら》い魔法使《まほうつか》いのオズに、カンザスに帰《かえ》してくれるように頼《たの》みにいくところなの」

「エメラルドの都《みやこ》って、どこにあるんだい？　それと、オズって誰《だれ》のこと？」

「あら、あなた知《し》らないの？」

ドロシーは、びっくりしてきき返《かえ》しました。

「うん、全然《ぜんぜん》。おいらは何《なに》も知《し》らないんだ。おいらの体《からだ》にはわらが詰《つ》まっているから、脳《のう》みそなんて全然《ぜんぜん》ないし」

カカシは、悲《かな》しそうに答《こた》えました。

「あら、それはとてもかわいそうね」

「君《きみ》と一緒《いっしょ》にエメラルドの都《みやこ》に行《い》ったら、そのオズって人《ひと》は、おいらに脳《のう》みそをくれると思《おも》う？」

「どうかしらねえ。でもよかったら、わたしと一緒《いっしょ》に来《く》る？　もしオズが脳《のう》みそをくれなかったとしても、今《いま》よりひどいことにはならないわ」

「そりゃそうだね。ほら」

カカシはこっそり言《い》いました。

「おいらは、自分《じぶん》の脚《あし》や腕《うで》や体《からだ》がわらでできていても気《き》にしないんだ。痛《いた》さなんて感《かん》じないからね。誰《だれ》かに足《あし》を踏《ふ》まれたり、体《からだ》をピンで刺《さ》されたりしても、どうってことないんだよ。

でも、みんなにバカにされるのは嫌《いや》なんだ。

それに、君《きみ》みたいに頭《あたま》の中《なか》に脳《のう》みそが詰《つ》まっているんじゃなくて、わらが詰《つ》まっているままだったら、何《なに》かを知《し》るってことなんて、ずっとできないだろ？」

「気持《きも》ちはわかるわ」

ドロシーは、心《こころ》の底《そこ》からカカシに同情《どうじょう》して言《い》いました。

「わたしと一緒《いっしょ》に来《き》たら、できるかぎりのことをしてくれるように、オズにお願《ねが》いしてあげるね」

「ありがとう」

カカシは、感謝《かんしゃ》の気持《きも》ちを込《こ》めてドロシーに返事《へんじ》をしました。

話《はなし》が終《お》わると、ドロシーとカカシは道《みち》のほうに戻《もど》っていきました。ドロシーはカカシが柵《さく》を越《こ》えるのを手伝《てつだ》ってやり、エメラルドの都《みやこ》に向《む》けて、黄色《きいろ》いレンガの道《みち》を一緒《いっしょ》に歩《ある》き始《はじ》めました。

でも犬《いぬ》のトトは、最初《さいしょ》、この新《あたら》しい仲間《なかま》を気《き》に入《い》りませんでした。トトは、わらでできた体《からだ》の中《なか》に、ネズミの巣《す》があるのではないかと疑《うたが》っているようにクンクンかぎ回《まわ》り、ときどきうなり声《ごえ》を上《あ》げました。

「トトのことを気《き》にしないでね。絶対《ぜったい》にかみついたりしないから」

ドロシーは新《あたら》しい友《とも》だちに言《い》いました。

「ああ、怖《こわ》がったりはしないよ。わらだから、かまれても痛《いた》くないし。そのバスケットをおいらに持《も》たせてよ。おいらは疲《つか》れたりしないから、へっちゃらなんだ。おいらの秘密《ひみつ》をひとつ、教《おし》えてあげるね」

カカシは歩《ある》きながら、話《はなし》を続《つづ》けました。

「おいらにはこの世《よ》の中《なか》で、ひとつだけ怖《こわ》いものがあるんだ」

「それは何《なに》？　あなたを作《つく》ったマンチキンの農家《のうか》の人《ひと》？」

「いや、違《ちが》うよ。それは火《ひ》のついたマッチだよ」

森《もり》を抜《ぬ》ける道《みち》

ドロシーと犬《いぬ》のトト、そしてカカシが何時間《なんじかん》か歩《ある》いていくと、道《みち》がでこぼこし始《はじ》めました。あまりに歩《ある》きにくいので、カカシは何度《なんど》もつまずきました。黄色《きいろ》いレンガを敷《し》き詰《つ》めた道《みち》は、平《たい》らではなくなっていたのです。

レンガが割《わ》れていたり、なくなってしまっていたりする場所《ばしょ》もあって、道路《どうろ》にはところどころに穴《あな》があいていました。トトは穴《あな》を飛《と》び越《こ》えましたし、ドロシーは穴《あな》をよけながら歩《ある》きました。

カカシは脳《のう》みそがないので、まっすぐに歩《ある》いて穴《あな》につまずき、堅《かた》いレンガの上《うえ》にそのまま転《ころ》んでしまいます。

でも体《からだ》がわらでできているので、カカシはへっちゃらです。ドロシーが体《からだ》を持《も》ちあげて立《た》たせてやると、自分《じぶん》のヘマを陽気《ようき》に笑《わら》いながら、再《ふたた》び歩《ある》きだしました。

この場所《ばしょ》は、ドロシーたちがだいぶ前《まえ》に通《とお》ったところと違《ちが》って、畑《はたけ》もきちんと手入《てい》れされていません。家《いえ》の数《かず》も、果物《くだもの》がなった木《き》の数《かず》もだんだん少《すく》なくなり、歩《ある》けば歩《ある》くほど、辺《あた》りの雰囲気《ふんいき》は暗《くら》くて、寂《さび》しいものになっていきました。

やがてお昼《ひる》になりました。

ドロシーたちは、道《みち》の脇《わき》にある小《ちい》さな川《かわ》の近《ちか》くに座《すわ》って、ひと休《やす》みすることにしました。ドロシーはバスケットからパンを取《と》りだし、そのうちのひと切《き》れをカカシにあげようとしましたが、カカシは受《う》け取《と》りませんでした。

「おいらはおなかがすかないんだ。これはラッキーだよ。おいらの口《くち》はペンキで描《か》かれているだけだし、ものを食《た》べられるように口《くち》のところを切《き》って穴《あな》をあけたりしたら、中《なか》に詰《つ》めたわらが出《で》てきて、頭《あたま》の形《かたち》が変《へん》になっちゃうからね」

ドロシーは、カカシの言《い》うとおりだと、すぐに気《き》づきました。そこで、ただ相手《あいて》の話《はなし》にうなずき、自分《じぶん》のパンを食《た》べ続《つづ》けました。

「君《きみ》のこと、それと君《きみ》が住《す》んでいたところのことを教《おし》えてよ」

ドロシーがパンを食《た》べ終《お》わると、カカシはこんなふうに頼《たの》んできました。

そこでドロシーは、カンザスのことを全部話《ぜんぶはな》してあげました。カンザスでは、すべてのものが灰色《はいいろ》になっていること、竜巻《たつまき》がどうやって、このおかしなオズの国《くに》に自分《じぶん》たちを運《はこ》んできたのかを説明《せつめい》したのです。

カカシは、じっとドロシーの話《はなし》を聞《き》いた後《あと》、こう言《い》いました。

「おいらにはわからないよ。どうして、君《きみ》はこのきれいな国《くに》を離《はな》れて、カンザスって呼《よ》んでいるパサパサに乾《かわ》いていて、灰色《はいいろ》の場所《ばしょ》に戻《もど》りたいのかなあ」

「それは、あなたに脳《のう》みそがないからよ。どんなにたいくつで灰色《はいいろ》だらけの場所《ばしょ》でも、わたしたちみたいな生身《なまみ》の体《からだ》の人間《にんげん》は、やっぱり自分《じぶん》のふるさとに住《す》みたいものなの。他《ほか》の国《くに》がどんなにきれいでもね。自分《じぶん》の家《いえ》ほど、すてきな場所《ばしょ》はないのよ」

カカシはため息《いき》をつきました。

「もちろん、そんなことおいらにはわからないさ。おいらのように頭《あたま》にわらが詰《つ》まっていたら、たぶん人間《にんげん》は、みんなきれいな場所《ばしょ》に住《す》むようになるだろうな。そしたらカンザスには、誰《だれ》もいなくなっちゃうね。君《きみ》に脳《のう》みそがあって、カンザスはラッキーだったよ」

「ここで休《やす》んでいる間《あいだ》に、あなたのことも教《おし》えてよ」

今度《こんど》は、ドロシーが尋《たず》ねました。

するとカカシは、ドロシーを責《せ》めるような目《め》で見《み》た後《あと》、こう答《こた》えました。

「おいらの人生《じんせい》はあまりにも短《みじか》いし、本当《ほんとう》に何《なに》も知《し》らないんだ。

おいらは、おととい作《つく》られたばかりなんだよ。だから、その前《まえ》に世《よ》の中《なか》で起《お》きたことなんて、まるでわからないんだ。

でも農家《のうか》の人《ひと》がおいらの頭《あたま》を作《つく》ったときに、最初《さいしょ》にペンキで描《か》いたのは耳《みみ》だったから、何《なに》が起《お》きているのかは聞《き》こえた。

その人《ひと》と別《べつ》のマンチキンが一緒《いっしょ》にいて、話《はなし》をしていたな。最初《さいしょ》は、おいらを作《つく》った人《ひと》が、『この耳《みみ》はどうだい？』って言《い》っているのがわかったんだ。もうひとりのマンチキンは、『まっすぐじゃないな』と答《こた》えたんだけど、農家《のうか》の人《ひと》は『気《き》にするなよ。耳《みみ》は耳《みみ》だから』なんて言《い》ってた。まあ、そのとおりだよね。

それから次《つぎ》に、『今度《こんど》は目《め》を描《か》くぞ』と言《い》って、おいらの右目《みぎめ》を描《か》いた。

目《め》を描《か》き終《お》えてもらった瞬間《しゅんかん》から、おいらは農家《のうか》の人《ひと》や、自分《じぶん》の周《まわ》りのもの全部《ぜんぶ》を、ものすごくワクワクしながら見始《みはじ》めたんだ。おいらは、世《よ》の中《なか》をそのとき初《はじ》めて見《み》たわけだからね。

それを見《み》ていたマンチキンが、『かわいい目《め》だね。青《あお》いペンキは、目《め》を描《か》くのにピッタリだ』って言《い》ったら、農家《のうか》の人《ひと》は『もうひとつの目《め》は、もう少《すこ》し大《おお》きく描《か》くさ』と言《い》ってね。それで両方《りょうほう》の目《め》を描《か》いてもらったから、おいらは前《まえ》よりも、すごくよく見《み》えるようになった。

それから、鼻《はな》と口《くち》を描《か》いてもらったんだよ。だけど、おいらはしゃべらなかった。そのときは、口《くち》がなんのためにあるのかわからなかったからね。

自分《じぶん》の体《からだ》と腕《うで》と脚《あし》が作《つく》られていくのを眺《なが》めているのは、おもしろかったなあ。そんで最《さい》後《ご》に、おいらの頭《あたま》を体《からだ》につけてもらったってわけ。

あのときは、自分《じぶん》が他《ほか》の人間《にんげん》の人《ひと》たちと同《おな》じくらいできがいいと思《おも》って、とても自慢《じまん》に思《おも》ったよ。農家《のうか》の人《ひと》も、こんなふうに言《い》ってくれたんだ。『こいつは、すぐにカラスを脅《おど》かしてくれるぞ。本物《ほんもの》の人間《にんげん》に見《み》えるからな』

もうひとりも、『こりゃすごい、人間《にんげん》そのものじゃないか』と言《い》ってね。おいらもそのとおりだと思《おも》ったんだよ。

それから農家《のうか》の人《ひと》は、おいらを腕《うで》に抱《かか》えてトウモロコシ畑《ばたけ》に行《い》って、君《きみ》がおいらを見《み》つけた場所《ばしょ》に、棒《ぼう》で高《たか》いところにぶら下《さ》げたんだ。ふたりはおいらを置《お》いて、すぐに歩《ある》いて帰《かえ》ろうとした。

おいらは、そんなふうにひとりぼっちにされるのは好《す》きじゃなかった。だから、ふたりの後《あと》を追《お》いかけようとしたんだ。

でも足《あし》が地面《じめん》に届《とど》かなかったから、あの棒《ぼう》の上《うえ》で、ぶら下《さ》がったままでいるしかなかったんだよ。

おいらの人生《じんせい》は寂《さび》しかったよ。

ちょっと前《まえ》に作《つく》られたばかりだから、考《かんが》えることなんてなんにもない。

たくさんのカラスや他《ほか》の鳥《とり》たちがトウモロコシ畑《ばたけ》にやってきたけど、おいらの姿《すがた》を見《み》たとたんに飛《と》んでいっちゃうんだ。マンチキンだと思《おも》ってね。

それでもおいらは、これはうれしかったよ。自分《じぶん》がとても立派《りっぱ》な人《ひと》になったみたいでね。だけど、そのうち年《とし》をとったカラスがおいらの近《ちか》くに飛《と》んできて、こっちをじっと見《み》た後《あと》、肩《かた》のところにとまってこう言《い》ったんだ。

『あの農家《のうか》のやつは、こんな幼稚《ようち》なやり方《かた》で、わしをだまそうとしたんだな。常識《じょうしき》のあるカラスだったら、おまえが単《たん》にわらを詰《つ》めただけのカカシだってことは見抜《みぬ》くさ』

そしておいらの足元《あしもと》に飛《と》びおりて、好《す》きなだけトウモロコシを食《た》べたんだ。他《ほか》の鳥《とり》たちも、おいらがそのカラスを追《お》っ払《ぱら》わないのを見《み》て、同《おな》じようにトウモロコシを食《た》べにきたから、おいらの周《まわ》りはあっという間《ま》に鳥《とり》だらけになったんだ。

それを見《み》て、おいらは悲《かな》しくなったよ。結局《けっきょく》、そんなに優秀《ゆうしゅう》なカカシじゃなかったってことだから。

でも年寄《としよ》りのカラスは、こう言《い》ってなぐさめてくれたんだ。

『もし、おまえさんの頭《あたま》の中《なか》に脳《のう》みそさえあったら、本物《ほんもの》の人間《にんげん》たちと同《おな》じくらい、優秀《ゆうしゅう》な人間《にんげん》になれるさ。そのうちの何人《なんにん》かよりも、もっと優秀《ゆうしゅう》にもなれるさ。脳《のう》みそは、この世《よ》の中《なか》で価値《かち》のある、たったひとつのものなんだ。カラスだろうと人間《にんげん》だろうとな』

カラスたちが帰《かえ》っていった後《あと》、おいらは言《い》われたことをもう一度《いちど》考《かんが》えてみた。そして、脳《のう》みそをなんとかして手《て》に入《い》れてやるぞと思《おも》ったんだよ。

そしたら運《うん》のいいことに、君《きみ》がやってきておいらを棒《ぼう》から外《はず》してくれた。それに君《きみ》の話《はなし》からすると、エメラルドの都《みやこ》に行《い》ったら、おいらもきっと立派《りっぱ》なオズの魔《ま》法使《ほうつか》いから、すぐに脳《のう》みそをもらえると思《おも》うんだ」

「そうだといいわね。本当《ほんとう》に脳《のう》みそを欲《ほ》しがっているみたいだから」

ドロシーは心《こころ》の底《そこ》から言《い》いました。

「そうさ、真剣《しんけん》だよ。自分《じぶん》が間抜《まぬ》けだってことに気《き》づくのは、本当《ほんとう》に嫌《いや》だからね」

「それじゃあ、行《い》きましょうか」

ドロシーはこう言《い》って、カカシにバスケットを渡《わた》し、一緒《いっしょ》に歩《ある》き始《はじ》めました。

もう道端《みちばた》には、柵《さく》がまったくなくなってしまいました。周《まわ》りの土地《とち》も荒《あ》れていて、耕《たがや》されていません。

夕方《ゆうがた》が近《ちか》づく頃《ころ》、ドロシーたちは大《おお》きな森《もり》にやってきました。森《もり》の木《き》はとても大《おお》きく育《そだ》っていて、枝《えだ》が黄色《きいろ》いレンガの道《みち》をおおっていました。太陽《たいよう》の光《ひかり》が届《とど》かないので、木《き》の下《した》は暗《くら》くなっています。でもドロシーたちは立《た》ち止《ど》まらず、そのまま森《もり》の中《なか》に進《すす》んでいきました。

「この道《みち》が森《もり》の中《なか》に続《つづ》いていくんなら、どっかで森《もり》の外《そと》に出《で》るに決《き》まってるよ。エメラルドの都《みやこ》が、道《みち》をずっと行《い》った先《さき》にあるなら、おいらたちは道《みち》のとおりに行《い》かなくちゃ。どこに向《む》かっていてもね」

「そんなこと、誰《だれ》にでもわかるわ」

ドロシーが言《い》うと、カカシはこんなふうに説明《せつめい》しました。

「もちろんだよ。誰《だれ》でもわかることだから、おいらにもわかるんだ。脳《のう》みそを使《つか》わなきゃわからないようなことだったら、おいらは言《い》ったりしないよ」

それから1時間《じかん》くらい経《た》ち日《ひ》がすっかり暮《く》れると、ドロシーたちは暗闇《くらやみ》の中《なか》を転《ころ》びそうになりながら進《すす》んでいきました。ドロシーには、何《なに》も見《み》えなかったからです。

でも犬《いぬ》のトトには、周《まわ》りが見《み》えました。犬《いぬ》の中《なか》には、暗闇《くらやみ》の中《なか》でも、よく周《まわ》りが見《み》える種類《しゅるい》がいるのです。

カカシも昼間《ひるま》と同《おな》じようによく見《み》えると言《い》うので、ドロシーはカカシの腕《うで》につかまり、なんとか歩《ある》けるようになりました。

「もし家《いえ》か、野宿《のじゅく》ができるような場所《ばしょ》が見《み》えたら教《おし》えてくれなきゃだめよ。暗闇《くらやみ》の中《なか》を歩《ある》いていくのは、とても大変《たいへん》だから」

ドロシーがこう言《い》った後《あと》、すぐにカカシが立《た》ち止《ど》まりました。

「右側《みぎがわ》に小《ちい》さな小屋《こや》が見《み》えるよ。丸太《まるた》と木《き》の枝《えだ》でできてるな。あそこに行《い》ってみる？」

「ええ、そうしましょう。わたしはもうくたくただわ」

そこでカカシは、森《もり》に生《は》えた木々《きぎ》の間《あいだ》を進《すす》みながら、ドロシーを小屋《こや》まで案内《あんない》しました。

小屋《こや》に入《はい》ってみると、部屋《へや》の隅《すみ》には乾《かわ》いた葉《は》っぱの寝床《ねどこ》があります。

ドロシーはすぐに寝床《ねどこ》に横《よこ》になり、隣《となり》にいるトトと一緒《いっしょ》に、あっという間《ま》にぐっすりと眠《ねむ》ってしまいました。体《からだ》が疲《つか》れたりしないカカシは、小屋《こや》の中《なか》の別《べつ》の隅《すみ》に立《た》って、朝《あさ》がくるのをじっと待《ま》っていました。

ブリキの木《き》こり

やがて朝《あさ》がやってきました。

ドロシーが目《め》を覚《さ》ますと、太陽《たいよう》の光《ひかり》が森《もり》の木々《きぎ》の間《あいだ》から差《さ》しこんでいました。トトはずいぶん前《まえ》に起《お》きていて、周《まわ》りにいる鳥《とり》やリスを追《お》いかけていました。

起《お》きあがって辺《あた》りを見渡《みわた》したドロシーは、カカシが部屋《へや》の隅《すみ》に辛抱強《しんぼうづよ》く立《た》っていて、自《じ》分《ぶん》が起《お》きるのを待《ま》っていたのに気《き》づきました。

「水《みず》を探《さが》しにいかなきゃ」

ドロシーは、カカシに声《こえ》をかけました。

「どうして水《みず》が欲《ほ》しいんだい？」

「顔《かお》を洗《あら》って、道《みち》を歩《ある》いたときについたほこりを落《お》とすのよ。それに水《みず》を飲《の》んで、乾《かわ》いたパンがのどに詰《つ》まらないようにするためなの」

「生身《なまみ》の体《からだ》っていうのは、不便《ふべん》そうだなあ」

カカシは考《かんが》えこみながら言《い》いました。

「君《きみ》たちは、寝《ね》て、食《た》べて、水《みず》を飲《の》まなきゃならないんだから。でも人間《にんげん》には脳《のう》みそがある。それだけ面倒《めんどう》なことをしなきゃならなくとも、きちんと考《かんが》えられるようになるっていうのは、いいことなんだ」

小屋《こや》を離《はな》れて木々《きぎ》の間《あいだ》を歩《ある》いていくと、澄《す》んだ水《みず》が湧《わ》きでている小《ちい》さな泉《いずみ》がありました。そこでドロシーは水《みず》を飲《の》んだり浴《あ》びたりしてから、朝《あさ》ごはんを食《た》べました。

自分《じぶん》が持《も》っていたバスケットに、もうあまりパンが残《のこ》っていないことに気《き》づいたので、ドロシーはカカシが何《なに》も食《た》べなくていいことをありがたく思《おも》いました。パンは、その日《ひ》、ドロシーとトトが食《た》べるのがやっというくらいしか残《のこ》っていなかったのです。

ドロシーが朝《あさ》ごはんを食《た》べ終《お》わり、黄色《きいろ》いレンガの道《みち》へと戻《もど》ろうとしたとき、近《ちか》くで低《ひく》いうなり声《ごえ》が聞《き》こえました。

「あれは何《なに》？」

びっくりしたドロシーは、びくびくしながらカカシに尋《たず》ねました。

「おいらにはちっともわからないよ。とにかく行《い》ってみよう」

ちょうどそのとき、また、ドロシーとカカシの耳《みみ》にうなり声《ごえ》が聞《き》こえてきました。うなり声《ごえ》は、ふたりの後《うし》ろから聞《き》こえてくるようです。

そこでふたりは後《うし》ろを向《む》いて、森《もり》の中《なか》を数歩《すうほ》、歩《ある》いていきました。すると、木々《きぎ》の間《あいだ》からもれてくる太陽《たいよう》の光《ひかり》に照《て》らされて、何《なに》かが光《ひか》っているのがドロシーの目《め》に見《み》えました。

その場所《ばしょ》に走《はし》っていったドロシーは、小《ちい》さく驚《おどろ》きの声《こえ》を上《あ》げて急《きゅう》に立《た》ち止《ど》まりました。大《おお》きな木《き》が1本《ぽん》、ところどころで切《き》られていたのですが、その隣《となり》に全身《ぜんしん》がブリキでできた人《ひと》が、斧《おの》を振《ふ》りあげた格好《かっこう》で立《た》っていたのです。頭《あたま》と腕《うで》、そして脚《あし》の部分《ぶぶん》は胴体《どうたい》とつながっているものの、まったく動《うご》けないようで、ずっと同《おな》じ姿勢《しせい》をしています。

ドロシーはびっくりして、その人《ひと》を見《み》つめました。カカシも同《おな》じように、びっくり仰天《ぎょうてん》して眺《なが》めています。トトは激《はげ》しくほえて、ブリキでできた脚《あし》にパクッとかみつきました。でも歯《は》を痛《いた》めただけでした。

「あなた、うなり声《ごえ》を上《あ》げた？」

ドロシーが尋《たず》ねてみると、ブリキでできた男《おとこ》の人《ひと》が返事《へんじ》をしました。

「うん。うなり声《ごえ》を上《あ》げたよ。もう1年以上《ねんいじょう》、うなり声《ごえ》を上《あ》げているのに、これまでは誰《だれ》も気《き》づいたり、助《たす》けてくれたりしなかったんだ」

「何《なに》かしてあげられるかしら？」

ドロシーは優《やさ》しく尋《たず》ねました。相手《あいて》が悲《かな》しそうな声《こえ》で話《はな》すのを聞《き》いて、気《き》の毒《どく》になったのです。

「油《あぶら》さしを持《も》ってきて、ぼくの関節《かんせつ》に油《あぶら》をさして。あんまりさびているから、これっぽっちも動《うご》かせないんだ。でも油《あぶら》をしっかりさしてもらえたら、すぐにまた動《うご》くようになるから。油《あぶら》さしは、ぼくの小屋《こや》の棚《たな》の上《うえ》にあるんだ」

ドロシーはすぐに小屋《こや》に走《はし》っていきます。そして油《あぶら》さしを見《み》つけて戻《もど》ってくると、心配《しんぱい》そうに尋《たず》ねました。

「あなたの関節《かんせつ》はどこにあるの？」

「最初《さいしょ》は、ぼくの首《くび》に油《あぶら》をさして」

ドロシーは、ブリキの木《き》こりに教《おし》えてもらったとおりに、油《あぶら》をさしてあげました。

首《くび》があまりにひどくさびついていたので、カカシもブリキの頭《あたま》を持《も》って、自由《じゆう》に首《くび》が回《まわ》るようになるまで、優《やさ》しく左右《さゆう》に動《うご》かしてあげます。これでブリキの木《き》こりは、自分《じぶん》で首《くび》を回《まわ》せるようになりました。

「じゃあ次《つぎ》は、ぼくの腕《うで》のつけ根《ね》に油《あぶら》をさして」

ドロシーが、また油《あぶら》をさしてあげます。カカシが腕《うで》をそっと曲《ま》げると、さびがとれて、ブリキの体《からだ》は新品同様《しんぴんどうよう》に動《うご》くようになりました。

さびを落《お》としてもらったブリキの木《き》こりは、満足《まんぞく》そうにため息《いき》をつくと、手《て》に持《も》っていた斧《おの》をおろして、木《き》にたてかけました。

「ずいぶん楽《らく》になった。体《からだ》がさびてから、ずっと斧《おの》を持《も》ちあげたままだったんだけど、ようやくおろせるからうれしいよ。今度《こんど》は脚《あし》のつけ根《ね》に油《あぶら》をさしてくれないかな。そしたら元《もと》どおりになるから」

ドロシーとカカシは、脚《あし》を自由《じゆう》に動《うご》かせるようになるまで油《あぶら》をさしてあげました。

ブリキの木《き》こりは、自分《じぶん》の体《からだ》を自由《じゆう》に動《うご》かせるようにしてくれたことに、何度《なんど》も何度《なんど》もお礼《れい》を言《い》いました。木《き》こりはとても礼儀正《れいぎただ》しい人《ひと》で、心《こころ》から感謝《かんしゃ》しているようでした。

「君《きみ》たちが来《き》てくれなかったら、ぼくはずっとあそこで立《た》っているところだった。だから君《きみ》たちは、ぼくの命《いのち》の恩人《おんじん》なんです。君《きみ》たちは、どうしてここに来《き》たの？」

「わたしたちは、偉《えら》いオズの魔法使《まほうつか》いに会《あ》うために、エメラルドの都《みやこ》に行《い》く途中《とちゅう》なの」

ドロシーは説明《せつめい》しました。

「そして昨日《きのう》の夜《よる》は、あなたの小屋《こや》に泊《と》まったのよ」

「どうしてオズに会《あ》いたいの？」

木《き》こりが尋《たず》ねました。

「わたしをカンザスに帰《かえ》してもらいたいの。それにカカシさんは、頭《あたま》の中《なか》に脳《のう》みそを入《い》れてもらいたがっているわ」

ブリキの木《き》こりはしばらく、じっと考《かんが》えこんだようでした。それからこんなふうにきいてきました。

「オズは、ぼくに心臓《しんぞう》をくれると思《おも》うかい？」

「ええ、くれるんじゃないかしら。カカシさんに脳《のう》みそをくれるのと同《おな》じくらい、簡単《かんたん》なはずよ」

「確《たし》かにそうだね」

ブリキの木《き》こりが相《あい》づちを打《う》ちました。

「もしお邪魔《じゃま》じゃなかったら、ぼくを君《きみ》たちの仲間《なかま》に入《い》れてくれないかな？　ぼくもエメラルドの都《みやこ》に行《い》って、オズに助《たす》けてくれるように頼《たの》むんだ」

「じゃあ、一緒《いっしょ》に行《い》こうよ」

カカシが心《こころ》から喜《よろこ》んで誘《さそ》いました。ドロシーも、

「わたしたちと一緒《いっしょ》に行《い》ってくれたらうれしいわ」

とつけ加《くわ》えます。

こうしてブリキの木《き》こりは斧《おの》を肩《かた》にかつぎ、一緒《いっしょ》に歩《ある》き始《はじ》めました。やがてドロシーたちは森《もり》を抜《ぬ》けて、黄色《きいろ》いレンガが敷《し》かれた道《みち》に出《で》ます。

ブリキの木《き》こりは、油《あぶら》さしをバスケットの中《なか》に入《い》れてほしいと、ドロシーに頼《たの》んできました。

「なぜかっていうとね、雨《あめ》に降《ふ》られて、またさびてしまったら、油《あぶら》さしが本当《ほんとう》に必要《ひつよう》になるからなんだ」

新《あたら》しい仲間《なかま》が加《くわ》わったのは、なかなか運《うん》のいい出来事《できごと》でした。

エメラルドの都《みやこ》に向《む》けてもう一度《いちど》、旅《たび》を始《はじ》めたとたんに、ドロシーたちは木《き》や枝《えだ》がこんもりと生《お》い茂《しげ》って道《みち》をふさぎ、歩《ある》いて通《とお》れないような場所《ばしょ》に来《き》ました。

でもブリキの木《き》こりが斧《おの》を使《つか》って、仕事《しごと》にとりかかりました。木《き》や枝《えだ》を上手《じょうず》に切《き》って、全員《ぜんいん》が通《とお》れるように道《みち》をあけてくれたのです。

みんなで一緒《いっしょ》に歩《ある》いていくと、カカシは穴《あな》につまずいて、道端《みちばた》に転《ころ》がってしまいました。

ドロシーは熱心《ねっしん》に考《かんが》えごとをしていたので、気《き》がつきません。カカシは立《た》ち上《あ》がるのを手伝《てつだ》ってほしいと、ドロシーに声《こえ》をかけなければなりませんでした。

「どうして穴《あな》をよけて歩《ある》かないんだい？」

ブリキの木《き》こりが尋《たず》ねました。

「おいらには、よくわからないんだよ」

カカシは陽気《ようき》に答《こた》えました。

「ほら、頭《あたま》にはわらが詰《つ》められているからね。だから脳《のう》みそをくれるように、オズに頼《たの》みにいくんだよ」

「ああ、なるほどね」

ブリキの木《き》こりが言《い》いました。

「でも結局《けっきょく》のところ、脳《のう》みそはこの世《よ》で一番大切《いちばんたいせつ》なものじゃないけどね」

「君《きみ》には脳《のう》みそがあるのかい？」

今度《こんど》はカカシが尋《たず》ねました。

「いや、ぼくの頭《あたま》の中《なか》もまるっきり空《から》っぽだよ。

でも昔《むかし》は脳《のう》みそがあったし、心臓《しんぞう》もあったんだ。つまり脳《のう》みそも心臓《しんぞう》も両方《りょうほう》もっていたんだけど、ぼくは心臓《しんぞう》が欲《ほ》しいんだ」

「それはどうして？」

「じゃあ、ぼくのことを教《おし》えてあげるよ。そしたら君《きみ》もわかるから」

森《もり》の中《なか》を歩《ある》いている間《あいだ》、ブリキの木《き》こりはこんな話《はなし》をしました。

「ぼくは、森《もり》の木《き》を切《き》って、売《う》ることで生活《せいかつ》している木《き》こりの息子《むすこ》として生《う》まれたんだ。

大《おお》きくなってからは、ぼく自身《じしん》も木《き》こりになってね。お父《とう》さんが亡《な》くなった後《あと》は、年《とし》をとったお母《かあ》さんのことを亡《な》くなるまで世話《せわ》したんだ。

お母《かあ》さんがいなくなってからはひとりで暮《く》らすんじゃなくて、誰《だれ》かと結婚《けっこん》しようと決《き》めたんだ。寂《さび》しくならないように」

ブリキの木《き》こりの話《はなし》は続《つづ》きます。

「あるマンチキンの女《おんな》の子《こ》がいてね。その子《こ》はとてもきれいだったから、ぼくはすぐに大《だい》好《す》きになった。そしたらその子《こ》は、わたしのためにもっと立派《りっぱ》な家《いえ》が建《た》てられるくらいお金《かね》を稼《かせ》げるようになったら、すぐにでも結婚《けっこん》するって約束《やくそく》してくれたよ。だからぼくは、それまでよりも、もっと一生懸命《いっしょうけんめい》に働《はたら》いたんだ。

でも、その子《こ》と一緒《いっしょ》に暮《く》らしていたおばあさんは結婚《けっこん》するのを嫌《いや》がっていた。相手《あいて》が誰《だれ》でもね。おばあさんはとても怠《なま》け者《もの》で、その子《こ》をずっとそばにおいて、料理《りょうり》や家《いえ》の仕事《しごと》をさせたがっていたんだ。

だからおばあさんは、悪《わる》い東《ひがし》の魔女《まじょ》のところに行《い》って、ぼくたちが結婚《けっこん》するのを邪魔《じゃま》してくれるなら、2頭《とう》の羊《ひつじ》と1頭《とう》の牛《うし》をあげるって約束《やくそく》したんだよ。

そしたら悪《わる》い魔女《まじょ》は、ぼくの斧《おの》に魔法《まほう》をかけた。

ある日《ひ》ぼくが、できるだけ早《はや》く新《あたら》しい家《いえ》を建《た》てて奥《おく》さんをもらおうとはりきって木《き》を切《き》っていると、突然《とつぜん》、手《て》から斧《おの》が滑《すべ》って左《ひだり》の脚《あし》をちょん切《ぎ》ってしまったんだ。最初《さいしょ》は、なんて運《うん》がないんだと思《おも》ったよ。1本《ぽん》しか脚《あし》がないと、木《き》こりとしてあまりいい仕事《しごと》はできないからね。だからぼくはブリキ職人《しょくにん》のところに行《い》って、ブリキで新《あたら》しい脚《あし》を作《つく》ってもらったんだ。

いったん慣《な》れてしまうと、ブリキの左脚《ひだりあし》はとてもうまく動《うご》いた。でも、そのせいで悪《わる》い東《ひがし》の魔女《まじょ》が腹《はら》を立《た》てたんだ。「ぼくと、かわいいマンチキンの女《おんな》の子《こ》は結婚《けっこん》させない」――悪《わる》い魔女《まじょ》は、おばあさんにそう約束《やくそく》をしてしまったからね。だからもう一度《いちど》木《き》を切《き》り始《はじ》めると、今度《こんど》は斧《おの》が手《て》から滑《すべ》って、右脚《みぎあし》をちょん切《ぎ》った。それでぼくはまたブリキ職人《しょくにん》のところに行《い》って、脚《あし》を作《つく》ってもらったんだけど、魔法《まほう》がかかった斧《おの》は、次《つぎ》にはぼくの腕《うで》を両方《りょうほう》ちょん切《ぎ》ったんだ。だけどぼくは、何《なに》があってもくじけなかったし、腕《うで》も全部《ぜんぶ》ブリキのものと取《と》りかえた。すると悪《わる》い魔女《まじょ》は斧《おの》を滑《すべ》らせて、頭《あたま》を切《き》り落《お》とすように仕向《しむ》けたんだ。

これでぼくもおしまいかと思《おも》ったよ。そしたら、たまたまブリキ職人《しょくにん》が通《とお》りかかって、ブリキで新《あたら》しい頭《あたま》を作《つく》ってくれてね。

ぼくは、これで悪《わる》い魔女《まじょ》に勝《か》ったと思《おも》ったし、前《まえ》にもまして一生懸命《いっしょうけんめい》に働《はたら》いた。でもぼくは、悪《わる》い魔女《まじょ》がどんなに残酷《ざんこく》かってことが、きちんとわかってなかった。魔女《まじょ》は、かわいいマンチキンの女《おんな》の子《こ》をあきらめさせるために、新《あたら》しい方法《ほうほう》を考《かんが》えだしたんだ。ぼくの斧《おの》をまた滑《すべ》らせて、体《からだ》を真《ま》っ二《ぷた》つにしたんだよ。

確《たし》かにそのときも、ブリキ職人《しょくにん》がぼくを助《たす》けにきてくれて体《からだ》を作《つく》ってくれた。それにブリキの腕《うで》と脚《あし》と頭《あたま》を体《からだ》につないでくれたおかげで、ぼくは前《まえ》よりも動《うご》き回《まわ》れるようになったんだ。

でも、なんてこったろう！

体《からだ》がブリキになったから、心臓《しんぞう》がなくなってしまったんだ。だからマンチキンの女《おんな》の子《こ》を好《す》きな気持《きも》ちも全部《ぜんぶ》なくなって、結婚《けっこん》できてもできなくても、どうでもよくなっちゃったんだ。

たぶん、その子《こ》はまだおばあさんと一緒《いっしょ》に住《す》んでいて、ぼくが迎《むか》えにくるのを待《ま》っているはずなんだよ」

木《き》こりは、自分《じぶん》の体《からだ》についても説明《せつめい》してくれました。

「ブリキの体《からだ》は、太陽《たいよう》の光《ひかり》の中《なか》でピカピカに輝《かがや》いたから、ぼくはとても自慢《じまん》だった。それに斧《おの》が手《て》から滑《すべ》っても、心配《しんぱい》じゃなくなったんだ。ブリキの体《からだ》はちょん切《ぎ》られたりしないわけだから。

でも、たったひとつだけやっかいなことがあったんだ。関節《かんせつ》がさびてしまうことさ。ぼくは小屋《こや》に油《あぶら》さしを用意《ようい》しておいて、必要《ひつよう》なときには、自分《じぶん》で油《あぶら》をさすように気《き》をつけていたんだ。

だけど、ある日《ひ》、油《あぶら》をさすのを忘《わす》れちゃってね。ひどい嵐《あらし》にさらされて、危《あぶ》ないって気《き》づく前《まえ》に、関節《かんせつ》がさびてしまっていたんだ。

だから君《きみ》たちが助《たす》けにきてくれるまで、ずっと森《もり》の中《なか》で立《た》ったままだったんだよ。

ひどい経験《けいけん》だったんだけど、あそこに1年間《ねんかん》立《た》っている間《あいだ》に、自分《じぶん》がなくした一番大切《いちばんたいせつ》なものは心臓《しんぞう》なんだって、気《き》づくことができたんだ。

あの子《こ》に夢中《むちゅう》になっているとき、ぼくはこの世《よ》で誰《だれ》よりも幸《しあわ》せだった。

でも心臓《しんぞう》がないと、誰《だれ》かを好《す》きになったりできない。だからぼくは、オズに心臓《しんぞう》をくれるように頼《たの》むつもりなんだよ。オズが願《ねが》いをかなえてくれたら、マンチキンの女《おんな》の子《こ》のところに行《い》って結婚《けっこん》するんだ」

ドロシーとカカシは、ブリキの木《き》こりの話《はなし》をとても熱心《ねっしん》に聞《き》きました。木《き》こりが新《あたら》しい心臓《しんぞう》をどうしてそれほど欲《ほ》しがるのかも、これでもうわかります。

「だけど、やっぱり」

カカシは言《い》いました。

「おいらは心臓《しんぞう》じゃなくて脳《のう》みそを頼《たの》むよ。心臓《しんぞう》をもっていたって、脳《のう》みそがなくてトンチンカンだと、どうやって心臓《しんぞう》を使《つか》っていいのかわからないからね」

「ぼくは心臓《しんぞう》にするね」

ブリキの木《き》こりは言《い》いました。

「脳《のう》みそがあったって、人《ひと》は幸《しあわ》せになれないから。幸《しあわ》せっていうのは、世界《せかい》で一番《いちばん》すばらしいものなんだ」

ドロシーは何《なに》も言《い》いませんでした。

トウモロコシ畑《ばたけ》で出会《であ》ったカカシと、森《もり》の中《なか》で助《たす》けてあげたブリキの木《き》こり、ふたりの友《とも》だちのうち、どちらの言《い》っていることが正《ただ》しいのか、わからなかったからです。

ドロシーは、カンザスにいるエムおばさんのところに帰《かえ》ることさえできたなら、木《き》こりに脳《のう》みそがなかったり、カカシに心臓《しんぞう》がなかったりしても、あるいは、ふたりが望《のぞ》みをかなえられなくとも、あまり気《き》にならないだろうと思《おも》っていました。

それに今《いま》のドロシーにとっては、一番心配《いちばんしんぱい》なことがありました。家《いえ》から持《も》ってきたパンが、ほとんどなくなってしまっていたのです。

ドロシーとトトがもう一度《いちど》ごはんを食《た》べたら、バスケットは空《から》になります。

確《たし》かにブリキの木《き》こりもカカシも、何《なに》も食《た》べません。でもドロシーの体《からだ》は、ブリキやわらでできているわけではないので、何《なに》かを食《た》べないと生《い》きていけないのです。

臆《おく》病《びょう》者《もの》のライオン

こういう話《はなし》をしている間《あいだ》も、ドロシーたちは木《き》が生《お》い茂《しげ》った森《もり》の中《なか》をずっと歩《ある》いていました。道《みち》には黄色《きいろ》いレンガが敷《し》かれたままでしたが、木《き》から落《お》ちてくる枯《か》れた枝《えだ》と葉《は》っぱにおおわれていて、とても歩《ある》きにくくなっていました。

ドロシーたちが歩《ある》いていたのは、森《もり》の中《なか》でも、あまり鳥《とり》が飛《と》んでいない場《ば》所《しょ》でした。鳥《とり》は日《ひ》の光《ひかり》がたっぷりとあたる、開《ひら》けた場《ば》所《しょ》が好《す》きなのです。

逆《ぎゃく》に森《もり》の中《なか》からは、木《き》の間《あいだ》に隠《かく》れている野《や》生《せい》の獣《けもの》の低《ひく》いうなり声《ごえ》が、ときどき聞《き》こえてきました。

こういう鳴《な》き声《ごえ》を聞《き》くと、ドロシーは心《しん》臓《ぞう》がドキドキしました。そのうなり声《ごえ》が、どんな動《どう》物《ぶつ》のものなのか、わからなかったからです。

でもトトにはわかっていたので、ドロシーの近《ちか》くを歩《ある》いていても、ほえ返《かえ》しませんでした。

「この森《もり》を抜《ぬ》けるのに、どのくらい時間《じかん》がかかるかしら?」

ドロシーはブリキの木《き》こりに尋《たず》ねました。

「わからないよ。ぼくは、エメラルドの都《みやこ》に行《い》ったことなんて全然《ぜんぜん》ないからね。でもぼくが子《こ》どもの頃《ころ》、お父《とう》さんが1度《ど》だけ行《い》ったことがあるんだ。お父《とう》さんは、危《あぶ》ないところを通《とお》っていくけど、オズが住《す》んでいる街《まち》の近《ちか》くに行《い》くと、きれいな場所《ばしょ》に出《で》ると言《い》っていたね。

油《あぶら》さしがあるかぎり、ぼくは怖《こわ》がったりしないし、カカシ君《くん》もけがをしたりしない。それに君《きみ》のおでこには、良《よ》い魔女《まじょ》にキスをしてもらった印《しるし》がついている。その印《しるし》が悪《わる》いやつらから守《まも》ってくれるんだ」

「でも、トトがいるじゃない!」

ドロシーは心配《しんぱい》そうに言《い》いました。

「トトは何《なに》に守《まも》ってもらうの?」

「もしもトトが危《あぶ》ない目《め》にあったら、ぼくたちが守《まも》ってあげなきゃいけないね」

ブリキの木《き》こりが、こう答《こた》えたちょうどそのとき、森《もり》の中《なか》から恐《おそ》ろしいうなり声《ごえ》が聞《き》こえたかと思《おも》うと、大《おお》きなライオンが道《みち》に飛《と》びだしてきました。

ライオンはブンと前脚《まえあし》をひと振《ふ》りして、カカシをくるくると道端《みちばた》に飛《と》ばし、鋭《するど》い爪《つめ》で、ブリキの木《き》こりを引《ひ》っかきました。

ブリキの体《からだ》にはなんの傷《きず》もつかないので、ライオンはびっくりしました。でも木《き》こりは道《みち》の上《うえ》に倒《たお》れ、動《うご》けなくなってしまいました。

こうして今度《こんど》は小《ちい》さなトトが、ライオンに立《た》ち向《む》かうことになりました。

トトはワンワンほえながら、ライオンのほうに走《はし》っていきます。ライオンはトトをかもうと、大《おお》きく口《くち》を開《あ》けました。

ドロシーが危険《きけん》をおかして、ライオンに突進《とっしん》したのはそのときでした。トトがかみ殺《ころ》されるのではないかと思《おも》ったドロシーは、ライオンのところに行《い》くと鼻《はな》を思《おも》いっきりたたいて、こう大声《おおごえ》で叫《さけ》んだのです。

「トトにかみついちゃだめ！　あなたみたいに大《おお》きな動物《どうぶつ》が、小《ちい》さな犬《いぬ》にかみつくなんて恥《は》ずかしいと思《おも》わないの！」

「オレはかんでないよ」

ドロシーにたたかれた鼻《はな》を前脚《まえあし》でこすりながら、ライオンが答《こた》えました。

「でも、かもうとしたじゃない。体《からだ》は大《おお》きいけど、あなたはただの臆病者《おくびょうもの》だわ」

「わかってるよ」

恥《は》ずかしくなったライオンは、しょんぼりと首《くび》をうなだれながら言《い》いました。

「前《まえ》から知《し》ってるよ。それなら、どうしろっていうんだい？」

「わかりっこないわよ。わらの詰《つ》まったかわいそうなカカシさんをたたく理由《りゆう》なんて、わかるもんですか！」

「中《なか》にわらが詰《つ》まっているのかい？」

ライオンは、ドロシーがカカシを持《も》ちあげて立《た》たせ、パンパンと体《からだ》をたたいて元《もと》どおりの形《かたち》にしてやるのを見《み》ながら、驚《おどろ》いて尋《たず》ねました。

「もちろん、体《からだ》の中身《なかみ》はわらよ」

ドロシーは、まだライオンに怒《おこ》りながら言《い》いました。

「だからあんなに簡単《かんたん》に、向《む》こう側《がわ》にひっくり返《かえ》っちゃったんだな。あんなふうにくるくる回《まわ》るのを見《み》て、驚《おどろ》いたんだよ。もうひとりも、体《からだ》の中身《なかみ》はわらなのかい？」

「違《ちが》うわ。この人《ひと》はブリキでできてるの」

ドロシーはこう言《い》いながら、木《き》こりが立《た》ち上《あ》がるのを手伝《てつだ》ってあげました。

「それでオレの爪《つめ》が、もう少《すこ》しで折《お》れそうになったんだね。ブリキに爪《つめ》を立《た》てたとき、背《せ》すじがぞっとしたんだよ。ところで、君《きみ》がそんなに大事《だいじ》にしている、その小《ちい》さな動物《どうぶつ》はなんだい？」

「わたしの犬《いぬ》のトトよ」

「その子《こ》の体《からだ》もブリキか、わらでできているのかい？」

「どっちでもないわ。この子《こ》の体《からだ》は……肉《にく》でできているわ」

「へえ！　すごくおもしろい動物《どうぶつ》だね。よく眺《なが》めてみると、とてもちっちゃいし。こんな小《ちい》さな生《い》き物《もの》にかみつこうなんて、誰《だれ》も思《おも》わないよね、オレみたいな臆病者《おくびょうもの》を別《べつ》にすれば」

ライオンは悲《かな》しそうに言《い》いました。

「どうして臆病《おくびょう》になったの？」

ドロシーはライオンをびっくりして見《み》つめながら尋《たず》ねました。ライオンの体《からだ》は、小《ちい》さな馬《うま》くらい大《おお》きかったからです。

「それが謎《なぞ》なんだよ。たぶん、オレは生《う》まれたときから臆病《おくびょう》だったんだと思《おも》う。森《もり》の他《ほか》の動物《どうぶつ》たちはみな、オレのことを当《あ》たり前《まえ》のように勇敢《ゆうかん》だと思《おも》っているんだ。どこに行《い》っても、ライオンは百獣《ひゃくじゅう》の王《おう》だって思《おも》われてるからね。

それとオレは、すごく大《おお》きな声《こえ》でほえたら、全部《ぜんぶ》の生《い》き物《もの》が怖《こわ》がって逃《に》げていくということもわかるようになった。

オレは人間《にんげん》に会《あ》うと、いつも必《かなら》ず、ものすごくびくびくする。でもほえるだけで、思《おも》いっきり走《はし》って逃《に》げていってしまうんだ。

ゾウやトラやクマが襲《おそ》いかかってきたりしたら、オレは逃《に》げだすよ……それくらい臆病《おくびょう》なんだ。

けれどオレがほえるのを聞《き》いた瞬間《しゅんかん》に、むこうがオレから逃《に》げようとするんだ。もちろん、オレも追《お》いかけたりしないけど」

「でもそれは正《ただ》しくないよ。百獣《ひゃくじゅう》の王《おう》のライオンが臆病《おくびょう》じゃだめだよ」

カカシが言《い》いました。

「オレだってわかってるさ」

ライオンは目《め》に浮《う》かんだ涙《なみだ》を、しっぽの先《さき》でぬぐいながら言《い》いました。

「そこが一番悲《いちばんかな》しいし、オレの人生《じんせい》をとてもみじめなものにしてるんだ。けれど危《あぶ》ない場《ば》面《めん》になると、心臓《しんぞう》がドキドキと速《はや》く鳴《な》るんだよ」

「もしかしたら、心臓《しんぞう》の病気《びょうき》なのかもしれないよ」

ブリキの木《き》こりが言《い》うと、

「そうかもね」

とライオンが答《こた》えました。

「もし心臓《しんぞう》の病気《びょうき》なんだとしたら」

ブリキの木《き》こりが話《はなし》を続《つづ》けます。

「それは喜《よろこ》ぶべきことだよ。君《きみ》には心臓《しんぞう》があるという証拠《しょうこ》だからね。ぼくには心臓《しんぞう》がないから、心臓《しんぞう》の病気《びょうき》になんてなれないいんだ」

「もしかすると」

ライオンは考《かんが》えこみながら言《い》いました。

「オレに心臓《しんぞう》がなかったら、臆病《おくびょう》になったりしないのかもしれないな」

「君《きみ》には脳《のう》みそはあるのかい？」

今度《こんど》はカカシが尋《たず》ねました。

「そうだと思《おも》うよ。確認《かくにん》したことはないけど」

「おいらは偉《えら》いオズのところに行《い》って、脳《のう》みそをくれるように頼《たの》むんだ。おいらの頭《あたま》は、わらでできてるからね」

「ぼくは心臓《しんぞう》をくれるよう頼《たの》みにいくんだよ」

と木《き》こりが言《い》い、次《つぎ》にはドロシーが旅《たび》の目的《もくてき》を説明《せつめい》しました。

「わたしは、トトと一緒《いっしょ》にカンザスに帰《かえ》してくれるように頼《たの》みにいくの」

「オズはオレに勇気《ゆうき》をくれると思《おも》う？」

臆病者《おくびょうもの》のライオンは尋《たず》ねました。

「おいらに脳《のう》みそをくれるのと同《おな》じくらい、簡単《かんたん》なことだと思《おも》うよ」

まずはカカシが答《こた》えます。

「それか、ぼくに心臓《しんぞう》をくれるのと同《おな》じくらいに」

ブリキの木《き》こりも言《い》いました。

「それか、わたしをカンザスに帰《かえ》すのと同《おな》じくらいにね」

最後《さいご》にドロシーも口《くち》をそろえます。

「だとしたら、オレも一緒《いっしょ》に行《い》っていいかな？　これっぽっちも勇気《ゆうき》がないから、オレの人生《じんせい》は、我慢《がまん》できないくらいみじめなんだ」

「大歓迎《だいかんげい》よ」

とドロシーが答《こた》えました。

「あなたがいてくれたら、他《ほか》の恐《おそ》ろしい獣《けもの》が近寄《ちかよ》ってこないもの。それに、あなたを見《み》てそんなにすぐに怖《こわ》がるなら、他《ほか》の獣《けもの》たちは、もっと臆病《おくびょう》なんじゃないかしら？」

「本当《ほんとう》はそうなんだよ。でもだからといって、オレが勇敢《ゆうかん》だってことにはちっともならない。自分《じぶん》は臆病者《おくびょうもの》なんだってわかっているかぎり、オレは不幸《ふしあわ》せなままなんだよ」

話《はなし》を終《お》えたドロシーたちは、もう一度旅《いちどたび》に出《で》ました。

ライオンはドロシーの横《よこ》で、堂々《どうどう》と歩《ある》いています。

トトはライオンの大《おお》きな口《くち》でかまれそうになったことを忘《わす》れられず、最初《さいしょ》はこの新《あたら》しい仲間《なかま》を認《みと》めようとしませんでした。

でもしばらくすると安心《あんしん》するようになり、じきに仲良《なかよ》しになりました。

もうその日《ひ》は、ドロシーたちの平和《へいわ》な旅《たび》を邪魔《じゃま》するような出来事《できごと》は起《お》きませんでした。

一度《いちど》、ブリキの木《き》こりが、道《みち》を這《は》っているカブトムシを踏《ふ》んでしまいました。

ブリキの木《き》こりは、とても悲《かな》しみました。どんな生《い》き物《もの》でも傷《きず》つけたりしないように、ブリキの木《き》こりはいつも注意《ちゅうい》していたからです。

悲《かな》しくなったブリキの木《き》こりは、カブトムシを殺《ころ》してしまったことを後悔《こうかい》して、歩《ある》きながら、何粒《なんつぶ》かの涙《なみだ》をこぼしました。

涙《なみだ》はゆっくりと木《き》こりの顔《かお》をつたって、あごの関節《かんせつ》に届《とど》き、そこでブリキをさびつかせてしまいました。だからドロシーが木《き》こりに質問《しつもん》をしても、木《き》こりは口《くち》を開《あ》けられませんでした。あごがさびてしまったのです。

すっかりあわてた木《き》こりは、さびたあごをもう一度《いちど》動《うご》かせるように、ドロシーに向《む》かっていろいろな仕草《しぐさ》をしましたが、わかってもらえませんでした。ライオンも、やはり何《なに》が起《お》きているのかわかってくれません。

でもカカシはドロシーのバスケットから油《あぶら》さしを出《だ》して、木《き》こりのあごに油《あぶら》をさしてあげました。すると木《き》こりは、すぐに前《まえ》と同《おな》じように話《はな》せるようになりました。

「いい勉強《べんきょう》になったよ」

口《くち》がきけるようになった木《き》こりは、こんなふうに言《い》いました。

「足元《あしもと》をしっかり見《み》て歩《ある》くこと。もし他《ほか》の虫《むし》やカブトムシを死《し》なせてしまったら、きっとまた泣《な》いちゃうからね。そしたらあごがさびて、しゃべれなくなるんだ」

この出来事《できごと》の後《あと》、ブリキの木《き》こりは道《みち》をじっと見《み》ながら、とても注意深《ちゅういぶか》く歩《ある》きました。小《ちい》さなアリが1匹《ぴき》、一生懸命《いっしょうけんめい》に進《すす》んでいるのを見《み》つけたときには、踏《ふ》まないようにまたぎました。

ブリキの木《き》こりは、自分《じぶん》に心臓《しんぞう》がないことをよくわかっていました。だからこそ、どんな生《い》き物《もの》に対《たい》しても残酷《ざんこく》なことをしたり、ひどい行動《こうどう》をとったりしないように、とても注《ちゅう》意《い》していたのです。

「君《きみ》たちみたいに心臓《しんぞう》のある人《ひと》たちには、自分《じぶん》を導《みちび》いてくれる心《こころ》があるんだ。だから間違《まちが》いを起《お》こしたりしなくてすむんだね。

ぼくには心臓《しんぞう》がないから、すごく注意《ちゅうい》しなきゃならないんだよ。オズが心臓《しんぞう》をくれたら、もちろん、そんなに気《き》にしなくてよくなるけど」

偉《えら》いオズに会《あ》うための旅《たび》

夜《よる》がやってきました。

近《ちか》くに家《いえ》がなかったので、ドロシーたちは、森《もり》の中《なか》の大《おお》きな木《き》の下《した》で夜《よる》を過《す》ごさなければなりません。

大《おお》きな木《き》は、みんなが夜露《よつゆ》でぬれないようにしっかり守《まも》ってくれる、分厚《ぶあつ》いおおいになってくれました。

また、ブリキの木《き》こりが斧《おの》でたくさんの木《き》を切《き》ってくれたので、ドロシーは薪《まき》を燃《も》やして、赤々《あかあか》とたき火《び》をおこすことができました。そのおかげでドロシーの体《からだ》は温《あたた》まりましたし、寂《さび》しさもまぎらわせることができたのです。

でも、ドロシーとトトは最後《さいご》のパンを食《た》べきってしまったので、朝《あさ》ごはんに何《なに》を食《た》べればいいのか、わからなくなってしまいました。

「お望《のぞ》みなら」

ライオンが提案《ていあん》しました。

「森《もり》の中《なか》に行《い》って、シカを仕留《しと》めてきてやろうか。そしたら火《ひ》で肉《にく》を焼《や》いて食《た》べることができるよ。

人間《にんげん》の味《あじ》の好《この》みは変《か》わっているから、料理《りょうり》してから食《た》べるほうが好《す》きなんだ。豪勢《ごうせい》な朝《あさ》ごはんになるね」

「やめてよ！　そんなことしないで！」

ブリキの木《き》こりは必死《ひっし》に頼《たの》みました。

「君《きみ》がかわいそうなシカを食《た》べちゃったりしたら、ぼくは必《かなら》ず泣《な》いちゃうよ。そんなことをしたら、またあごがさびるんだ」

でもライオンは森《もり》の中《なか》に入《はい》って、自分《じぶん》の食《た》べ物《もの》を見《み》つけました。

ライオンが説明《せつめい》しなかったので、何《なに》を食《た》べたのかは誰《だれ》もわかりませんでした。

一方《いっぽう》、カカシは木《き》の実《み》がたくさんなっている木《き》を見《み》つけて、ドロシーがしばらくおなかをすかさないように、バスケットいっぱいに木《き》の実《み》を詰《つ》めてきてくれました。

ドロシーは、カカシの親切《しんせつ》さと思《おも》いやりに感動《かんどう》しましたが、木《き》の実《み》を拾《ひろ》うときのぎくしゃくした様子《ようす》を見《み》て、大声《おおごえ》で笑《わら》ってしまいました。わらの詰《つ》まった手《て》の動《うご》かし方《かた》は、とても不器用《ぶきよう》でした。それに木《き》の実《み》はあまりに小《ちい》さかったので、バスケットに入《い》れたのと同《おな》じくらいの分《ぶん》を落《お》としてしまったのです。

でも、バスケットを木《き》の実《み》でいっぱいにするのにどんなに時間《じかん》がかかっても、カカシは気《き》にしません。木《き》の実《み》を拾《ひろ》っていると、たき火《び》から遠《とお》くにいられるからです。カカシは火《ひ》の粉《こ》がわらに入《はい》りこみ、体《からだ》が燃《も》えてしまうのを怖《こわ》がっていました。だからカカシは、たき火《び》からかなり離《はな》れた場所《ばしょ》にいるようにしました。炎《ほのお》のそばに近《ちか》づくのは、横《よこ》になって眠《ねむ》ろうとするドロシーに、乾《かわ》いた葉《は》っぱをかけてあげるときだけでした。

カカシが葉《は》っぱをかけてくれたおかげで、ドロシーの体《からだ》はとても温《あたた》かくなりましたし、朝《あさ》がくるまでぐっすり眠《ねむ》ることができました

辺《あた》りが明《あか》るくなると、ドロシーはさざ波《なみ》を立《た》てて流《なが》れる小《ちい》さな川《かわ》で顔《かお》を洗《あら》い、すぐにみ

んなでエメラルドの都《みやこ》に向《む》かって歩《ある》き始《はじ》めました。

この日《ひ》は、ドロシーたちにとって、いろいろな事件《じけん》が起《お》きた日《ひ》でした。まず歩《ある》き始《はじ》めて1時間《じかん》も経《た》たないうちに、大《おお》きな溝《みぞ》が道《みち》を横切《よこぎ》っている場所《ばしょ》に出《で》くわしました。

溝《みぞ》は森《もり》の中《なか》まで続《つづ》いていて、ドロシーたちが見《み》るかぎりでは、左右《さゆう》にずっとのびています。

しかもとても幅《はば》が広《ひろ》いだけでなくとても深《ふか》くて、ドロシーたちが溝《みぞ》の縁《ふち》に這《は》いつくばって中《なか》をのぞくと、底《そこ》には先《さき》のとんがった大《おお》きな岩《いわ》が、たくさんあるのがわかりました。溝《みぞ》はかなり急《きゅう》に切《き》り立《た》っているので、下《した》に降《お》りていくことも誰《だれ》もできません。一瞬《いっしゅん》、エメラルドの都《みやこ》に行《い》く旅《たび》は、ここでやめてしまわなければならないように思《おも》えました。

「わたしたち、どうしたらいいの？」

ドロシーは、がっかりしながら意見《いけん》をききました。

「全然《ぜんぜん》思《おも》い浮《う》かばないな」

とブリキの木《き》こりが言《い》いました。

ライオンはたてがみがもじゃもじゃ生《は》えた頭《あたま》を振《ふ》って、じっと考《かんが》えこんでいるようです。

カカシは、こんなふうに言《い》いました。

「おいらたちが空《そら》を飛《と》べないのは確《たし》かだね。それにこの大《おお》きくて深《ふか》い溝《みぞ》を、這《は》って降《お》りていくのもできないな。だからこの溝《みぞ》をジャンプして越《こ》えられないと、先《さき》には進《すす》めないよ」

「オレなら跳《と》び越《こ》えられると思《おも》う」

臆病《おくびょう》なライオンは、頭《あたま》の中《なか》でその距離《きょり》を慎重《しんちょう》にはかりながら言《い》いました。

「じゃあ、大丈夫《だいじょうぶ》だね。1回《かい》にひとりずつ、おいらたちを運《はこ》んでくれればいいんだ」

「それなら、やってみるよ。最初《さいしょ》は誰《だれ》?」

「おいらが行《い》くよ」

名乗《なの》りをあげたのは、カカシです。

「この溝《みぞ》をジャンプして越《こ》えられなかったら、ドロシーは下《した》に落《お》ちて死《し》んじゃうかもしれない。ブリキの木《き》こり君《くん》だって、下《した》の岩《いわ》にぶつかってへこんでしまうだろうね。でもおいらが背中《せなか》に乗《の》るんなら、そんなに大事《おおごと》にならないよ。下《した》に落《お》っこちたとしても、へっちゃらだから」

「自分《じぶん》が落《お》っこちるんじゃないかと思《おも》って、オレはものすごく不安《ふあん》だ」

臆病《おくびょう》なライオンは言《い》いました。

「でも、やってみるしかないんだよな。さあ、オレの背中《せなか》に乗《の》って。跳《と》んでみよう」

カカシがライオンの背中《せなか》に座《すわ》ります。

ライオンは溝《みぞ》のへりまで歩《ある》いていくと、体《からだ》をかがめました。

「どうして、助走《じょそう》してから跳《と》ばないんだい？」

とカカシがききました。

「オレたちライオンは、そういうやり方《かた》をしないんだよ」

ライオンはこう答《こた》えると大《おお》きくジャンプして、向《む》こう側《がわ》に安全《あんぜん》に着地《ちゃくち》しました。いとも簡単《かんたん》に溝《みぞ》を跳《と》び越《こ》えたのを見《み》て、ドロシーたちは大喜《おおよろこ》び。カカシが背中《せなか》から降《お》りると、ライオンは溝《みぞ》を跳《と》び越《こ》えて戻《もど》ってきました。

《次《つぎ》はわたしの番《ばん》だわ》

そう思《おも》ったドロシーは、トトを腕《うで》に抱《かか》えてライオンの背中《せなか》に乗《の》り、片手《かたて》でたてがみをしつかりつかみました。

次《つぎ》の瞬間《しゅんかん》、ドロシーはまるで空中《くうちゅう》を飛《と》んでいるような気分《きぶん》になりました。そして、自分《じぶん》が空《そら》を飛《と》んでいることについてじっくり考《かんが》える前《まえ》に、もう無事《ぶじ》に溝《みぞ》の向《む》こう側《がわ》に着《つ》いていました。

ドロシーを運《はこ》び終《お》えたライオンは、またまた溝《みぞ》の手前《てまえ》に戻《もど》ってきて、今度《こんど》はブリキの木《き》こりを運《はこ》びました。

それからドロシーたちは、ライオンを休《やす》ませるために、みんなでしばらく座《すわ》りました。何度《なんど》も大《おお》きくジャンプしたせいで、ライオンは疲《つか》れてしまっていました。長《なが》い間《あいだ》、走《はし》りすぎた大《おお》きな犬《いぬ》のようにゼーゼーいっていたからです。

ライオンがひと休《やす》みすると、ドロシーたちは黄色《きいろ》いレンガの道《みち》に沿《そ》って歩《ある》き始《はじ》めました。溝《みぞ》のこちら側《がわ》に来《き》てみると、森《もり》の木《き》はさらにうっそうと茂《しげ》っていて、辺《あた》りは暗《くら》くてどんよりとしています。

《この森《もり》を抜《ぬ》けて、明《あか》るい太陽《たいよう》の光《ひかり》をもう一度《いちど》、浴《あ》びることはできるのかなあ？》

みんなは心《こころ》の中《なか》で、ひそかにこんなふうに思《おも》っていました。

さらに心配《しんぱい》なことには、それからすぐに森《もり》の奥深《おくふか》くから、変《へん》な音《おと》が聞《き》こえてきました。

それを聞《き》いたライオンは、

「ここはカリダーが住《す》んでいる場所《ばしょ》だよ」

と、ささやくようにみんなに教《おし》えてくれました。

「カリダーって何《なに》？」

ドロシーがライオンに尋《たず》ねました。

「クマのような体《からだ》とトラみたいな頭《あたま》をもった、怪物《かいぶつ》みたいな獣《けもの》なんだ。爪《つめ》がすごく長《なが》くて鋭《するど》いから、オレの体《からだ》なんて真《ま》っ二《ぷた》つにできる。オレがトトを殺《ころ》しちゃうのと同《おな》じくらい簡《かん》単《たん》にね。カリダーは本当《ほんとう》に怖《こわ》いよ」

「あなたが怖《こわ》がるのは、無理《むり》もないわよ。きっと恐《おそ》ろしい獣《けもの》に違《ちが》いないんだわ」

ドロシーの声《こえ》にライオンが答《こた》えようと思《おも》ったその瞬間《しゅんかん》、みんなは道《みち》を横切《よこぎ》る別《べつ》の溝《みぞ》にまたまた出《で》くわしてしまいました。

しかもこの溝《みぞ》は、とても幅《はば》があって深《ふか》いので、ライオンにも跳《と》び越《こ》えることはできません。ライオンは、そのことにすぐに気《き》がつきました。

そこでみんなは、どうやって溝《みぞ》を渡《わた》っていけばいいのかを、座《すわ》って考《かんが》え始《はじ》めました。しばらく真剣《しんけん》に考《かんが》えた後《あと》、カカシがこんな提案《ていあん》をしてきました。

「ほら、溝《みぞ》のそばに大《おお》きな木《き》が立《た》っている。木《き》こり君《くん》がうまく木《き》を切《き》って向《む》こう側《がわ》に倒《たお》してくれたら、簡単《かんたん》に歩《ある》いて渡《わた》れるよ」

「そりゃあ、とびっきりのアイデアだね」

ライオンは、感心《かんしん》したように言《い》いました。

「カカシ君《くん》、君《きみ》の頭《あたま》の中《なか》にはわらじゃなくて、ちゃんと脳《のう》みそが詰《つ》まっているみたいだぞ」

木《き》こりは、すぐに仕事《しごと》にとりかかりました。斧《おの》はとても鋭《するど》かったので、木《き》はあっという間《ま》に、もう少《すこ》しで倒《たお》れそうな状態《じょうたい》になっていきます。それを見《み》たライオンは、たくましい前脚《まえあし》を木《き》の幹《みき》にかけ、思《おも》いっきり押《お》しました。

大《おお》きな木《き》がゆっくりと傾《かたむ》き始《はじ》めます。そしててっぺんの枝《えだ》が、ちょうど溝《みぞ》の向《む》こう側《がわ》に届《とど》くような形《かたち》で、大《おお》きな音《おと》を立《た》てながら倒《たお》れました。

ドロシーたちは大喜《おおよろこ》びしながら、この変《か》わった橋《はし》を渡《わた》り始《はじ》めました。

後《うし》ろのほうから鋭《するど》いうなり声《ごえ》がしたのは、その瞬間《しゅんかん》です。全員《ぜんいん》、目《め》を上《あ》げてうなり声《ごえ》がするほうを見《み》ると、クマのような体《からだ》をしていて、トラのような頭《あたま》をもった恐《おそ》ろしい2頭《とう》の大《おお》きな獣《けもの》が走《はし》ってくるのがわかりました。

「あれがカリダーだ！」

臆病《おくびょう》なライオンが、ブルブル震《ふる》えながら言《い》いました。

「急《いそ》いで！　みんなで橋《はし》を渡《わた》っちゃおう！」

今度《こんど》はカカシが叫《さけ》びました。

そこで、まずはドロシーがトトを抱《だ》いて、最初《さいしょ》に橋《はし》を渡《わた》り始《はじ》めました。ドロシーの後《あと》をブリキの木《き》こりが追《お》いかけ、木《き》こりに続《つづ》いてカカシが渡《わた》っていきます。

ライオンも確《たし》かに怖《こわ》がっていましたが、カリダーたちのほうに振《ふ》り向《む》き、恐《おそ》ろしい声《こえ》を上《あ》げながら、思《おも》いっきり大《おお》きくほえました。

ライオンがほえる声《こえ》を聞《き》いたドロシーは、悲鳴《ひめい》を上《あ》げました。カカシも後《うし》ろにひっくり返《かえ》ってしまいます。そして獰猛《どうもう》な2頭《とう》のカリダーでさえ驚《おどろ》き、一瞬《いっしゅん》、立《た》ち止《ど》まってライオンを見《み》ました。

でもカリダーはライオンよりも体《からだ》が大《おお》きく、しかも2頭《とう》もいます。なのにライオンは1

頭《とう》しかいません。そのことに気《き》がついたカリダーは、もう一度《いちど》ドロシーたちのほうに向《む》かって走《はし》りだしました。

すでに木《き》を渡《わた》っていたライオンは振《ふ》り向《む》いて、カリダーたちが次《つぎ》に何《なに》をするつもりなのかを見《み》ていました。すると獰猛《どうもう》なカリダーも、木《き》を渡《わた》り始《はじ》めたではありませんか。

その様子《ようす》を見《み》たライオンは、ドロシーにこんなふうに言《い》いました。

「もうオレたちは終《お》わりだよ。あいつらの鋭《するど》い爪《つめ》でバラバラにされるに決《き》まってる。みんな、オレのすぐ後《うし》ろに隠《かく》れていて。オレは死《し》ぬまであいつらと戦《たたか》うから」

「ちょっと待《ま》って！」

カカシが叫《さけ》びました。カカシは、自分《じぶん》たちがどうしたら逃《に》げられるのかを、ずっと考《かんが》えていたのです。

機転《きてん》をきかせたカカシは、今度《こんど》は溝《みぞ》の手前《てまえ》、自分《じぶん》たちのいる側《がわ》に乗《の》っかっている、大《おお》きな木《き》の先《さき》を切《き》り落《お》とすように木《き》こりに頼《たの》みました。

ブリキの木《き》こりは、すぐに斧《おの》を振《ふ》りおろして、木《き》の橋《はし》を切《き》り始《はじ》めます。そして木《き》の橋《はし》は、2頭《とう》のカリダーが渡《わた》りきろうとした瞬間《しゅんかん》、大《おお》きな音《おと》を立《た》てて溝《みぞ》に落《お》ちていきました。うなり声《ごえ》を上《あ》げていた醜《みにく》い２頭《とう》のカリダーも溝《みぞ》に落《お》ちていき、底《そこ》にあった鋭《するど》い岩《いわ》で体《からだ》がバラバラになりました。

「さてと」

臆病《おくびょう》なライオンが、安心《あんしん》して長《なが》いため息《いき》をつきながら言《い》いました。

「これでもうちょっとだけ、長《なが》く生《い》きられそうだ。オレはうれしいよ。死《し》んじゃうなんて、まっぴらごめんだから。

あいつらにひどく驚《おどろ》かされたせいで、心臓《しんぞう》がまだドキドキしてるよ」

「ああ、ぼくにもドキドキする心臓《しんぞう》が欲《ほ》しいなあ」

ライオンの話《はなし》を聞《き》いたブリキの木《き》こりは、悲《かな》しそうに言《い》いました。

こんな事件《じけん》があったので、ドロシーたちは森《もり》から抜《ぬ》けだしたいとさらに思《おも》うようになりました。あまりに急《いそ》いで歩《ある》いたためにドロシーは疲《つか》れてしまい、ライオンの背中《せなか》に乗《の》せてもらわなければならなくなったほどです。

でもうれしいことに、歩《ある》くにつれて木《き》はだんだんまばらになり、午後《ごご》には突然《とつぜん》、勢《いきお》いよく流《なが》れる広《ひろ》い川《かわ》の目《め》の前《まえ》にたどり着《つ》きました。

川《かわ》の向《む》こう側《がわ》には、黄色《きいろ》い道《みち》がきれいな場所《ばしょ》の間《あいだ》を通《とお》っているのが見《み》えます。また緑《みどり》の草原《そうげん》には明《あか》るい色《いろ》の花《はな》がところどころで咲《さ》いていて、道《みち》の脇《わき》にはおいしそうな果物《くだもの》がたくさんぶら下《さ》がった木々《きぎ》が並《なら》んでいました。

ドロシーたちは、自分《じぶん》たちの前《まえ》に広《ひろ》がっているきれいな場所《ばしょ》を見《み》て、心《こころ》からうれしくなりました。

「どうやって川《かわ》を渡《わた》ればいいのかしら？」

ドロシーが尋《たず》ねると、カカシが答《こた》えました。

「簡単《かんたん》だよ。ブリキの木《き》こり君《くん》にいかだを作《つく》ってもらって、川《かわ》の向《む》こう側《がわ》に渡《わた》ればいいんだ」

そこで木《き》こりは斧《おの》を取《と》りだして、いかだを作《つく》るために、小《ちい》さな木《き》を切《き》り倒《たお》し始《はじ》めました。この間《あいだ》にカカシは、おいしそうな果物《くだもの》がいっぱい実《みの》っている木《き》が、川岸《かわぎし》に生《は》えているのを見《み》つけました。

ドロシーは大喜《おおよろこ》びしました。一日中《いちにちじゅう》、木《き》の実《み》しか食《た》べていなかったからです。ドロシーは熟《じゅく》した果物《くだもの》をたっぷり食《た》べました。

ブリキの木《き》こりは働《はたら》き者《もの》ですし、体《からだ》が疲《つか》れたりもしません。

それでも、いかだを作《つく》るには時間《じかん》がかかります。ブリキの木《き》こりは、夜《よる》がきても仕事《しごと》を続《つづ》けていました。

そこでドロシーたちは、気持《きも》ちよく横《よこ》になれる木《き》の下《した》の場所《ばしょ》を見《み》つけて、みんなで一緒《いっしょ》に朝《あさ》まで眠《ねむ》りました。ドロシーはエメラルドの都《みやこ》と、良《よ》い魔法使《まほうつか》い、オズの夢《ゆめ》を見《み》ました。

オズは、自分《じぶん》をすぐにカンザスに戻《もど》してくれるはずなのです。

危《あぶ》ないケシの花《はな》畑《ばたけ》

朝《あさ》がやってきました。

ドロシーたちはスッキリとした気持《きも》ちで、そして希望《きぼう》に胸《むね》をふくらませながら目《め》を覚《さ》まします。ドロシーは川沿《かわぞ》いの木《き》になっていたモモやスモモなど、お姫様《ひめさま》のような朝《あさ》ごはんを食《た》べました。

みんなの後《うし》ろには、無事《ぶじ》に通《とお》り抜《ぬ》けた暗《くら》い森《もり》が広《ひろ》がっています。心《こころ》がくじけそうになる出来事《できごと》もたくさんありましたが、川《かわ》の向《む》こう側《がわ》にはきれいで、太陽《たいよう》の光《ひかり》が降《ふ》り注《そそ》ぐ土地《とち》が開《ひら》けています。そこを進《すす》んでいけば、エメラルドの都《みやこ》にたどり着《つ》けそうでした。

確《たし》かに広《ひろ》い川《かわ》があるせいで、今《いま》は向《む》こう側《がわ》に渡《わた》ることができません。

でもいかだは、ほとんどできあがっていました。ブリキの木《き》こりがあと何本《なんぼん》か木《き》を切《き》って、丸太《まるた》を木《き》の留《と》め具《ぐ》でつなぎあわせれば、出発《しゅっぱつ》できる状態《じょうたい》になっていました。

ドロシーはいかだの真《ま》ん中《なか》に座《すわ》って、腕《うで》にトトを抱《かか》えました。臆病《おくびょう》なライオンは、体《からだ》が大《おお》きくて体重《たいじゅう》も重《おも》たかったので、ライオンが乗《の》るといかだは大《おお》きく傾《かたむ》きました。カカシとブリキの木《き》こりは、いかだが揺《ゆ》れないようにするために反対側《はんたいがわ》の端《はし》に立《た》ち、長《なが》い棒《ぼう》を手《て》に、いかだを押《お》して川《かわ》を進《すす》んでいきました。

いかだは最初《さいしょ》、とても順調《じゅんちょう》に進《すす》んでいました。

ところが川《かわ》の真《ま》ん中《なか》まで行《い》くと、流《なが》れが速《はや》いために、黄色《きいろ》いレンガの道《みち》から離《はな》れた川下《かわしも》へ、どんどん流《なが》されていってしまいます。それとともに川《かわ》はどんどん深《ふか》くなり、カカシとブリキの木《き》こりが持《も》っていた長《なが》い棒《ぼう》は、川底《かわぞこ》に届《とど》かなくなってしまいました。

「これじゃだめだ」

ブリキの木《き》こりが言《い》いました。

「もし向《む》こう岸《ぎし》に上《あ》がれなかったら、このまま流《なが》されて、西《にし》の悪《わる》い魔女《まじょ》がいる国《くに》に着《つ》くことになるよ。そしたら魔法《まほう》をかけられて、みんな奴隷《どれい》にされちゃうんだ」

「そしておいらは、脳《のう》みそをもらえなくなる」

「そしてオレも、勇気《ゆうき》をもらえなくなるんだ」

「そしてぼくも、心臓《しんぞう》がもらえなくなるな」

「そしてわたしは、二度《にど》とカンザスに戻《もど》れなくなるんだわ」

カカシと臆病《おくびょう》なライオン、ブリキの木《き》こりやドロシーはみんな大《おお》あわてです。

「おいらたちは、エメラルドの都《みやこ》になんとかして、たどり着《つ》かなきゃならないんだ」

カカシはこう言《い》いながら、長《なが》い棒《ぼう》を押《お》しました。ところがあまりに力《ちから》を入《い》れすぎたために、棒《ぼう》は川底《かわぞこ》の泥《どろ》の中《なか》に深《ふか》く突《つ》き刺《さ》さってしまいました。

カカシは棒《ぼう》を引《ひ》っ張《ぱ》ろうとしましたが、川底《かわぞこ》に刺《さ》さったままです。

けれど、すぐに棒《ぼう》を離《はな》すこともできません。そうこうしているうちにいかだはどんどん流《なが》されてしまい、気《き》の毒《どく》なカカシは川《かわ》の真《ま》ん中《なか》で、棒《ぼう》にしがみついたまま立《た》っている格好《かっこう》になりました。

「さよなら！」

カカシがみんなに向《む》かって叫《さけ》びました。

ドロシーたちにとって、カカシを川《かわ》の真《ま》ん中《なか》に置《お》いてきぼりにするのは、本当《ほんとう》につらいことです。ブリキの木《き》こりは、いかだの上《うえ》で泣《な》き始《はじ》めてしまいました。

それでも、涙《なみだ》を流《なが》したりしたら自分《じぶん》の顔《かお》がさびてしまうかもしれないということを思《おも》い出《だ》して、ドロシーのエプロンで涙《なみだ》をさっと拭《ふ》きました。

ドロシーたちと離《はな》れ離《ばな》れになるのは、もちろんカカシにとってもつらいことです。

《今《いま》のおいらは、ドロシーに最初《さいしょ》に会《あ》ったときよりも、もっとひどいことになっちゃったな》

カカシはこんなふうに考《かんが》えていました。

《あんときはトウモロコシ畑《ばたけ》に刺《さ》さった棒《ぼう》にくくりつけられていたけど、自分《じぶん》はカラスたちを怖《こわ》がらせているって思《おも》いこむことができたんだ。でも川《かわ》のど真《ま》ん中《なか》で、棒《ぼう》にくくりつけられているカカシなんて、なんの役《やく》にも立《た》ちゃあしない。いろんなことがあったけど、結局《けっきょく》、おいらは脳《のう》みそなんて絶対《ぜったい》にもらえないんだ！》

一方《いっぽう》、川《かわ》を下《くだ》ったところでは、ドロシーたちを乗《の》せたいかだが、まだプカプカと浮《う》いていました。ドロシーたちは、気《き》の毒《どく》なカカシからずいぶん離《はな》れてしまっています。

そこでライオンが言《い》いました。

「なんとかしなきゃ。オレならいかだを引《ひ》っ張《ぱ》りながら、川岸《かわぎし》まで泳《およ》いでいけると思《おも》う。オレのしっぽの先《さき》を、しっかりつかんでいて」

ライオンが川《かわ》の中《なか》に飛《と》びこみました。ブリキの木《き》こりに、しっぽをしっかりとつかませながら、ライオンは全力《ぜんりょく》で岸《きし》に向《む》かって泳《およ》ぎ始《はじ》めました。

いくらライオンが大《おお》きくても、いかだを引《ひ》っ張《ぱ》って泳《およ》いでいくのは、とても大変《たいへん》です。けれどいかだは、徐々《じょじょ》に川《かわ》の流《なが》れから抜《ぬ》けだし始《はじ》めました。ドロシーも、ブリキの木《き》こりが使《つか》っていた長《なが》い棒《ぼう》を握《にぎ》って、岸《きし》のほうにいかだを動《うご》かしていくのを手伝《てつだ》います。

みんなで頑張《がんば》ったかいがあって、いかだはついに川岸《かわぎし》にたどり着《つ》きました。ドロシーたちは、きれいな草原《そうげん》に足《あし》を踏《ふ》み入《い》れましたが、そのときにはみんな、くたくたになっていました。

それにドロシーたちは、川《かわ》にいかだが流《なが》されたせいで、エメラルドの都《みやこ》に続《つづ》く黄色《きいろ》いレンガの道《みち》から、かなり離《はな》れてしまったことにも気《き》がついていました。

「これからどうしようか？」

ライオンが草《くさ》の上《うえ》に寝《ね》そべって日光浴《にっこうよく》をし、ぬれた体《からだ》を乾《かわ》かしている間《あいだ》に、ブリキの木《き》こりが尋《たず》ねてきました。

「なんとかして、あの道《みち》に戻《もど》らなきゃならないわ」

とドロシーが言《い》いました。

「一番《いちばん》いいのは、さっきの道《みち》に出《で》るまで川沿《かわぞ》いを歩《ある》いていくことだよ」

ライオンがこんなふうに提案《ていあん》したので、みんなは意見《いけん》に従《したが》うことにしました。しばらく休《やす》んだ後《あと》、ドロシーはバスケットを持《も》って、草《くさ》の生《お》い茂《しげ》る川岸《かわぎし》を元《もと》の道《みち》に向《む》かって一緒《いっしょ》に歩《ある》き始《はじ》めました。

そこには、きれいな草原《そうげん》が広《ひろ》がっていました。ドロシーたちを励《はげ》ましてくれるように、たくさんの花《はな》が咲《さ》き乱《みだ》れていますし、木《き》には果物《くだもの》がなっています。太陽《たいよう》の光《ひかり》も、さんさんと降《ふ》り注《そそ》いでいました。カカシのことを気《き》の毒《どく》に思《おも》っていなければ、とても幸《しあわ》せな気持《きも》ちになっていたでしょう。

みんなは、できるだけ速《はや》く歩《ある》きました。ドロシーもきれいな花《はな》をつむために、一度《いちど》立《た》ち止《ど》まっただけでした。そうやってしばらく歩《ある》いていくと、ブリキの木《き》こりが突然《とつぜん》、叫《さけ》びました。

「あれを見《み》て！」

みんなが川《かわ》のほうを見《み》てみると、なんとカカシが川《かわ》の真《ま》ん中《なか》で棒《ぼう》にぶら下《さ》がったまま、ひとりぼっちでとても悲《かな》しそうにしているではありませんか。

「どうやったら、カカシさんを助《たす》けられるかしら？」

ドロシーが尋《たず》ねました。

でもライオンと木《き》こりは、いいアイデアが浮《う》かばず、首《くび》を横《よこ》に振《ふ》るだけです。ドロシーたちは川岸《かわぎし》に座《すわ》り、カカシを悲《かな》しそうな顔《かお》で眺《なが》めていました。

と、そこにコウノトリが飛《と》んできました。コウノトリはドロシーたちを見《み》ると、川岸《かわぎし》に降《お》りてきました。

「あなたたちは誰《だれ》？　そしてどこに行《い》くの？」

コウノトリが尋《たず》ねます。

「わたしはドロシー。この人《ひと》たちはわたしの友《とも》だちで、ブリキの木《き》こりさんと臆病《おくびょう》なライオンさんなの。

わたしたちはエメラルドの都《みやこ》に行《い》くつもりなのよ」

「じゃあ、この道《みち》じゃないわよ」

コウノトリはこう言《い》いながら、長《なが》い首《くび》を曲《ま》げてドロシーたちを鋭《するど》い目《め》つきでにらみました。小《ちい》さな女《おんな》の子《こ》にブリキの木《き》こり、そして大《おお》きなライオン。こんな変《へん》な組《く》み合《あ》わせの人《ひと》たちは、見《み》たことがなかったからです。

「わかってるわ。でもカカシさんと離《はな》れ離《ばな》れになってしまったから、どうすれば連《つ》れ戻《もど》せるのかを考《かんが》えているの」

「その人《ひと》は、どこにいるの？」

「あそこの川《かわ》の中《なか》よ」

「あの人《ひと》の体《からだ》がそんなに大《おお》きくなくて重《おも》くもなかったら、わたしが運《はこ》んできてあげるわ」

「ちっとも重《おも》くなんてないわ。体《からだ》がわらでできてるから。カカシさんを連《つ》れ戻《もど》してくれたら、これからずっとその恩《おん》は忘《わす》れないつもりよ」

「じゃあ、やってみるわね。だけど、もし重《おも》すぎて運《はこ》べないことがわかったら、あの人《ひと》をまた川《かわ》の中《なか》に落《お》とさなければならなくなるわよ」

大《おお》きなコウノトリは空《そら》に舞《ま》い上《あ》がり、カカシが棒《ぼう》にしがみついているところまで飛《と》んでいきます。それから大《おお》きな爪《つめ》でカカシの腕《うで》をつかむと、ドロシーとライオンとブリキの木《き》こりとトトが座《すわ》っている川岸《かわぎし》まで飛《と》んで戻《もど》ってきました。

こうしてカカシは、ドロシーたちのもとに戻《もど》ることができました。

無事《ぶじ》に友《とも》だちのところに戻《もど》れたカカシは、大喜《おおよろこ》びでみんなを抱《だ》きしめました。ライオンと、犬《いぬ》のトトさえも抱《だ》きしめたのです。

みんなと一緒《いっしょ》に歩《ある》き始《はじ》めたカカシは、うきうきした気持《きも》ちになって、

「トル・デ・リ・デ・オ！」

と意味《いみ》のわからない歌《うた》を、一歩《いっぽ》、前《まえ》に進《すす》むごとに歌《うた》っていました。

「おいらはこれからずっと、川《かわ》の中《なか》にいなきゃならないのかと思《おも》ったよ。だけど親切《しんせつ》なコウノトリが助《たす》けてくれたんだ。だから脳《のう》みそをもらったら、コウノトリを探《さが》して恩返《おんがえ》しをするんだ」

「気《き》にしなくていいわよ」

ドロシーたちの近《ちか》くを飛《と》んでいたコウノトリは、こんなふうに言《い》いました。

「わたしは困《こま》っている人《ひと》を助《たす》けるのが好《す》きなの。でも、もう行《い》かなくちゃ。わたしの赤《あか》ちゃんたちが、巣《す》の中《なか》で待《ま》ってるわ。エメラルドの都《みやこ》が見《み》つかって、オズが助《たす》けてくれるといいわね」

「ありがとう」

ドロシーがお礼《れい》を言《い》うと、親切《しんせつ》なコウノトリは空《そら》を飛《と》んでいき、すぐに見《み》えなくなってしまいました。

ドロシーたちは、きれいな色《いろ》の鳥《とり》たちがさえずる歌声《うたごえ》を聞《き》き、地面《じめん》が見《み》えなくなるほどたくさん咲《さ》いている美《うつく》しい花《はな》を見《み》ながら、歩《ある》いていきました。真《ま》っ赤《か》なケシの花《はな》が集《あつ》まって咲《さ》いている脇《わき》には、黄色《きいろ》や白《しろ》、青《あお》、紫色《むらさきいろ》の大《おお》きな花《はな》が咲《さ》いています。あまりに色《いろ》が鮮《あざ》やかなので、ドロシーはくらくらしそうになりました。

「きれいだと思《おも》わない？」

ドロシーは鮮《あざ》やかな花《はな》から漂《ただよ》ってくる、すばらしい香《かお》りをかぎながらカカシに尋《たず》ねました。

「たぶん、そうだろうと思《おも》うよ。脳《のう》みそをもらえたら、おいらももっと花《はな》を好《す》きになるだろうな」

「心臓《しんぞう》さえあったら、ぼくも花《はな》が好《す》きになるだろうね」

とブリキの木《き》こりは言《い》いました。

「オレは昔《むかし》から本当《ほんとう》に花《はな》が好《す》きだったよ」

今度《こんど》はライオンが言《い》いました。

「とてもか弱《よわ》くて、もろそうに見《み》えるからね。森《もり》の中《なか》には、こんなにきれいな色《いろ》の花《はな》はないんだ」

ドロシーたちが歩《ある》いていくと、大《おお》きな赤《あか》いケシの花《はな》はどんどん増《ふ》えてきて、他《ほか》の花《はな》がだんだん少《すく》なくなってきました。ふと気《き》がつくと、みんなはケシがたくさん咲《さ》いている場所《ばしょ》の真《ま》ん中《なか》に来《き》ていました。

ケシの花《はな》がたくさん咲《さ》いているところにいると、花《はな》の匂《にお》いを吸《す》いこんだ人《ひと》は眠《ねむ》ってしまいます。あまりに香《かお》りが強《つよ》いために、花《はな》の香《かお》りが漂《ただよ》ってこないところまで離《はな》れないかぎり、ずっと眠《ねむ》り続《つづ》けてしまうことにもなるのです。

このことは、今《いま》ではよく知《し》られていますが、ドロシーたちは知《し》りませんでした。

またケシの花《はな》は、ありとあらゆるところに咲《さ》いているので、ケシ畑《ばたけ》から走《はし》って出《で》ることもできません。ドロシーたちはだんだんまぶたが重《おも》くなり、座《すわ》って横《よこ》になって眠《ねむ》りたくてしょうがなくなってきました。

でもブリキの木《き》こりが、そうさせませんでした。

「急《いそ》いで黄色《きいろ》いレンガの道《みち》に戻《もど》らなくちゃ。暗《くら》くなる前《まえ》にね」

カカシも賛成《さんせい》して歩《ある》き続《つづ》けましたが、ドロシーはとうとう眠気《ねむけ》を我慢《がまん》できなくなってしまいました。眠《ねむ》っちゃいけないと思《おも》っていてもまぶたが閉《と》じてしまい、自分《じぶん》がどこにいるのかも忘《わす》れて、ケシの花畑《はなばたけ》で深《ふか》く眠《ねむ》ってしまったのです。

「どうしよう？」

木《き》こりが尋《たず》ねると、

「ここに置《お》いていったら、ドロシーは死《し》んじゃうぞ」

とライオンが答《こた》えました。

「花《はな》の匂《にお》いのせいでみんな死《し》んじゃうんだ。オレだってほとんど目《め》を開《あ》けてられないし、犬《いぬ》はもう寝《ね》ちゃってる」

確《たし》かにそのとおりでした。

トトはドロシーのそばで眠《ねむ》ってしまっていたのです。でも体《からだ》がわらでできているカカシと、ブリキでできている木《き》こりは、花《はな》の香《かお》りをかいでも眠《ねむ》くなりませんでした。

「速《はや》く走《はし》って！」

カカシがライオンに命令《めいれい》しました。

「できるだけ早《はや》く、この危《あぶ》ない花畑《はなばたけ》から出《で》るんだ。ドロシーはおいらたちが運《はこ》ぶけど、君《きみ》がぐっすり眠《ねむ》っちゃったりしたら、大《おお》きすぎて運《はこ》べないからね」

ライオンは自分《じぶん》の力《ちから》で起《お》きあがると、できるだけ速《はや》く走《はし》りました。ライオンの姿《すがた》は、あっという間《ま》に見《み》えなくなりました。

「ぼくと君《きみ》の手《て》を椅子《いす》の形《かたち》に組《く》んで、ドロシーを運《はこ》んであげよう」

カカシが木《き》こりに言《い》いました。ふたりはトトを持《も》ちあげてドロシーの膝《ひざ》の上《うえ》に乗《の》せ、お互《たが》いの腕《うで》と手《て》を組《く》んで椅子《いす》を作《つく》り、ドロシーを運《はこ》びました。

どんなに歩《ある》き続《つづ》けても、周《まわ》りに広《ひろ》がる危《あぶ》ない花《はな》のじゅうたんは途切《とぎ》れません。ケシ畑《ばたけ》から逃《に》げることは、永遠《えいえん》にできないようにも思《おも》えました。それでもカカシとブリキの木《き》こりはあきらめずに、曲《ま》がった川《かわ》の流《なが》れに沿《そ》って辛抱強《しんぼうづよ》く歩《ある》いていき、ついにライオンのもとにたどり着《つ》きました。

ところがライオンも、ケシの花《はな》の間《あいだ》でぐっすりと眠《ねむ》っています。体《からだ》の大《おお》きなライオンにとっても、ケシの花《はな》の匂《にお》いはあまりに強《つよ》すぎたので、もうちょっとで美《うつく》しい緑《みどり》の草原《そうげん》に出《で》られるというところまで逃《に》げてきたのに、眠《ねむ》りこんでしまったのでした。

「ぼくたちがライオン君《くん》にしてあげられることは、何《なに》もないな」

ブリキの木《き》こりが悲《かな》しそうに言《い》いました。

「体《からだ》を持《も》ちあげるには重《おも》すぎるから、ここに置《お》いていくしかないよ。そうしたらずっと眠《ねむ》り続《つづ》けるだろうし、ついに勇気《ゆうき》をもらえた夢《ゆめ》でも見《み》るかもしれないね」

「残念《ざんねん》でしょうがないよ」

とカカシは言《い》いました。

「ライオン君《くん》は臆病者《おくびょうもの》だけど、とてもいい友《とも》だちだったのに。でも、おいらたちは行《い》かなきゃ」

ブリキの木《き》こりとカカシは、ライオンをそのままにして、眠《ねむ》っているドロシーを川岸《かわぎし》のきれいな場所《ばしょ》まで運《はこ》びました。この場所《ばしょ》は、花《はな》の毒《どく》をこれ以上《いじょう》吸《す》い込《こ》まなくてすむくらい、ケシ畑《ばたけ》から離《はな》れています。

カカシとブリキのきこりは、柔《やわ》らかい草《くさ》の上《うえ》にドロシーを静《しず》かに寝《ね》かせて、新鮮《しんせん》なそよ風《かぜ》がドロシーを起《お》こしてくれるのを待《ま》つことにしました。

野《の》ネズミの女《じょ》王《おう》

「ここは黄色《きいろ》いレンガの道《みち》から、そんなに遠《とお》くないはずさ」

ドロシーの横《よこ》に立《た》っていたカカシが言《い》いました。

「おいらたちは、川《かわ》に流《なが》された分《ぶん》くらいは、だいたい戻《もど》ってきたからね」

ちょうどブリキの木《き》こりが答《こた》えようとしたときに、低《ひく》いうなり声《ごえ》が聞《き》こえてきたので、木《き》こりは首《くび》を回《まわ》しました（ブリキの首《くび》は、関節《かんせつ》のところで、なめらかに回《まわ》るようになっているのです）。

すると草《くさ》の上《うえ》をはねながら、おかしな獣《けもの》が向《む》かってくるのが見《み》えました。なんとそれは、大《おお》きな黄色《きいろ》いヤマネコでした。

ブリキの木《き》こりは、ヤマネコが何《なに》かを追《お》いかけているに違《ちが》いないと思《おも》いました。ヤマネコは、両方《りょうほう》の耳《みみ》を頭《あたま》のほうにぺったり倒《たお》しています。それに、口《くち》を大《おお》きく開《ひら》いて、上下《じょうげ》の歯並《はなら》びの悪《わる》い牙《きば》をむき出《だ》しにしながら、赤《あか》い目《め》をまるで火《ひ》の玉《たま》のように、らんらんと輝《かがや》かせていたからです。

ヤマネコがさらに近《ちか》づいてくると、ブリキの木《き》こりの目《め》には、小《ちい》さな灰色《はいいろ》の野《の》ネズミが1匹《ぴき》、逃《に》げているのが見《み》えました。木《き》こりには心《こころ》がありませんが、こんなにかわいらしくて、悪《わる》さをしない生《い》き物《もの》を殺《ころ》そうとするのが間違《まちが》っていることぐらいはわかります。

そこで木《き》こりは斧《おの》を振《ふ》りあげて、ヤマネコが横《よこ》を走《はし》っていくときに素早《すばや》く振《ふ》りおろしました。ヤマネコの頭《あたま》は胴体《どうたい》からスパッと切《き》り落《お》とされ、バラバラになった胴体《どうたい》と頭《あたま》が、木《き》こりの足元《あしもと》に転《ころ》がりました。

山猫《やまねこ》から逃《に》げることができた野《の》ネズミは、急《きゅう》に立《た》ち止《ど》まりました。そしてゆっくりと木《き》こりに近《ちか》づき、チューチューと小《ちい》さな声《こえ》で話《はな》しかけてきました。

「ああ、ありがとうございます！　わたしの命《いのち》を救《すく》ってくださって、本当《ほんとう》に助《たす》かりました」

「とんでもない。お礼《れい》なんて言《い》わないでください。ほら、ぼくには心臓《しんぞう》がないから、誰《だれ》かが助《たす》けてもらいたがっているときには、お手伝《てつだ》いをするようにしているんです。それが、ただのネズミであったとしてもです」

「ただのネズミですって！」

ネズミは、怒《おこ》って叫《さけ》びました。

「何《なに》を隠《かく》そう、わたしは女王《じょおう》なのですよ、すべての野《の》ネズミの女王《じょおう》なのです！」

「おや、それはそれは」

木《き》こりは、おじぎをしながら言《い》いました。

「だからあなたがわたしの命《いのち》を救《すく》ったというのは、とても立派《りっぱ》で、勇気《ゆうき》のある行動《こうどう》になるのです」

ネズミの女王《じょおう》は、こうつけ足《た》しました。

次《つぎ》の瞬間《しゅんかん》、何匹《なんびき》かのネズミたちが全力《ぜんりょく》で走《はし》ってくるのが見《み》えました。女王様《じょおうさま》を見《み》つけたネズミたちは、こう叫《さけ》びました。

「ああ、女王陛下《じょおうへいか》。わたしたちはあなたが死《し》んでしまったと思《おも》っていました。あの大《おお》きなヤマネコから、どうやって逃《に》げることができたのですか？」

近寄《ちかよ》ってきたネズミたちは、女王様《じょおうさま》にあまりに深々《ふかぶか》とおじぎをしたので、まるで逆立《さかだ》ちしているような格好《かっこう》になりました。

「この風変《ふうが》わりなブリキの人《ひと》が、ヤマネコを退治《たいじ》してわたしの命《いのち》を助《たす》けてくれたのです。だから、これからおまえたちは全員《ぜんいん》、この人《ひと》にお仕《つか》えして、どんなに小《ちい》さな願《ねが》いでもかなえてあげなければなりません」

「かしこまりました！」

すべてのネズミが、チューチューと甲高《かんだか》い声《こえ》で一斉《いっせい》に返事《へんじ》をしました。

ところがネズミたちは、そう答《こた》えたすぐ後《あと》に、四方八方《しほうはっぽう》に逃《に》げだしてしまいました。

原因《げんいん》は、犬《いぬ》のトトでした。トトはケシの花畑《はなばたけ》でドロシーと一緒《いっしょ》に眠《ねむ》ってしまい、川《かわ》のそばに運《はこ》ばれてきていましたが、ようやく眠《ねむ》りから覚《さ》めたところでした。そこで自分《じぶん》の周《まわ》りにたくさんのネズミがいるのを見《み》てうれしくなり、ワンと1回《かい》ほえた後《あと》、群《む》れの真《ま》ん中《なか》に飛《と》びこんでいってしまったのです。

トトには、ちっとも悪気《わるぎ》がありませんでした。カンザスにいた頃《ころ》から、ネズミを追《お》いかけるのが大好《だいす》きだったのです。

ブリキの木《き》こりはトトを腕《うで》にしっかり抱《だ》きかかえながら、ネズミたちに叫《さけ》びました。

「戻《もど》ってきて！　ねえ、戻《もど》ってきてよ！　トトは君《きみ》たちに悪《わる》さをしないから」

木《き》こりの声《こえ》を聞《き》いたネズミの女王《じょおう》が、草《くさ》むらから頭《あたま》を出《だ》して、怖《こわ》がりながら尋《たず》ねました。

「わたしたちをかまないというのは、本当《ほんとう》かしら？」

「ぼくがつかまえておきます。だから怖《こわ》がらないでください」

安心《あんしん》したネズミたちは、1匹《ぴき》ずつそろそろと戻《もど》ってきました。

トトは木《き》こりの腕《うで》から逃《に》げようとしましたが、今度《こんど》はほえたりしようとしません。

でも木《き》こりの体《からだ》がブリキでできていることを知《し》らなかったら、きっとかみつこうとしていたでしょう。やがて、最《もっと》も大《おお》きなネズミの1匹《ぴき》が話《はな》しかけてきました。

「ぼくらに、何《なに》かして差《さ》し上《あ》げられることはありますか？　女王様《じょおうさま》の命《いのち》を救《すく》ってくださったお礼《れい》がしたいんです」

「思《おも》いつかないなあ」

と木《き》こりは言《い》いましたが、カカシがかわりにこう言《い》いました。

「うん、あるよ。友《とも》だちの臆病《おくびょう》なライオンを助《たす》けてほしいんだ。ケシの花畑《はなばたけ》で眠《ねむ》っているんだよ」

カカシの頭《あたま》にはわらが詰《つ》まっているので、ものを考《かんが》えることはできません。このときも、いいアイデアが浮《う》かばずに苦労《くろう》していました。でも、ぱっと答《こた》えたのです。

「ライオンですって！」

小《ちい》さなネズミの女王様《じょおうさま》は悲鳴《ひめい》を上《あ》げました。

「わたしたちをみんな食《た》べてしまうわ」

「いや、それは違《ちが》うよ。あのライオンは臆病《おくびょう》なんだ」

カカシが説明《せつめい》しました。

「本当《ほんとう》に？」

「うん、自分《じぶん》でそう言《い》ってるし。それにライオン君《くん》は、おいらの友《とも》だちには絶対悪《ぜったいわる》さをしないんだ。

助《たす》けるのを手伝《てつだ》ってくれたら、ライオン君《くん》はネズミさんたちみんなに親切《しんせつ》にするよ。おいらが約束《やくそく》する」

「よくわかりました」

カカシの説明《せつめい》を聞《き》いた、ネズミの女王《じょおう》がうなずきました。

「あなたのことを信用《しんよう》しましょう。でも、わたしたちはどうすればいいのかしら？」

「あなたのことを女王様《じょおうさま》と呼《よ》んで、喜《よろこ》んで言《い》うことを聞《き》くネズミさんは、たくさんいるのかい？」

「ええ、何千匹《なんぜんびき》もおります」

「だったらみんなを、すぐにここに呼《よ》んでもらえるかな？　それとみんなに、長《なが》いひもを持《も》ってくるように言《い》ってね」

ネズミの女王様《じょおうさま》は、おつきのネズミのほうに向《む》き、すぐに自分《じぶん》のしもべたちを全員《ぜんいん》、集《あつ》めるように命令《めいれい》しました。女王様《じょおうさま》の命令《めいれい》を聞《き》くやいなや、部下《ぶか》のネズミたちはありとあらゆる方向《ほうこう》に、全力《ぜんりょく》で走《はし》っていきました。

「じゃあ」

カカシが今度《こんど》は、ブリキの木《き》こりに話《はな》しかけました。

「川《かわ》の岸《きし》に木《き》が何本《なんぼん》も生《は》えているところに行《い》って、ライオン君《くん》を運《はこ》ぶ荷車《にぐるま》を作《つく》ってくれよ」

木《き》こりも、すぐに仕事《しごと》にとりかかります。

まず太《ふと》い木《き》の枝《えだ》から葉《は》っぱと細《ほそ》い枝《えだ》をすべて切《き》り払《はら》って、荷台《にだい》をあっという間《ま》に組《く》み立《た》てます。この枝《えだ》を木《き》の留《と》め具《ぐ》で固定《こてい》し、太《ふと》い木《き》の幹《みき》を短《みじか》く切《き》って4つの車輪《しゃりん》も作《つく》りました。木《き》こりは荷車作《にぐるまづく》りをとても素早《すばや》く、そして上手《じょうず》にやったので、ネズミたちが仲間《なかま》を連《つ》れて戻《もど》り始《はじ》める頃《ころ》には、荷車《にぐるま》はもう使《つか》えるようになっていました。

ネズミたちはあらゆる方向《ほうこう》から、何千匹《なんぜんびき》も集《あつ》まりました。大《おお》きなネズミに小《ちい》さなネズミ、そして中《ちゅう》くらいの大《おお》きさのネズミも、みんな口《くち》に1本《ぽん》のひもをくわえています。

ずっと眠《ねむ》り続《つづ》けていたドロシーが、ようやく目《め》を覚《さ》ましたのは、ちょうどこの頃《ころ》でした。ドロシーは自分《じぶん》が草《くさ》の上《うえ》に寝《ね》ていたことや、何千匹《なんぜんびき》ものネズミが後《うし》ろ脚《あし》で立《た》って、自分《じぶん》のことをこわごわと見《み》つめていることに気《き》づいて、とてもびっくりしました。

カカシはドロシーにすべてを説明《せつめい》してから、ネズミの女王様《じょおうさま》のほうを向《む》いて、こう言《い》いました。

「女王陛下《じょおうへいか》、どうかこの子《こ》を紹介《しょうかい》させてください」

ドロシーが、うやうやしく頭《あたま》を下《さ》げて挨拶《あいさつ》をすると、ネズミの女王様《じょおうさま》も会釈《えしゃく》をしました。

それからネズミの女王様《じょおうさま》は、ドロシーととても仲良《なかよ》しになりました。

ドロシーを紹介《しょうかい》し終《お》わると、カカシと木《き》こりは、今度《こんど》はネズミたちがくわえていたひもを、荷車《にぐるま》に結《むす》び始《はじ》めました。ひもの片方《かたほう》の端《はし》はネズミの首《くび》に、もう片方《かたほう》は荷車《にぐるま》に結《むす》びつけていったのです。

もちろん荷車《にぐるま》は、どのネズミよりも千倍《せんばい》も大《おお》きいものでした。けれどすべてのネズミがひもを使《つか》って一緒《いっしょ》に引《ひ》っ張《ぱ》ると、簡単《かんたん》に動《うご》かすことができました。カカシとブリキの木《き》こりでさえ、荷車《にぐるま》の上《うえ》に座《すわ》ることができたほどです。

ネズミが引《ひ》っ張《ぱ》るおかしな荷車《にぐるま》は、ライオンが眠《ねむ》っている場所《ばしょ》まで、こうしてすぐに運《はこ》ばれていきました。

ライオンは重《おも》たかったので、カカシとブリキの木《き》こりが、荷車《にぐるま》の上《うえ》に乗《の》せるのは大変《たいへん》でした。

でも、なんとかライオンを乗《の》せ終《お》わると、今度《こんど》はネズミの女王様《じょおうさま》が、しもべのネズミたちに出発《しゅっぱつ》するようにと、すぐに命令《めいれい》を出《だ》しました。

もともとライオンやドロシー、そして犬《いぬ》のトトがぐっすり眠《ねむ》ってしまったのは、ケシの花《はな》の匂《にお》いをかいだからでした。ネズミの女王様《じょおうさま》は、あまり長《なが》い間《あいだ》ケシの花《はな》の中《なか》にいると、自分《じぶん》たちも眠《ねむ》ってしまうだろうと心配《しんぱい》したのです。

荷車《にぐるま》はとても重《おも》いので、最初《さいしょ》はネズミがたくさん集《あつ》まって引《ひ》っ張《ぱ》っても、ほとんど動《うご》きませんでした。けれど、木《き》こりとカカシがふたりで後《うし》ろから押《お》してみると、うまく進《すす》むようになりました。

こうしてネズミたちは、ケシの花畑《はなばたけ》から緑《みどり》の野原《のはら》へと、ライオンをすぐに運《はこ》んでいくことができました。ここまで来《く》れば、毒《どく》のある花《はな》の香《かお》りのかわりに、おいしくて新鮮《しんせん》な空気《くうき》を吸《す》えるようになります。

ドロシーは、自分《じぶん》の友《とも》だちを助《たす》けてくれてありがとうございますと、小《ちい》さなネズミたちに心《こころ》からのお礼《れい》を言《い》いました。ドロシーは大《おお》きなライオンがとても好《す》きになっていたので、死《し》にそうになっていたところを助《たす》けてもらったことが、本当《ほんとう》にうれしかったのです。

荷車《にぐるま》につながれていたひもを外《はず》されると、ネズミたちは草《くさ》の間《あいだ》を走《はし》りながら、それぞれの家《いえ》に帰《かえ》っていきました。最後《さいご》に残《のこ》ったのは、ネズミの女王様《じょおうさま》です。

「もしも、またわたしたちの助《たす》けが必要《ひつよう》になったら、この野原《のはら》に来《き》てわたしたちをお呼《よ》びなさい。

あなたたちの声《こえ》が聞《き》こえたら、助《たす》けにきますから。じゃあ、さようなら！」

ドロシーたちが、みんなで「さよなら！」とこたえると、ネズミの女王様《じょおうさま》は走《はし》っていきました。ドロシーは、トトが女王様《じょおうさま》の後《あと》を追《お》いかけて怖《こわ》がらせたりしないように、しっかりと抱《だ》きかかえていました。

ネズミの女王様《じょおうさま》を見送《みおく》ると、ドロシーたちはライオンの横《よこ》に座《すわ》り、目《め》を覚《さ》ますのを待《ま》ちました。カカシが近《ちか》くの木《き》からとった果物《くだもの》を持《も》ってきてくれたので、ドロシーはそれをごはんがわりに食《た》べました。

臆病《おくびょう》なライオンが目《め》を覚《さ》ますまでには、しばらく時間《じかん》がかかりました。ケシの花《はな》に囲《かこ》まれて、生《い》き物《もの》を死《し》なせてしまう危《あぶ》ない匂《にお》いを吸《す》いながら、長《なが》い間《あいだ》、眠《ねむ》ってしまっていたためです。

やっと目《め》を開《あ》けたライオンは、荷車《にぐるま》から転《ころ》がるようにして降《お》りると、まだ自分《じぶん》が生《い》きていることに気《き》がついてとても喜《よろこ》びました。

「オレは、できるだけ速《はや》く走《はし》ったんだよ」

ライオンは草《くさ》の上《うえ》に座《すわ》って、あくびをしながら説明《せつめい》しました。

「でも花《はな》の匂《にお》いが強《つよ》すぎたんだ。君《きみ》らは、どうやってオレをあそこから運《はこ》びだしてくれたんだい？」

そこでドロシーたちは野《の》ネズミの話《はなし》をし、どれだけ一生懸命《いっしょうけんめい》にライオンを助《たす》けたのかを教《おし》えてあげました。臆病《おくびょう》なライオンは、話《はなし》を聞《き》いて笑《わら》った後《あと》、こんなふうに言《い》いました。

「オレは自分《じぶん》のことを、とても大《おお》きくて恐《おそ》ろしい獣《けもの》だとずっと思《おも》ってきたんだ。でも、ちっちゃな花《はな》のせいで死《し》にかけて、ネズミみたいに、あんなちっちゃな生《い》き物《もの》に助《たす》けられたんだね。なんて不思議《ふしぎ》なんだろう！

なあ、みんな、これからオレたちはどうするんだい？」

「黄色《きいろ》いレンガの道《みち》にまたたどり着《つ》くまで、歩《ある》かなきゃならないわね」

とドロシーが言《い》いました。

「そしたら、エメラルドの都《みやこ》まで旅《たび》を続《つづ》けられるわ」

ライオンがすっかり元気《げんき》を取《と》りもどし、もとのように調子《ちょうし》が良《よ》くなったので、ドロシーたちはもう一度出発《いちどしゅっぱつ》しました。

柔《やわ》らかくて、青々《あおあお》とした草《くさ》の上《うえ》を楽《たの》しく歩《ある》いていくと、すぐに黄色《きいろ》いレンガの道《みち》にたどり着《つ》きました。そこでみんなは、偉《えら》い魔法使《まほうつか》いのオズが住《す》むエメラルドの都《みやこ》に、再《ふたた》び向《む》かいました。

ここまで来《く》ると、レンガの道《みち》はもうでこぼこではなく、平《たい》らできちんと舗装《ほそう》されています。周《まわ》りにも、きれいな土地《とち》が広《ひろ》がっていました。ドロシーたちは、薄暗《うすぐら》くて、何度《なんど》も危《あぶ》ない目《め》にあった森《もり》から、かなり遠《とお》くまでやってきたことをうれしく思《おも》いました。

道端《みちばた》には、またもや柵《さく》が立《た》っていましたが、この場所《ばしょ》の柵《さく》は緑色《みどりいろ》に塗《ぬ》られています。あきらかに農家《のうか》の人《ひと》が住《す》んでいそうな小《ちい》さな家《いえ》も、やはり緑色《みどりいろ》に塗《ぬ》られていました。

ドロシーたちは午後《ごご》の間《あいだ》、こういう緑色《みどりいろ》の家《いえ》の前《まえ》を何軒《なんけん》か通《とお》りました。家《いえ》に住《す》んでいる人《ひと》たちが扉《とびら》のところに来《き》て、何《なに》かを質問《しつもん》したそうな顔《かお》で見《み》つめてきたこともあります。でも大《おお》きなライオンを怖《こわ》がって、誰《だれ》も近《ちか》づいたり、話《はな》しかけてきたりしませんでした。

そういう人《ひと》たちは、みんなきれいなエメラルドグリーン色《いろ》の服《ふく》を着《き》ていて、マンチキンたちと同《おな》じような、先《さき》がとんがった帽子《ぼうし》をかぶっていました。

「ここはオズの国《くに》に違《ちが》いないわ。わたしたちはきっと、エメラルドの都《みやこ》に近《ちか》づいているのよ」

ドロシーがこう言《い》うと、カカシもうなずきました。

「そうだね。マンチキンの国《くに》に住《す》んでいた人《ひと》は、みんな青《あお》い色《いろ》が気《き》に入《い》っていたけど、この国《くに》では全部《ぜんぶ》のものが緑色《みどりいろ》をしている。

でもここの人《ひと》たちは、マンチキンの人《ひと》たちほど親切《しんせつ》じゃないみたいだね。夜《よる》、泊《と》まる場《ば》所《しょ》は見《み》つからないかもしれないな」

「わたしは、果物《くだもの》じゃないものを食《た》べたいわ。トトも飢《う》え死《じ》にしそうなくらい、おなかがペコペコにすいているはずだし。次《つぎ》の家《いえ》が見《み》えてきたら、そこに住《す》んでいる人《ひと》たちに頼《たの》んでみましょうよ」

大《おお》きな農家《のうか》にやってくると、ドロシーは勇気《ゆうき》をだして近《ちか》づき、扉《とびら》をノックしました。すると女《おんな》の人《ひと》が、ちょっとだけ扉《とびら》を開《あ》けて、外《そと》をのぞきながら尋《たず》ねてきました。

「お嬢《じょう》ちゃん、何《なに》が欲《ほ》しいの？　それに、どうしてそんな大《おお》きなライオンと一緒《いっしょ》にいるのかしら？」

「できたら今夜《こんや》、泊《と》めてもらいたいんです。それと、このライオンはわたしの友《とも》だちで、仲間《なかま》なんです。みなさんに悪《わる》さをするようなまねは、絶対《ぜったい》にしませんから」

「そのライオンは、飼《か》いならされているの？」

女《おんな》の人《ひと》は、さっきより、もう少《すこ》し扉《とびら》を開《あ》けて尋《たず》ねました。

「ええ、そのとおりです。それに、ものすごく臆病《おくびょう》で。あなたがライオンを怖《こわ》がっている以上《いじょう》に、このライオンはあなたのことを怖《こわ》がっているの」

「ああ、そう」

女《おんな》の人《ひと》はドロシーに言《い》われたことをじっくり考《かんが》え、ライオンをもう一度《いちど》ちらりと見《み》てから、返事《へんじ》をしました。

「だったらいいわ。どうぞ、お入《はい》りなさい。夕《ゆう》ごはんと、寝《ね》る場所《ばしょ》を用意《ようい》してあげる」

こうしてドロシーたちは、みんなで家《いえ》の中《なか》に入《はい》りました。

そこには女《おんな》の人《ひと》の他《ほか》に、子《こ》どもがふたりと、男《おとこ》の人《ひと》がひとりいました。男《おとこ》の人《ひと》は足《あし》をけがしていて、部屋《へや》の隅《すみ》に置《お》いてあるソファに横《よこ》になっていました。

男《おとこ》の人《ひと》と子《こ》どもたちは、風変《ふうが》わりなドロシーたちを見《み》てとても驚《おどろ》いたようです。女《おんな》の人《ひと》が忙《いそが》しく夕《ゆう》ごはんの準備《じゅんび》をしていると、男《おとこ》の人《ひと》はこんなふうに尋《たず》ねてきました。

「みんなは、どこに行《い》くんだい？」

「エメラルドの都《みやこ》です。偉《えら》いオズの魔法使《まほうつか》いに会《あ》いにいくんですよ」

「こりゃたまげた！」

男《おとこ》の人《ひと》は大声《おおごえ》を上《あ》げました。

「オズは本当《ほんとう》に君《きみ》たちに会《あ》ってくれるのかい？」

「会《あ》ってくれないんですか？」

「うーん、オズは、絶対《ぜったい》に誰《だれ》とも会《あ》わないと言《い》われているんだよ。わたしはエメラルドの都《みやこ》に何度《なんど》も行《い》ったことがある。あそこはきれいで、すてきな場所《ばしょ》でね。

けれど偉《えら》いオズに会《あ》わせてもらったことは一度《いちど》もないんだ。今《いま》、生《い》きている連中《れんちゅう》の中《なか》で、オズに会《あ》ったことがあるという人《ひと》も知《し》らないなあ」

「オズは、絶対《ぜったい》に外《そと》に出《で》たりしないのかな？」

今度《こんど》は、カカシが質問《しつもん》しました。

「絶対《ぜったい》に出《で》ないよ。オズは毎日毎日《まいにちまいにち》、宮殿《きゅうでん》の中《なか》にある玉座《ぎょくざ》の間《ま》にこもっている。それにオズに仕《つか》えている人《ひと》ですら、面《めん》と向《む》かって会《あ》ったことがないんだ」

「見《み》た目《め》は、どんな感《かん》じなの？」

ドロシーが尋《たず》ねました。

「説明《せつめい》するのは難《むずか》しいね」

男《おとこ》の人《ひと》は、じっと考《かんが》えこみながら答《こた》えました。

「ほら、オズは立派《りっぱ》な魔法使《まほうつか》いで、自分《じぶん》が思《おも》ったとおりの姿《すがた》になれるからね。だから鳥《とり》みたいだったと言《い》う人《ひと》たちもいれば、ゾウみたいな姿《すがた》をしていたとか、ネコのようだったと言《い》う人《ひと》たちもいるんだ。他《ほか》の人《ひと》たちの前《まえ》では、きれいな妖精《ようせい》だとか、働《はたら》き者《もの》の小人《こびと》の妖精《ようせい》だとか、自分《じぶん》が好《す》きな姿《すがた》で現《あらわ》れるんだよ。

でも本当《ほんとう》のオズがどんなふうなのか、いつ、本当《ほんとう》の姿《すがた》に戻《もど》るのかってことは、誰《だれ》もわからないんだ」

「それはとても不思議《ふしぎ》だわ」

ドロシーが言《い》いました。

「でも、わたしたちはなんとかしてオズに会《あ》ってみなきゃならないの。そうしないと、この旅《たび》が無駄《むだ》になってしまうから」

「どうして、あの恐《おそ》ろしいオズに会《あ》いたいんだい？」

「おいらは脳《のう》みそが欲《ほ》しくてね」

カカシが熱心《ねっしん》に説明《せつめい》します。

「ああ、それならオズにとっては朝飯前《あさめしまえ》だよ。オズは、ありあまるほど脳《のう》みそをもっているからね」

「ぼくは心臓《しんぞう》が欲《ほ》しいんです」

今度《こんど》はブリキの木《き》こりが言《い》いました。

「それは全然問題《ぜんぜんもんだい》ないよ。オズはありとあらゆる大《おお》きさと形《かたち》の心臓《しんぞう》をもっているんだ」

「オレは勇気《ゆうき》が欲《ほ》しい」

臆病《おくびょう》なライオンが自分《じぶん》のことを話《はな》しました。

「オズは玉座《ぎょくざ》の間《ま》に、勇気《ゆうき》が詰《つ》まった大《おお》きなビンを置《お》いているんだ。ビンの中《なか》から勇気《ゆうき》があふれ出《だ》さないように、黄金《おうごん》の皿《さら》で蓋《ふた》をしてね。君《きみ》に喜《よろこ》んでわけてくれると思《おも》うよ」

「わたしは、カンザスに帰《かえ》してほしいの」

最後《さいご》にドロシーが言《い》いました。

「カンザスという場所《ばしょ》は、どこにあるんだい？」

男《おとこ》の人《ひと》は、驚《おどろ》いてドロシーに尋《たず》ねました。

「わからないわ」

ドロシーは、しょんぼりしながら答《こた》えました。

「でもそこがわたしのふるさとなの。それに、この世《よ》のどこかにはあるはずよ」

「きっと、そうなんだろうな。

まあ、オズはなんでもできるから、君《きみ》のためにカンザスの場《ば》所《しょ》を教《おし》えてくれるだろう。だけど、まずは彼《かれ》に会《あ》わなきゃならない。しかも、それは大《たい》変《へん》なことなんだ。偉《えら》い魔《ま》法《ほう》使《つか》いは誰《だれ》にも会《あ》いたがらないし、たいていの場《ば》合《あい》は、自《じ》分《ぶん》のやりたいようにふるまうからね。

ところで君《きみ》は何《なに》が欲《ほ》しいんだい？」

男《おとこ》の人《ひと》は、トトに尋《たず》ねました。でもトトは、しっぽを振《ふ》っただけでした。不《ふ》思《し》議《ぎ》なことに、トトはしゃべれなかったのです。

ここまで話《はなし》をしたところで、女《おんな》の人《ひと》が、夕《ゆう》ごはんの用《よう》意《い》ができたわよと声《こえ》をかけました。

みんながテーブルの周《まわ》りに座《すわ》ります。ドロシーはおいしいおかゆとスクランブルエッグと、上《じょう》等《とう》な白《しろ》いパンを食《た》べて、とても幸《しあわ》せな時《じ》間《かん》を過《す》ごしました。

けれどライオンはおかゆを食《た》べたものの、あまり気《き》に入《い》りませんでした。

おかゆは麦《むぎ》から作《つく》ったオートミールでできていたので、「これはライオンが食《た》べるものじゃなくて、馬《うま》が食《た》べるものだよ」と言《い》ったのです。カカシとブリキの木《き》こりは、全然《ぜんぜん》何《なに》も食《た》べませんでした。トトは出《だ》されたすべてのものをちょっとずつ食《た》べ、久《ひさ》しぶりにちゃんとした夕《ゆう》ごはんにありつけたことを喜《よろこ》んでいました。

夕《ゆう》ごはんが終《お》わると、女《おんな》の人《ひと》はドロシーに寝《ね》るためのベッドを用意《ようい》してくれました。トトはドロシーの隣《となり》で横《よこ》になり、ライオンはドロシーが眠《ねむ》りを邪魔《じゃま》されないようにと、扉《とびら》のところを見張《みは》りました。

カカシとブリキの木《き》こりは部屋《へや》の隅《すみ》に立《た》って、一晩中静《ひとばんじゅうしず》かにしていました。カカシとブリキの木《き》こりは、もともと眠《ねむ》ったりできないのです。

次《つぎ》の日《ひ》、ドロシーたちは、太陽《たいよう》が昇《のぼ》るとすぐに出発《しゅっぱつ》しました。するとあっという間《ま》に、目《め》の前《まえ》の空《そら》に、美《うつく》しい緑《みどり》の光《ひかり》が輝《かがや》いているのが見《み》えてきました。

「あれがエメラルドの都《みやこ》に違《ちが》いないわね」

ドロシーが言《い》いました。

歩《ある》いていくにつれて、緑色《みどりいろ》の光《ひかり》はどんどんまぶしくなっていきます。ドロシーたちの長《なが》い旅《たび》も、ようやく終《お》わりに近《ちか》づいたように思《おも》えました。

でも、エメラルドの都《みやこ》をぐるりと取《と》り囲《かこ》んでいる高《たか》い壁《かべ》に着《つ》いたのは、午後《ごご》になってからでした。

その壁《かべ》は高《たか》くて厚《あつ》さもあり、明《あか》るい緑色《みどりいろ》に塗《ぬ》られていました。

ドロシーたちの目《め》の前《まえ》、黄色《きいろ》いレンガの道《みち》が終《お》わるところには、大《おお》きな門《もん》がありました。門《もん》にはエメラルドがちりばめられて、太陽《たいよう》の下《した》でキラキラと輝《かがや》いています。エメラルドの光《ひかり》は、ペンキで描《か》かれたカカシの目《め》さえくらませてしまうほど、まぶしいものでした。

大《おお》きな門《もん》の隣《となり》には、呼《よ》び鈴《りん》がついていました。ドロシーがボタンを押《お》すと、門《もん》の中《なか》からチリンチリンと銀《ぎん》の鈴《すず》が鳴《な》るような音《おと》が聞《き》こえます。

やがて大《おお》きな門《もん》が、ゆっくりと開《ひら》きました。ドロシーたちがみんなで門《もん》を通《とお》り抜《ぬ》けていくと、アーチ形《がた》の高《たか》い天井《てんじょう》のある部屋《へや》に着《つ》きました。その部屋《へや》の壁《かべ》も、数《かぞ》え切《き》れないほど多《おお》くのエメラルドでキラキラ光《ひか》っています。

ドロシーたちの前《まえ》には、背《せ》の高《たか》さがマンチキンと同《おな》じくらいの、小《ちい》さな男《おとこ》の人《ひと》が立《た》っていました。頭《あたま》の先《さき》から足《あし》の先《さき》まで緑色《みどりいろ》の格好《かっこう》をしていて、肌《はだ》の色《いろ》さえ緑色《みどりいろ》がかっています。

その男《おとこ》の人《ひと》の脇《わき》には、大《おお》きな緑色《みどりいろ》の箱《はこ》がありました。

ドロシーたちを見《み》ると、その男《おとこ》の人《ひと》は、こんなふうに尋《たず》ねてきました。

「君《きみ》たちは、エメラルドの都《みやこ》に何《なに》をしにきたのかね？」

「偉《えら》いオズに会《あ》いにきたのです」

男《おとこ》の人《ひと》は、ドロシーの答《こた》えを聞《き》いてあまりにびっくりしたので、椅子《いす》に座《すわ》ってじっくり考《かんが》え始《はじ》めました。

「オズに会《あ》いたいなんて、誰《だれ》かから言《い》われたのは何年《なんねん》ぶりだろう」

すっかり戸惑《とまど》ってしまった男《おとこ》の人《ひと》は、首《くび》を振《ふ》りながら言《い》いました。

「あの方《かた》はすごい力《ちから》をもっておられるし、性格《せいかく》も恐《おそ》ろしい。偉《えら》い魔法使《まほうつか》いの方《かた》がじっくりと考《かんが》えごとをしておられるのに、無駄《むだ》で馬鹿《ばか》げた用事《ようじ》のせいで邪魔《じゃま》をしたら、あの方《かた》は腹《はら》を立《た》てて、一瞬《いっしゅん》で君《きみ》ら全員《ぜんいん》を殺《ころ》してしまうかもしれん」

「でもおいらたちは、無駄《むだ》な用事《ようじ》や、くだらない用事《ようじ》で来《き》たんじゃないよ」

カカシが答《こた》えました。

「大事《だいじ》な用事《ようじ》で来《き》たんです。それにおいらたちは、オズが良《よ》い魔法使《まほうつか》いだとも言《い》われたし」

「そのとおり。それにあのお方《かた》は、エメラルドの都《みやこ》を賢《かしこ》く、上手《じょうず》に治《おさ》めていらっしゃる。でも正直《しょうじき》じゃない者《もの》や、興味本位《きょうみほんい》で自分《じぶん》に近《ちか》づいてくる者《もの》に対《たい》しては、とても恐《おそ》ろしい態度《たいど》をとられる。だから、あのお方《かた》の顔《かお》を見《み》せてほしいなどと、わざわざ頼《たの》んできた人《ひと》もこれまでほとんどいないのです。

わたしは門番《もんばん》だし、偉《えら》いオズ様《さま》に会《あ》いたいと頼《たの》まれた以上《いじょう》、あなたたちを宮殿《きゅうでん》に連《つ》れていかなければなりません。でも、まずはメガネをかけてもらわないと」

「どうして？」

ドロシーが尋《たず》ねました。

「メガネをかけなければ、エメラルドの都《みやこ》から出《で》る光《ひかり》の明《あか》るさとまぶしさのせいで、目《め》をやられてしまうのです。この街《まち》に住《す》んでいる人間《にんげん》でさえ、メガネをかけていなければならないのです。夜《よる》も昼《ひる》もです。

すべてのメガネには鍵《かぎ》がかかっていて、外《はず》れないようになっています。最初《さいしょ》に都《みやこ》が作《つく》られたときに、オズ様《さま》がそう命《めい》じられましたから。メガネを外《はず》すためのたったひとつの鍵《かぎ》は、わたしが持《も》っております」

こう言《い》って門番《もんばん》は、大《おお》きな緑色《みどりいろ》の箱《はこ》を開《あ》けました。ドロシーが中《なか》を見《み》ると、箱《はこ》にはありとあらゆる大《おお》きさと形《かたち》をしたメガネが、たくさん入《はい》っています。そしてすべてのメガネには、緑色《みどりいろ》のレンズがはめられていました。

まず門番《もんばん》は、ドロシーにピッタリあうメガネを見《み》つけて、かけさせました。メガネには2本《ほん》の金色《きんいろ》のベルトがついていて、頭《あたま》の後《うし》ろのところで合《あ》わさるようになっています。門番《もんばん》は、首《くび》にかけた鎖《くさり》の先《さき》についている小《ちい》さな鍵《かぎ》で、ドロシーのメガネに鍵《かぎ》をかけました。

鍵《かぎ》をかけられると、ドロシーは好《す》きなときにメガネを外《はず》せなくなってしまいます。でも、エメラルドの都《みやこ》の輝《かがや》きのせいで目《め》が見《み》えなくなってしまうのは嫌《いや》なので、何《なに》も文句《もんく》を言《い》いませんでした。

全身《ぜんしん》、緑《みどり》ずくめの門番《もんばん》は、それからカカシとブリキの木《き》こりとライオン、そして小《ちい》さなトトにまでメガネをかけさせて、すべてしっかりと鍵《かぎ》をかけました。

門番《もんばん》は自分《じぶん》でもメガネをかけてから、宮殿《きゅうでん》に案内《あんない》する準備《じゅんび》ができたと言《い》いました。

そして壁《かべ》にあった鍵《かぎ》かけから大《おお》きな金色《きんいろ》の鍵《かぎ》をとり、別《べつ》の扉《とびら》を開《あ》けました。こうしてみんなは門番《もんばん》の後《あと》に続《つづ》いて出口《でぐち》を抜《ぬ》け、エメラルドの都《みやこ》の通《とお》りへ入《はい》っていったのです。

エメラルドの都《みやこ》

ドロシーたちは、緑色《みどりいろ》のメガネをかけて街《まち》に入《はい》っていきました。でも街《まち》があまりにまぶしく輝《かがや》くので、最初《さいしょ》はメガネで目《め》を守《まも》っていても、くらくらしました。

街《まち》の通《とお》りには、きれいな家《いえ》が並《なら》んでいました。すべてが緑《みどり》の大理石《だいりせき》で造《つく》られていて、輝《かがや》くエメラルドがいたるところにちりばめられています。

ドロシーたちは、同《おな》じ緑色《みどりいろ》をした大理石《だいりせき》でできた舗道《ほどう》を歩《ある》いていきましたが、敷石《しきいし》の継《つ》ぎ目《め》にもエメラルドがぎっしり埋《う》められていて、太陽《たいよう》の光《ひかり》を受《う》けて輝《かがや》いています。家《いえ》の窓《まど》ガラスも緑色《みどりいろ》なら、街《まち》の上《うえ》に広《ひろ》がる空《そら》でさえ緑色《みどりいろ》っぽくて、太陽《たいよう》の光《ひかり》も緑色《みどりいろ》でした。

男《おとこ》の人《ひと》や女《おんな》の人《ひと》、それに子《こ》どもたちと、多《おお》くの人《ひと》が街《まち》の通《とお》りを歩《ある》いていましたが、やはりみんな緑色《みどりいろ》の服《ふく》を着《き》ていて、緑色《みどりいろ》がかった肌《はだ》をしています。

誰《だれ》もがドロシーたちのことを、目《め》をまん丸《まる》にして眺《なが》めました。でも話《はな》しかけてくる人《ひと》は誰《だれ》もいません。子《こ》どもたちはライオンを見《み》ると、お母《かあ》さんのかげに走《はし》って隠《かく》れました。

エメラルドの都《みやこ》には、たくさんのお店《みせ》が道路《どうろ》沿《ぞ》いに並《なら》んでいました。ドロシーがのぞいてみると、お店《みせ》の中《なか》にある商品《しょうひん》も、すべて緑色《みどりいろ》でした。

緑色《みどりいろ》のキャンディに緑色《みどりいろ》のポップコーン、緑色《みどりいろ》の靴《くつ》や緑色《みどりいろ》の帽子《ぼうし》、そして、ありとあらゆる種類《しゅるい》の緑色《みどりいろ》の服《ふく》が売《う》られています。あるお店《みせ》では、男《おとこ》の人《ひと》が緑色《みどりいろ》のレモネードを売《う》っていましたが、ドロシーは、子《こ》どもたちが緑色《みどりいろ》のペニー硬貨《こうか》で代金《だいきん》を払《はら》っているのに気《き》づきました。

街《まち》の中《なか》には、馬《うま》どころかなんの動物《どうぶつ》もいそうにありません。男《おとこ》の人《ひと》たちは、小《ちい》さな緑色《みどりいろ》の荷車《にぐるま》に物《もの》を載《の》せて自分《じぶん》で押《お》しています。エメラルドの都《みやこ》では、誰《だれ》もが幸《しあわ》せで満足《まんぞく》していて、豊《ゆた》かな暮《く》らしをしているようでした。

ドロシーたちは、門番《もんばん》の後《あと》についていくつかの通《とお》りを抜《ぬ》け、最後《さいご》に大《おお》きな建物《たてもの》に着《つ》きました。エメラルドの都《みやこ》のちょうど真《ま》ん中《なか》にあるこの建物《たてもの》は、偉《えら》い魔法使《まほうつか》いのオズが住《す》んでいる宮殿《きゅうでん》でした。

宮殿《きゅうでん》の扉《とびら》の前《まえ》には、緑《みどり》の制服《せいふく》を着《き》て、緑《みどり》の長《なが》いあごヒゲを生《は》やした兵隊《へいたい》がいました。

「よそから来《こ》られた方々《かたがた》です。偉大《いだい》なオズ様《さま》に会《あ》いたいと言《い》っておられます」

門番《もんばん》がこう声《こえ》をかけると、兵隊《へいたい》は、

「中《なか》にお入《はい》りなさい」

と答《こた》えました。

「あなたたちの伝言《でんごん》を、オズ様《さま》に伝《つた》えましょう」

ドロシーたちは、今度《こんど》は兵隊《へいたい》の後《あと》をついて宮殿《きゅうでん》の門《もん》をくぐり、大《おお》きな部屋《へや》に通《とお》されました。

部屋《へや》には緑《みどり》のカーペットが敷《し》かれていて、エメラルドがちりばめられた、きれいな緑色《みどりいろ》の家具《かぐ》が置《お》かれています。兵隊《へいたい》はこの部屋《へや》に入《はい》る前《まえ》、緑色《みどりいろ》のマットで足《あし》を拭《ふ》くようにと全《ぜん》員《いん》に言《い》いました。

ドロシーたちが座《すわ》ると、兵隊《へいたい》は礼儀《れいぎ》正《ただ》しく説明《せつめい》しました。

「わたしは玉座《ぎょくざ》の間《ま》の扉《とびら》のところに行《い》って、あなた方《がた》がここにいらしたことをオズ様《さま》に伝《つた》えてきます。その間《あいだ》、この部屋《へや》でくつろいでいらしてください」

長《なが》い間《あいだ》待《ま》った末《すえ》に兵隊《へいたい》が戻《もど》ってくると、ドロシーが尋《たず》ねました。

「オズさんに会《あ》いました？」

「いいえ、とんでもない。わたしはオズ様《さま》に会《あ》ったことなど、一度《いちど》もありません。でも、オズ様《さま》はついたての後《うし》ろに座《すわ》っていらっしゃったので、みなさんの用件《ようけん》を伝《つた》えました。

オズ様《さま》は、みなさんがお望《のぞ》みであれば、面会《めんかい》を許《ゆる》すとおっしゃいました。ただし、ひとりずつ会《あ》いにいかなければなりませんし、1日《にち》につき、ひとりとしかお会《あ》いになりません。

みなさんは、これから何日間《なんにちかん》か、宮殿《きゅうでん》に泊《と》まっていただかなければなりませんから、旅《たび》の疲《つか》れを休《やす》めて快適《かいてき》に過《す》ごせるよう、それぞれのお部屋《へや》にご案内《あんない》します」

「ありがとうございます」

ドロシーはお礼《れい》を言《い》いました。

「オズさんは、とても親切《しんせつ》な人《ひと》なんですね」

兵隊《へいたい》が緑色《みどりいろ》の笛《ふえ》を吹《ふ》くと、かわいらしい緑色《みどりいろ》の絹《きぬ》のガウンを着《き》た女《おんな》の子《こ》が、すぐに部屋《へや》に入《はい》ってきました。女《おんな》の子《こ》はきれいな緑色《みどりいろ》の髪《かみ》と緑色《みどりいろ》の目《め》をしていて、ドロシーの前《まえ》で深々《ふかぶか》とおじぎをしながら言《い》いました。

「こちらへどうぞ。お部屋《へや》にご案内《あんない》します」

そこでドロシーは、トト以外《いがい》の仲間《なかま》に別《わか》れを告《つ》げた後《あと》、トトを抱《だ》いて歩《ある》き始《はじ》めました。

7つの通路《つうろ》を抜《ぬ》けて、3つの階段《かいだん》を上《あ》がり、宮殿《きゅうでん》の正面側《しょうめんがわ》に行《い》くと、そこには世界《せかい》で一番《いちばん》すてきな小《ちい》さな部屋《へや》がありました。

緑色《みどりいろ》の絹《きぬ》のシーツと、緑色《みどりいろ》のベルベットの掛《か》け布団《ぶとん》が敷《し》かれた、柔《やわ》らかなベッド。

部屋《へや》の真《ま》ん中《なか》には小《ちい》さな噴水《ふんすい》があり、空中《くうちゅう》に噴《ふ》きだされた緑色《みどりいろ》の香水《こうすい》が、美《うつく》しい彫刻《ちょうこく》がほどこされた緑《みどり》の大理石《だいりせき》の鉢《はち》に落《お》ちてきます。

窓《まど》のところには美《うつく》しい緑色《みどりいろ》の花《はな》が飾《かざ》られていますし、小《ちい》さな緑色《みどりいろ》の本《ほん》が並《なら》べられた本棚《ほんだな》もありました。

少《すこ》し落《お》ち着《つ》いてからドロシーが本《ほん》を開《ひら》いてみると、中《なか》には緑色《みどりいろ》の変《か》わった絵《え》がたくさん描《か》かれています。あまりのおかしさにドロシーは笑《わら》ってしまいました。

部屋《へや》には衣装《いしょう》だんすもあって、中《なか》には絹《きぬ》やサテン、ベルベットでできた、たくさんの緑《みどり》色《いろ》のドレスが入《はい》っています。どれもドロシーにぴったりでした。

「本当《ほんとう》に、お気兼《きが》ねなくお過《す》ごしください」

緑色《みどりいろ》の女《おんな》の子《こ》は、ドロシーに声《こえ》をかけました。

「何《なに》か御用《ごよう》がありましたら、いつでもベルを鳴《な》らしてください。それと明日《あした》の朝《あさ》、オズ様《さま》が迎《むか》えの者《もの》をよこしますので」

女《おんな》の子《こ》はドロシーを部屋《へや》に残《のこ》して、ライオンやカカシ、ブリキの木《き》こりたちのところに戻《もど》りました。そしてライオンやカカシ、ブリキの木《き》こりたちもそれぞれ宮殿《きゅうでん》の中《なか》にある、とても快適《かいてき》な部屋《へや》をあてがわれました。

もちろん、こうしたおもてなしは、カカシには無駄《むだ》でした。カカシはひとりになると、部屋《へや》の入《い》り口《ぐち》の近《ちか》くに、ぼーっと立《た》ったまま朝《あさ》がくるのを待《ま》ちました。横《よこ》になっても体《からだ》が休《やす》まるわけではありませんし、目《め》を閉《と》じることもできないからです。なのでカカシは、世界《せかい》で最《もっと》もすばらしい部屋《へや》にいるのに、クモが巣《す》を作《つく》っているのを見《み》つめてひと晩《ばん》を過《す》ごしました。

ブリキの木《き》こりは、いつもの癖《くせ》でベッドに横《よこ》たわりました。自分《じぶん》が生身《なまみ》の体《からだ》だった頃《ころ》のことを覚《おぼ》えていたのです。

でも、カカシと同《おな》じようにやっぱり眠《ねむ》ることはできなかったので、体《からだ》がちゃんと動《うご》くように、ブリキでできた体《からだ》の関節《かんせつ》を上下《じょうげ》に動《うご》かしながら夜《よる》を過《す》ごしました。

ライオンは森《もり》の中《なか》にある枯《か》れ葉《は》のベッドのほうが好《この》みでしたし、宮殿《きゅうでん》の部屋《へや》に閉《と》じこめられているのは嫌《いや》でした。けれど常識《じょうしき》があったので、そのことを気《き》にしたりしませんでした。ライオンはベッドの上《うえ》に飛《と》び乗《の》って、猫《ねこ》のように丸《まる》まってゴロゴロとのどを鳴《な》らすと、あっという間《ま》に眠《ねむ》ってしまいました。

次《つぎ》の日《ひ》の朝《あさ》になりました。

ドロシーが朝《あさ》ごはんを食《た》べ終《お》わると、緑《みどり》色《いろ》の女《おんな》の子《こ》が迎《むか》えにきて、キラキラした糸《いと》が織《お》りこまれた、とびっきりかわいいガウンを選《えら》んで着替《きが》えさせました。

ドロシーはさらに緑色《みどりいろ》の絹《きぬ》のエプロンをつけ、トトの首《くび》にも緑色《みどりいろ》のリボンを結《むす》んであげました。こうして支度《したく》をしてから、偉《えら》い魔法使《まほうつか》いのオズがいる玉座《ぎょくざ》の間《ま》に向《む》かったのです。

ドロシーとトト、そして緑色《みどりいろ》の女《おんな》の子《こ》は、まず、宮殿《きゅうでん》にいる人《ひと》たちがたくさん待《ま》っている大広間《おおひろま》に入《はい》りました。男《おとこ》の人《ひと》も女《おんな》の人《ひと》も、みんな豪華《ごうか》な衣装《いしょう》を着《き》ていますが、何《なに》もせずに、おしゃべりばかりしています。オズに会《あ》うことが許《ゆる》されなくとも、毎朝《まいあさ》、玉座《ぎょくざ》の間《ま》の外《そと》に集《あつ》まってくるのです。

みんなは部屋《へや》に入《はい》ってきたドロシーを、興味深《きょうみぶか》そうに眺《なが》めました。そのうちのひとりは、こんなふうにドロシーにささやいてきました。

「あなたは、恐《おそ》ろしいオズの顔《かお》を本当《ほんとう》に見《み》るつもりなの？」

「ええ、もちろん。わたしに会《あ》ってくれるならね」

「そう、会《あ》ってくれますとも」

昨日《きのう》、エメラルドの宮殿《きゅうでん》に着《つ》いたとき、オズにドロシーのメッセージを伝《つた》えてくれた兵《へい》隊《たい》が言《い》いました。

「確《たし》かに、あのお方《かた》は、自分《じぶん》に会《あ》わせてくれと頼《たの》まれるのを嫌《いや》がられます。実際《じっさい》のところ、最初《さいしょ》はお怒《いか》りになって、あなたを元《もと》の場所《ばしょ》に追《お》い帰《かえ》すようにとおっしゃいました。

でも、どんな様子《ようす》なのだとお尋《たず》ねになったので、あなたが銀《ぎん》の靴《くつ》をはいていたと報告《ほうこく》すると、とても興味《きょうみ》を示《しめ》されました。そして最後《さいご》に、あなたのおでこについている印《しるし》のことを話《はな》したところ、お会《あ》いになってもいいと決《き》められたのです」

ちょうどそこで、呼《よ》び鈴《りん》が鳴《な》りました。緑色《みどりいろ》の女《おんな》の子《こ》は、ドロシーにこう声《こえ》をかけました。

「あれが合図《あいず》です。玉座《ぎょくざ》の間《ま》にはひとりで入《はい》っていただく形《かたち》になります」

女《おんな》の子《こ》が小《ち》さな扉《とびら》を開《あ》けたので、ドロシーは勇気《ゆうき》をだして中《なか》に入《はい》っていきました。

そこはすばらしい部屋《へや》でした。天井《てんじょう》はアーチ形《がた》をしていて高《たか》く、壁《かべ》と天井《てんじょう》と床《ゆか》には、大《おお》きなエメラルドがぎっしり埋《う》め込《こ》まれています。天井《てんじょう》の真《ま》ん中《なか》には、太陽《たいよう》くらいまぶしく輝《かがや》く大《おお》きな明《あ》かりがあって、エメラルドをきれいにキラキラと輝《かがや》かせていました。

でもドロシーが一番興味《いちばんきょうみ》をひかれたのは、部屋《へや》の真《ま》ん中《なか》に置《お》いてある玉座《ぎょくざ》、緑色《みどりいろ》の大理《だいり》石《せき》で作《つく》られた王様《おうさま》の席《せき》でした。それは椅子《いす》のような形《かたち》をしていて、他《ほか》のすべてのものと同《おな》じように、宝石《ほうせき》がキラキラとちりばめてあります。

しかも椅子《いす》の真《ま》ん中《なか》には、とてつもなく大《おお》きな頭《あたま》がありました。頭《あたま》を支《ささ》える体《からだ》もなければ腕《うで》や脚《あし》もなくて、頭《あたま》だけがあるのです。髪《かみ》の毛《け》は1本《ぽん》も生《は》えていませんでしたが、目《め》と鼻《はな》と口《くち》はついていて、世界《せかい》で一番大《いちばんおお》きな巨人《きょじん》の頭《あたま》よりも、もっと大《おお》きなものでした。

驚《おどろ》いたドロシーが怖《こわ》がりながら頭《あたま》を見《み》つめていると、目《め》がゆっくりと動《うご》いて、ドロシーを鋭《するど》い目《め》つきでじっと見《み》つめました。それから口《くち》が動《うご》き、ドロシーにこんな声《こえ》が聞《き》こえてきたのです。

「わしがオズ。偉大《いだい》で恐《おそ》ろしい魔法使《まほうつか》いだ。おまえは誰《だれ》だ？　どうしてわしに会《あ》いたいと思《おも》ったのだ？」

ドロシーは、大《おお》きな頭《あたま》から、もっと恐《おそ》ろしい声《こえ》が聞《き》こえてくるのだと思《おも》っていました。でも、それほど恐《おそ》ろしい声《こえ》ではなかったので、勇気《ゆうき》をだして答《こた》えました。

「わたしはドロシーです。小《ちい》さくてかよわい女《おんな》の子《こ》です。あなたに助《たす》けてもらいたくて、やってきました」

大《おお》きな頭《あたま》についた目《め》は、何《なに》かをじっと考《かんが》えているような表情《ひょうじょう》を浮《う》かべながら1分間《ぷんかん》、じっとドロシーを見《み》つめます。

それから、またこんな声《こえ》が聞《き》こえてきました。

「おまえは、その銀《ぎん》の靴《くつ》をどこで手《て》に入《い》れたのだ？」

「これは東《ひがし》の悪《わる》い魔女《まじょ》がはいていたものなんです。わたしの家《いえ》が魔女《まじょ》の上《うえ》に落《お》っこちて、魔女《まじょ》を退治《たいじ》したときにもらったんです」

「おでこの印《しるし》は、どうやってつけた？」

「北《きた》の良《よ》い魔女《まじょ》がキスをしてくれたんです。別《わか》れぎわに、あなたのところに来《く》るように言《い》ってくれたときに」

大《おお》きな頭《あたま》についた目《め》が、またドロシーを鋭《するど》くにらみます。ドロシーが本当《ほんとう》のことを言《い》っているのだと見抜《みぬ》いたオズは、今度《こんど》はこんな質問《しつもん》をしてきました。

「わしに何《なに》をしてほしいのだ？」

「わたしをカンザスに戻《もど》してください。エムおばさんとヘンリーおじさんも、そこにいるんです」

ドロシーは一生懸命《いっしょうけんめい》にお願《ねが》いしました。

「あなたの国《くに》は、とってもきれいだけど好《す》きになれないの。それにわたしがこんなに長《なが》く家《いえ》に戻《もど》っていないから、エムおばさんは、きっとすごく心配《しんぱい》していると思《おも》うんです」

大《おお》きな頭《あたま》についた目《め》が、3度《ど》まばたきをしました。それから天井《てんじょう》を見上《みあ》げ、床《ゆか》を見下《みお》ろし、部屋《へや》のあらゆる場所《ばしょ》を眺《なが》めるように、奇妙《きみょう》にグルグルと回《まわ》り始《はじ》めます。

そしてふたつの目《め》は、最後《さいご》にもう一度《いちど》ドロシーを見《み》ました。

「なぜわしが、おまえにそんなことをしてやらねばならんのだ？」

「あなたは強《つよ》くて、わたしはかよわいから。あなたはすごい魔法使《まほうつか》いだけど、わたしはただの小《ちい》さな女《おんな》の子《こ》だからです」

「しかしおまえは、東《ひがし》の魔女《まじょ》を退治《たいじ》できるくらい強《つよ》いはずだ」

「あれは偶然《ぐうぜん》なんです」

ドロシーは、簡単《かんたん》に答《こた》えました。

「たまたま、そうなっただけなの」

「ならば、わしの答《こた》えを伝《つた》えよう。

わしに何《なに》かをしてくれないかぎり、カンザスに帰《かえ》してほしいなどと望《のぞ》む権利《けんり》はない。この国《くに》では、何《なに》かを手《て》に入《い》れたいなら、それに見合《みあ》うことをせねばならんのだ。魔法《まほう》の力《ちから》を使《つか》って家《いえ》に帰《かえ》してほしいのなら、まずはおまえがわしに何《なに》かをしてくれねばならん。おまえがわしの手助《てだす》けをしてくれるなら、わしも助《たす》けてやろう」

「じゃあ、わたしは何《なに》をすればいいの？」

「西《にし》の悪《わる》い魔女《まじょ》を滅《ほろ》ぼすのだ」

「そんなことできないわ！」

ドロシーは、びっくり仰天《ぎょうてん》して叫《さけ》びました。

「おまえは東《ひがし》の魔女《まじょ》を退治《たいじ》して、強《つよ》い魔法《まほう》の力《ちから》をもつ銀《ぎん》の靴《くつ》をはくようになった。今《いま》やこの国《くに》には、悪《わる》い魔女《まじょ》はひとりしか残《のこ》っておらん。西《にし》の魔女《まじょ》だ。西《にし》の魔女《まじょ》が死《し》んだという報告《ほうこく》をおまえから受《う》けたら、そのときにはカンザスに帰《かえ》してやろう……だが、それまではだめだ」

ドロシーは、しくしく泣《な》き始《はじ》めました。すごくがっかりして、悲《かな》しくなってしまったのです。

大《おお》きな目《め》は再《ふたた》びまばたきをして、ドロシーを心配《しんぱい》そうに見《み》つめました。

《おまえがその気《き》にさえなれば、偉大《いだい》な魔法使《まほうつか》いであるわしを助《たす》けることができるのだ》

大《おお》きな目《め》は、まるでそう思《おも》っているようでした。

「わたしは、何《なに》かを退治《たいじ》したことなんて一度《いちど》もないわ」

ドロシーは泣《な》きながら言《い》いました。

「退治《たいじ》したいと思《おも》ったとしても、悪《わる》い魔女《まじょ》をやっつけられるはずなんてないでしょ？　あなたみたいに、偉《えら》くて恐《おそ》ろしい魔法使《まほうつか》いでもやっつけられないなら、どうしてわたしが退治《たいじ》できるっていうの？」

「わからん。だが、それがわしの答《こた》えだ。とにかく悪《わる》い魔女《まじょ》が死《し》ぬまでは、おじさんとおばさんには再《ふたた》び会《あ》えんだろう。覚《おぼ》えておくがいい。あの魔女《まじょ》は悪《わる》い魔女《まじょ》……しかも、ものすごく悪《わる》い魔女《まじょ》だ……だから退治《たいじ》せねばならんのだ。

さあ行《い》くのだ。自分《じぶん》の使命《しめい》を果《は》たすまで、わしに二度《にど》と会《あ》おうとするな」

ドロシーはしょんぼりしながら玉座《ぎょくざ》の間《ま》を出《で》て、ライオンとカカシと木《き》こりがいる場所《ばしょ》に戻《もど》っていきました。ライオンとカカシと木《き》こりは、オズがどんなことを言《い》ったのかを聞《き》かせてもらおうと、ドロシーを待《ま》っていたのです。

「どうしようもないわ」

ドロシーは、悲《かな》しそうに言《い》いました。

「西《にし》の魔女《まじょ》を退治《たいじ》するまで、オズは家《いえ》に帰《かえ》してくれないんですって。そんなこと、わたしにできるわけがないもの」

ライオンとカカシと木《き》こりは、ドロシーのことを気《き》の毒《どく》に思《おも》いました。

けれどドロシーにしてあげられることは何《なに》もありません。ドロシーは自分《じぶん》の部屋《へや》に行《い》き、ベッドの上《うえ》で横《よこ》になって、泣《な》きながら眠《ねむ》ってしまいました。


次《つぎ》の朝《あさ》、緑《みどり》のヒゲを生《は》やした兵隊《へいたい》は、今度《こんど》はカカシのところにやってきました。

「わたしと一緒《いっしょ》にいらしてください。オズ様《さま》がお呼《よ》びです」

カカシは兵隊《へいたい》の後《あと》についていき、大《おお》きな玉座《ぎょくざ》の間《ま》に入《はい》りました。

そこでカカシが見《み》たのは、エメラルドの椅子《いす》の上《うえ》に座《すわ》っている、とてもきれいな女《おんな》の人《ひと》の姿《すがた》でした。

女《おんな》の人《ひと》は緑色《みどりいろ》をした薄《うす》い絹《きぬ》の服《ふく》を着《き》ていて、ふわりとカールした緑色《みどりいろ》の髪《かみ》の毛《け》の上《うえ》に、宝石《ほうせき》をちりばめた冠《かんむり》をかぶっていました。

しかも肩《かた》のところからは、鮮《あざ》やかな色《いろ》をした翼《つばさ》が生《は》えています。翼《つばさ》はとても軽《かる》いので、ほんのちょっと空気《くうき》の流《なが》れが変《か》わるだけで、ひらひらと舞《ま》うように動《うご》きました。

カカシは、わらが詰《つ》まった体《からだ》を折《お》り曲《ま》げて、精《せい》いっぱい、きちんとおじぎをします。きれいな女《おんな》の人《ひと》は、優《やさ》しい目《め》でカカシを見《み》つめると、こんなふうに言《い》ってきました。

「わたしはオズ。偉大《いだい》で恐《おそ》ろしい魔法使《まほうつか》いです。あなたは誰《だれ》？　どうしてわたしに会《あ》いたいと思《おも》ったのですか？」

カカシはびっくり仰天《ぎょうてん》してしまいました。ドロシーの話《はなし》を聞《き》いていたので、大《おお》きな頭《あたま》だけのオズが出《で》てくるものだとばかり思《おも》っていたからです。

でもカカシは、勇気《ゆうき》をだして答《こた》えました。

「おいらは体《からだ》にわらが詰《つ》まっている、ただのカカシです。だから脳《のう》みそがないんです。わらのかわりに、頭《あたま》の中《なか》に脳《のう》みそを入《い》れてほしいと思《おも》って、お願《ねが》いにきました。そしたら、あなたの国《くに》に住《す》んでいる人《ひと》たちと同《おな》じような、普通《ふつう》の人間《にんげん》になることができるから」

「どうしてわたしが、そんなことをしてあげなければならないのかしら？」

「あなたは頭《あたま》が良《よ》くて、すごい力《ちから》をもっているからさ。おいらを助《たす》けられるのは、あなただけなんです」

「お返《かえ》しをしてもらえなければ、わたしは望《のぞ》みをかなえてあげません。

でも、約束《やくそく》しましょう。西《にし》の悪《わる》い魔女《まじょ》を退治《たいじ》してくれたら、脳《のう》みそをたくさん差《さ》し上《あ》げましょう。とても優秀《ゆうしゅう》な脳《のう》みそだから、あなたはオズの国《くに》で一番《いちばん》の賢《かしこ》い人間《にんげん》になれるでしょうね」

「魔女《まじょ》を退治《たいじ》しろって頼《たの》まれたのは、ドロシーだと思《おも》っていました」

カカシは驚《おどろ》いて答《こた》えました。

「ええ、そのとおりです。誰《だれ》が魔女《まじょ》を退治《たいじ》しても構《かま》わないのです。けれど魔女《まじょ》が死《し》なないかぎり、あなたの望《のぞ》みはかなえてあげませんよ。さあ、お行《ゆ》きなさい。そんなに欲《ほ》しがっている脳《のう》みそを、もらえる権利《けんり》を手《て》に入《い》れるまでは、わたしに会《あ》おうとしてはいけません」

カカシもがっかりしながらドロシーたちのところに戻《もど》り、オズに言《い》われたことを報告《ほうこく》しました。

偉《えら》い魔法使《まほうつか》いのオズは、大《おお》きな頭《あたま》じゃなくて、きれいな女《おんな》の人《ひと》の姿《すがた》をしていた――。ドロシーは、カカシからこう聞《き》いてびっくりしました。

「どっちにしても」

カカシは言《い》いました。

「あの女《おんな》の人《ひと》には、ブリキの木《き》こり君《くん》と同《おな》じくらい、心《こころ》ってものが必要《ひつよう》だね」

3日目の朝《あさ》、緑《みどり》のヒゲを生《は》やした兵隊《へいたい》は、ブリキの木《き》こりのところに来《き》ました。

「オズの使《つか》いで参《まい》りました。わたしについていらしてください」

そこでブリキの木《き》こりは兵隊《へいたい》の後《あと》についていき、大《おお》きな玉座《ぎょくざ》の間《ま》にたどり着《つ》きました。

オズがきれいな女《おんな》の人《ひと》の姿《すがた》をしているのか、大《おお》きな頭《あたま》の姿《すがた》で現《あらわ》れるのかは、木《き》こりにはわかりません。でも、きれいな女性《じょせい》ならいいなと思《おも》っていました。

「どうしてかっていうと」

木《き》こりは独《ひと》り言《ごと》を言《い》いました。

「もしオズが頭《あたま》だけだったら、きっと心臓《しんぞう》はもらえないだろうから。頭《あたま》のところには心臓《しんぞう》なんてついてないし、ぼくに同情《どうじょう》できないんだ。

でも、もしきれいな女《おんな》の人《ひと》だったら、心臓《しんぞう》をくれるように一生懸命《いっしょうけんめい》にお願《ねが》いしてみよう。女《おんな》の人《ひと》というのは、みんな、心《こころ》が優《やさ》しいと言《い》われているからね」

でも玉座《ぎょくざ》の間《ま》に入《はい》った木《き》こりの目《め》に映《うつ》ったのは、大《おお》きな頭《あたま》でも女《おんな》の人《ひと》の姿《すがた》でもありません。

オズはとても恐《おそ》ろしい、獣《けもの》の姿《すがた》をしていたのです。その獣《けもの》はゾウと同《おな》じくらい大《おお》きくて、緑色《みどりいろ》の椅子《いす》も獣《けもの》の重《おも》さのせいで、壊《こわ》れそうになっていました。

獣《けもの》はサイのような頭《あたま》をしていましたが、顔《かお》には目《め》が5つありました。体《からだ》からは長《なが》い腕《うで》が5本《ほん》伸《の》びていて、細《ほそ》くて長《なが》い脚《あし》も5本《ほん》ありました。しかも体《からだ》のすべての部分《ぶぶん》が、分厚《ぶあつ》い毛《け》でおおわれています。これほど見《み》た目《め》が恐《おそ》ろしい化《ば》け物《もの》なんて、想像《そうぞう》できないほどでした。

それを考《かんが》えれば、ブリキの木《き》こりが、心臓《しんぞう》をもっていなかったのは幸運《こううん》でした。心臓《しんぞう》をもっていたなら、恐《おそ》ろしさのあまりにドキドキと大《おお》きな音《おと》を立《た》てて、すごい勢《いきお》いで鳴《な》っていたはずです。

でも体《からだ》がブリキで作《つく》られていたせいで、木《き》こりはとてもがっかりしたものの、怖《こわ》さはちっとも感《かん》じませんでした。

「わしが偉大《いだい》で恐《おそ》ろしいオズだ」

獣《けもの》は大声《おおごえ》で、ほえるようにして話《はな》しかけてきました。

「おまえは誰《だれ》だ？　なぜ、わしに会《あ》いたがったのだ？」

「ぼくは木《き》こりです。体《からだ》がブリキでできているから心臓《しんぞう》がないし、そのせいで誰《だれ》かを好《す》きになることができません。他《ほか》の人《ひと》たちと同《おな》じになれるように、心臓《しんぞう》をもらいたいんです」

「なぜわしが、そんなことをせねばならんのだ？」

「ぼくのお願《ねが》いをかなえられるのは、あなたしかいないからです」

オズは低《ひく》いうなり声《ごえ》を上《あ》げると、荒々《あらあら》しく言《い》いました。

「心臓《しんぞう》が本当《ほんとう》に欲《ほ》しいなら、自分《じぶん》で権利《けんり》を手《て》に入《い》れるのだ」

「どうやって？」

「ドロシーが、悪《わる》い西《にし》の魔女《まじょ》を退治《たいじ》するのを手伝《てつだ》え。魔女《まじょ》が死《し》んだら、わしのところに来《く》るがいい。そうすればオズの国《くに》で一番大《いちばんおお》きくて、優《やさ》しくて、愛情《あいじょう》の詰《つ》まった心臓《しんぞう》をおまえにやろう」

ブリキの木《き》こりもがっかりしながら戻《もど》り、自分《じぶん》が見《み》た恐《おそ》ろしい獣《けもの》のことを報告《ほうこく》しました。偉《えら》い魔法使《まほうつか》いであるオズが、いろんな姿《すがた》をして現《あらわ》れることに、誰《だれ》もがとても驚《おどろ》いています。みんなの話《はなし》を聞《き》いたライオンは、こんなふうに言《い》いました。

「もし、オレが会《あ》いに行《い》ったときに獣《けもの》の姿《すがた》をしていたら、できるだけ大声《おおごえ》でほえて怖《こわ》がらせてみるよ。そしたら、こっちが欲《ほ》しがっているものを全部《ぜんぶ》くれると思《おも》うんだ。きれいな女《おんな》の人《ひと》の姿《すがた》をしていたら、飛《と》びかかるふりをするし、大《おお》きな頭《あたま》だったらオレのやりたい放題《ほうだい》だ。みんなが欲《ほ》しがっているものをくれるって約束《やくそく》するまで、部屋中《へやじゅう》に頭《あたま》を転《ころ》がしてやるね。

だからみんな元気《げんき》をだしなよ。全部《ぜんぶ》うまくいくから」

4日目《かめ》の朝《あさ》がきました。やはり緑色《みどりいろ》のヒゲを生《は》やした兵隊《へいたい》がやってきて、ライオンをオズのところに連《つ》れていきます。

ライオンはすぐに扉《とびら》を通《とお》り抜《ぬ》けて、玉座《ぎょくざ》の間《ま》に入《はい》りました。

ところが周《まわ》りを見渡《みわた》すと、驚《おどろ》いたことに、椅子《いす》の前《まえ》には火《ひ》の玉《たま》があったのです。

火《ひ》の玉《たま》は、あまりにも激《はげ》しく燃《も》えながらまばゆく輝《かがや》いていたので、ライオンはじっと見《み》ることさえできませんでした。

ライオンは最初《さいしょ》、オズの体《からだ》にたまたま火《ひ》がついて、燃《も》えているのだと思《おも》いました。

でも、そうではありません。ライオンはもっとそばに近《ちか》づこうとしましたが、火《ひ》の勢《いきお》いが強《つよ》いので、ヒゲが焦《こ》げたほどでした。

怖《こわ》くなったライオンは、ブルブル震《ふる》えながら、扉《とびら》の近《ちか》くの場所《ばしょ》に這《は》って戻《もど》りました。

やがて、低《ひく》くて静《しず》かな声《こえ》が、火《ひ》の玉《たま》から聞《き》こえてきました。

「わしは偉大《いだい》で恐《おそ》ろしいオズだ。おまえは誰《だれ》だ？　どうしてわしに会《あ》いたいのだ？」

「オレは臆病《おくびょう》なライオンで、何《なに》もかもが怖《こわ》いんです。オレは勇気《ゆうき》をもらうために来《き》ました。勇気《ゆうき》があったら、人間《にんげん》が呼《よ》ぶように、本当《ほんとう》の百獣《ひゃくじゅう》の王《おう》になれると思《おも》うんです」

「なぜおまえに、勇気《ゆうき》をやらなければならんのだ？」

「あなたは、すべての魔法使《まほうつか》いの中《なか》で一番偉《いちばんえら》いし、オレの願《ねが》いをかなえられる力《ちから》をもっているのも、あなただけだから」

火《ひ》の玉《たま》がもう一度《いちど》激《はげ》しく燃《も》えあがり、また声《こえ》が聞《き》こえてきました。

「悪《わる》い魔女《まじょ》が死《し》んだという証拠《しょうこ》をもってこい。そうしたら、おまえに勇気《ゆうき》を授《さず》けよう。だが魔女《まじょ》が生《い》きているかぎり、おまえはずっと臆病者《おくびょうもの》のままだ」

ライオンは腹《はら》を立《た》てましたが、何《なに》も言《い》い返《かえ》せずに、火《ひ》の玉《たま》を静《しず》かに眺《なが》めていました。

でも火《ひ》の玉《たま》がとても熱《あつ》くなってきたので、ライオンはしっぽを巻《ま》いて部屋《へや》から飛《と》びだしました。

ライオンは、友《とも》だちが待《ま》ってくれていたのを知《し》って喜《よろこ》びながら、魔法使《まほうつか》いとの恐《おそ》ろしい会話《かいわ》を説明《せつめい》しました。

「わたしたちは、どうすればいいのかしら？」

ドロシーは悲《かな》しそうにみんなに尋《たず》ねました。

「できることはひとつしかないな」

ライオンが答《こた》えます。

「ウィンキーたちがいる西《にし》の国《くに》に行《い》って悪《わる》い魔女《まじょ》を探《さが》しだして、やっつけるんだ」

「でも、できなかったら？」

「そしたらオレは、一生勇気《いっしょうゆうき》がないままだな」

とライオンが答《こた》えました。

「そしておいらは、脳《のう》みそがないままだね」

カカシがつけ足《た》しました。

「そしてぼくは、心臓《しんぞう》がないままになる」

今度《こんど》はブリキの木《き》こりが言《い》いました。

「そしてわたしは、エムおばさんとヘンリーおじさんに、一生会《いっしょうあ》えなくなってしまうのね」

ドロシーは泣《な》きながら言《い》いました。

「お気《き》をつけになって！」

ドロシーの様子《ようす》を見《み》ていた、緑色《みどりいろ》の女《おんな》の子《こ》が叫《さけ》びました。

「涙《なみだ》が緑色《みどりいろ》の絹《きぬ》のガウンの上《うえ》に落《お》ちたら、シミがついてしまいます」

注意《ちゅうい》されたドロシーは、涙《なみだ》を拭《ふ》くとこう言《い》いました。

「やってみるしかないのよね。

でも、たとえエムおばさんに会《あ》うためだって、誰《だれ》かを退治《たいじ》するのなんて嫌《いや》なの」

「オレが一緒《いっしょ》に行《い》くよ。けれど魔女《まじょ》を退治《たいじ》するには、オレは臆病《おくびょう》すぎるんだ」

ライオンが言《い》うと、カカシやブリキの木《き》こりも賛成《さんせい》しました。

「おいらも行《い》くよ。でも、こんなに間抜《まぬ》けだから、あまり助《たす》けにはならないけど」

「ぼくには心臓《しんぞう》がないから、悪《わる》い魔女《まじょ》をこらしめようなんて気持《きも》ちにもならないんだ。だけど、みんなが行《い》くなら、もちろんぼくも行《い》くよ」

こうしてドロシーたちは、次《つぎ》の日《ひ》の朝《あさ》に、もう一度《いちど》旅《たび》に出《で》ることにしました。

新《あたら》しい旅《たび》に備《そな》えて、木《き》こりは緑色《みどりいろ》の砥石《といし》で自分《じぶん》の斧《おの》を磨《みが》き、体中《からだじゅう》の関節《かんせつ》にきちんと油《あぶら》をさしました。

カカシは自分《じぶん》の体《からだ》に新《あたら》しいわらを詰《つ》め、ドロシーに目《め》を描《か》き直《なお》してもらいました。もっとよく、ものが見《み》えるようにするためです。

みんなにとても親切《しんせつ》にしてくれた緑色《みどりいろ》の女《おんな》の子《こ》は、ドロシーのバスケットいっぱいに、おいしい食《た》べ物《もの》を入《い》れてくれました。またトトの首《くび》には、小《ち》さな鈴《すず》のついた緑色《みどりいろ》のリボンを巻《ま》いてくれました。

旅《たび》の準備《じゅんび》が終《お》わると、ドロシーとトトはすごく早《はや》い時間《じかん》からベッドに入《はい》りました。そして日《ひ》が昇《のぼ》り、宮殿《きゅうでん》の裏庭《うらにわ》にいる緑色《みどりいろ》の雄鳥《おんどり》がコケコッコーと鳴《な》き、緑色《みどりいろ》の卵《たまご》を産《う》んだ雌鳥《めんどり》がコッコと鳴《な》くまで、ぐっすり眠《ねむ》りました。

西《にし》の魔《ま》女《じょ》を探《さが》して

ドロシーたちの、新《あたら》しい旅《たび》が始《はじ》まりました。

まずは緑色《みどりいろ》のヒゲを生《は》やした兵隊《へいたい》に導《みちび》かれて、エメラルドの都《みやこ》の道《みち》を通《とお》り抜《ぬ》け、都《みやこ》の入《い》り口《ぐち》を見張《みは》っている門番《もんばん》が住《す》んでいる部屋《へや》に行《い》きます。門番《もんばん》は、みんながかけているメガネの錠《じょう》を外《はず》して大《おお》きな箱《はこ》に戻《もど》してから、うやうやしく門《もん》を開《あ》けてくれました。

「西《にし》の魔女《まじょ》のところに行《い》く道《みち》はどれかしら？」

ドロシーが門番《もんばん》に尋《たず》ねました。

「道《みち》はありません。そんな場所《ばしょ》に行《い》こうと思《おも》う者《もの》はいませんから」

「だとしたら、じゃあ、どうやって魔女《まじょ》を見《み》つければいいの？」

「それは簡単《かんたん》です。あなたたちがウィンキーの国《くに》にいると知《し》ったとたんに、魔女《まじょ》はあなたたちを見《み》つけだして、みなさん全員《ぜんいん》を奴隷《どれい》にしてしまいますから」

「そんなふうには、ならないかもしれないさ」

カカシは門番《もんばん》に反論《はんろん》しました。

「おいらたちは、魔女《まじょ》をやっつけるつもりだから」

「ああ、それなら話《はなし》は違《ちが》いますね。

魔女《まじょ》を退治《たいじ》した人《ひと》は、これまでひとりもいませんでした。だからわたしは、あなたたちも他《ほか》の人《ひと》たちと同《おな》じように、奴隷《どれい》にされてしまうだろうと思《おも》っていたんです。

でも、どうぞお気《き》をつけて。とにかくずる賢《がしこ》くて性格《せいかく》も荒《あら》っぽい魔女《まじょ》なので、そう簡単《かんたん》には退治《たいじ》させてくれないかもしれません。

太陽《たいよう》が沈《しず》む西《にし》の方角《ほうがく》に向《む》かって歩《ある》き続《つづ》けてください。そうすれば、間違《まちが》いなく魔女《まじょ》を見《み》つけられます」

ドロシーたちは、門番《もんばん》にお礼《れい》を言《い》って別《わか》れを告《つ》げてから、西《にし》へ向《む》かいました。あちこちにヒナギクやキンポウゲが咲《さ》いている、柔《やわ》らかな草原《そうげん》を歩《ある》きながらです。

ドロシーは宮殿《きゅうでん》で身《み》につけていた、すてきな絹《きぬ》の服《ふく》をまだ着《き》ていました。

ところが驚《おどろ》いたことに、その服《ふく》はもう緑色《みどりいろ》ではなく、真《ま》っ白《しろ》に変《か》わっていました。トトの首《くび》にまかれていたリボンも緑色《みどりいろ》ではなくなり、ドロシーの服《ふく》と同《おな》じように真《ま》っ白《しろ》になっていました。

エメラルドの都《みやこ》は、あっという間《ま》に遠《とお》くに消《き》えてしまいました。ドロシーたちが進《すす》むにつれて、地面《じめん》はますます荒《あ》れて険《けわ》しくなっていきます。この西《にし》の国《くに》には、畑《はたけ》も家《いえ》もまったくなくて、土地《とち》も耕《たがや》されていませんでした。また日陰《ひかげ》を作《つく》ってくれるような木《き》も1本《ぽん》もないので、午後《ごご》になると、強《つよ》い日差《ひざ》しがじりじりと顔《かお》に照《て》りつけます。そのせいでドロシーとトトとライオンは、夜《よる》がくる前《まえ》に疲《つか》れてしまい、草原《そうげん》に横《よこ》になって眠《ねむ》ってしまいました。木《き》こりとカカシは、そんな3人《にん》のために見張《みは》りをしていました。

さて、悪《わる》い西《にし》の魔女《まじょ》には目《め》がひとつしかありませんでしたが、その目《め》は望遠鏡《ぼうえんきょう》のように優秀《ゆうしゅう》で、どこでも見渡《みわた》すことができました。なので城《しろ》の扉《とびら》のところに座《すわ》り、たまたま周《まわ》りを眺《なが》めているときに、ドロシーが仲間《なかま》に囲《かこ》まれながら横《よこ》になって眠《ねむ》っているのに気《き》づきました。

ドロシーたちは、まだ、かなり遠《とお》くの場所《ばしょ》にいます。

でも悪《わる》い魔女《まじょ》は、自分《じぶん》の国《くに》にドロシーたちがやってきたことに腹《はら》を立《た》て、首《くび》にかけていた銀《ぎん》の笛《ふえ》を鳴《な》らしました。

すると魔女《まじょ》のもとに、ありとあらゆる方向《ほうこう》から、大《おお》きなオオカミの群《む》れが一斉《いっせい》に集《あつ》まってきました。

オオカミたちは長《なが》い脚《あし》と獰猛《どうもう》そうな目《め》と、鋭《するど》い牙《きば》をもっています。

「あいつらのもとに行《い》くのよ」

魔女《まじょ》が命令《めいれい》しました。

「そしてズタズタに引《ひ》き裂《さ》いておしまい」

「そいつらは奴隷《どれい》にしないのですか？」

オオカミのリーダーがききました。

「しないわ。ひとりはブリキ、もうひとりは体《からだ》がわらでできている。他《ほか》のふたりも、片方《かたほう》は女《おんな》の子《こ》どもで、もう1頭《とう》はライオンだ。誰《だれ》も仕事《しごと》をさせるのに向《む》いてないから、ズタズタに引《ひ》き裂《さ》いて構《かま》わないんだよ」

「かしこまりました」

オオカミのリーダーはこう答《こた》えると、他《ほか》のオオカミたちを引《ひ》き連《つ》れながら、全力《ぜんりょく》で走《はし》っていきました。

ドロシーたちのところに、オオカミの群《む》れが近《ちか》づいてきます。でも運《うん》のいいことに、カカシと木《き》こりはしっかり見張《みは》っていたので、オオカミがやってくる音《おと》に気《き》づきました。

「ここは、ぼくが引《ひ》き受《う》けるよ」

木《き》こりが言《い》いました。

「だからぼくの後《うし》ろに隠《かく》れていて。ぼくがあいつらと戦《たたか》うから」

木《き》こりは、ピカピカに研《と》いだ斧《おの》を握《にぎ》りしめました。そしてオオカミのリーダーが飛《と》びかかってくると、斧《おの》を振《ふ》りおろして頭《あたま》を胴体《どうたい》から切《き》り落《お》としたのです。

これでオオカミのリーダーは、一巻《いっかん》の終《お》わりです。

もう一度《いちど》斧《おの》を持《も》ちあげたとたんに、今度《こんど》は別《べつ》のオオカミが襲《おそ》ってきましたが、木《き》こりはそのオオカミも鋭《するど》い斧《おの》で退治《たいじ》しました。オオカミは全部《ぜんぶ》で40頭《とう》いましたが、木《き》こりは同《おな》じ数《かず》だけ斧《おの》を振《ふ》りおろしたので、最後《さいご》には木《き》こりの前《まえ》に、死《し》んだオオカミの山《やま》ができました。

オオカミをやっつけた木《き》こりは斧《おの》をおろして、カカシの隣《となり》に座《すわ》りました。

カカシは、

「木《き》こり君《くん》、立派《りっぱ》な戦《たたか》いぶりだったよ」

と言《い》って仲間《なかま》をほめました。


カカシと木《き》こりは、朝《あさ》がきてドロシーが起《お》きるまで待《ま》ちました。目《め》を覚《さ》ましたドロシーは、毛《け》むくじゃらのオオカミが山《やま》のように重《かさ》なりあっているのを見《み》て、とても怖《こわ》がりましたが、ブリキの木《き》こりがすべてを説明《せつめい》してくれました。

ドロシーは、自分《じぶん》たちを助《たす》けてくれたブリキの木《き》こりにお礼《れい》を言《い》ってから、腰《こし》をおろして朝《あさ》ごはんを食《た》べ、再《ふたた》び旅《たび》に出《で》ました。

同《おな》じ日《ひ》の朝《あさ》、悪《わる》い魔女《まじょ》は城《しろ》の扉《とびら》のところに来《き》て、たったひとつの目《め》で遠《とお》くまで見渡《みわた》しました。

悪《わる》い魔女《まじょ》の目《め》には、自分《じぶん》の手下《てした》であるオオカミたちが全部《ぜんぶ》、死《し》んでしまっているのが見《み》えました。しかも、よそ者《もの》であるドロシーたちは、自分《じぶん》の国《くに》の中《なか》を歩《ある》き続《つづ》けています。これを知《し》った魔女《まじょ》は、前《まえ》よりももっと怒《おこ》って、銀《ぎん》の笛《ふえ》を2度《ど》鳴《な》らしました。

するとこん今度《こんど》は、カラスの群《む》れがあっという間《ま》に集《あつ》まってきました。あまりに数《かず》が多《おお》いので、カラスが飛《と》んでいるときには空《そら》が暗《くら》くなったほどです。

悪《わる》い魔女《まじょ》は、カラスの王様《おうさま》に命令《めいれい》しました。

「さあ、あのよそ者《もの》たちのところに、すぐに飛《と》んでおいき。あいつらの目《め》をほじくりだして、ズタズタに引《ひ》き裂《さ》いてやるんだ」

カラスは大《おお》きな群《むれ》を作《つく》って、ドロシーたちのところに飛《と》んでいきました。ドロシーが怖《こわ》がると、今度《こんど》はカカシが名乗《なの》りでました。

「ここは、おいらに任《まか》せてくれよ。おいらのそばで横《よこ》になっていて。そうすれば、やられないから」

カカシ以外《いがい》の全員《ぜんいん》が、地面《じめん》に伏《ふ》せました。一方《いっぽう》、カカシは立《た》ち上《あ》がって両腕《りょううで》を広《ひろ》げます。最初《さいしょ》はカカシを見《み》たカラスたちは、それ以上《いじょう》、近《ちか》づこうとしません。他《ほか》の鳥《とり》たちと同《おな》じように、カカシのことを怖《こわ》がったのです。

けれどカラスの王様《おうさま》は、仲間《なかま》にこう言《い》いました。

「あいつは、わらでできた人形《にんぎょう》だ。俺《おれ》が目《め》をくりぬいてやる」

カラスの王様《おうさま》が、カカシめがけて飛《と》んできました。

でもカカシはカラスの頭《あたま》をつかむと、首《くび》をひねって息《いき》の根《ね》を止《と》めました。次《つぎ》に、別《べつ》のカラスが襲《おそ》いかかりましたが、カカシはまた首《くび》をひねってやりました。

カラスは40羽《ぱ》いましたが、カカシは相手《あいて》に襲《おそ》われるたびに首《くび》をひねって、全部《ぜんぶ》を退治《たいじ》してしまったのです。

カラスとの戦《たたか》いが終《お》わると、カカシはドロシーたちに立《た》ち上《あ》がるよう声《こえ》をかけ、またみんなで旅《たび》を始《はじ》めました。

それを見《み》た悪《わる》い魔女《まじょ》は、かんかんに怒《おこ》り、今度《こんど》は銀《ぎん》の笛《ふえ》を3度《ど》鳴《な》らしました。

すると、すぐにブンブンという大《おお》きな羽音《はおと》が空《そら》から聞《き》こえてきて、黒《くろ》いハチの群《む》れが魔《ま》女《じょ》に向《む》かって飛《と》んできました。

「よそ者《もの》たちのところに行《い》って、刺《さ》し殺《ころ》してしまい！」

魔《ま》女《じょ》に命令《めいれい》されたハチたちは方向《ほうこう》を変《か》え、ドロシーたちが歩《ある》いているところに素早《すばや》く飛《と》んでいきました。

でもブリキの木《き》こりは、ハチたちがやってくるのに気《き》づいていましたし、カカシも、ハチに立《た》ち向《む》かう方法《ほうほう》をすでに考《かんが》えていました。

「木《き》こり君《くん》、おいらの体《からだ》からわらを引《ひ》っ張《ぱ》りだして、ドロシーと犬《いぬ》とライオン君《くん》の上《うえ》にかけてくれよ。ハチに刺《さ》されないように」

ドロシーは、トトを抱《かか》えてライオンの近《ちか》くに伏《ふ》せました。木《き》こりもカカシに言《い》われたとおりにしましたので、ドロシーたちの体《からだ》はわらですっかりおおわれました。

そこにハチたちがやってきました。ブリキの木《き》こりしか見《み》つからないので、どのハチも木《き》こりに針《はり》を刺《さ》そうとしましたが、ブリキの体《からだ》にはかないません。

それどころかハチは針《はり》が折《お》れてしまうと生《い》きていけなくなるので、木《き》こりの周《まわ》りには、黒《くろ》いハチの死骸《しがい》が小《ちい》さな石炭《せきたん》の山《やま》のように重《かさ》なっていきました。

木《き》こりがハチを退治《たいじ》し終《お》わると、ドロシーはライオンと一緒《いっしょ》に立《た》ち上《あ》がりました。それから、ブリキの木《き》こりがカカシの体《からだ》の中《なか》にわらを詰《つ》め、元《もと》どおりにするのを手伝《てつだ》ってあげました。こうしてみんなは再《ふたた》び旅《たび》に出《で》たのです。

悪《わる》い魔女《まじょ》は、怒《いか》りのあまり足《あし》を踏《ふ》み鳴《な》らし、髪《かみ》をかきむしり、歯《は》ぎしりをしました。そこで12人《にん》の奴隷《どれい》を呼《よ》びつけて鋭《するど》くとがった槍《やり》を渡《わた》し、ドロシーたちをやっつけるように命《めい》令《れい》しました。

12人《にん》の奴隷《どれい》とは、西《にし》の国《くに》に住《す》んでいるウィンキーたちでした。ウィンキーは勇敢《ゆうかん》な人《ひと》たちではありませんでしたが、魔女《まじょ》に言《い》われたことはやらなければなりません。ウィンキーはドロシーのそばまで行進《こうしん》しました。

けれどライオンが大声《おおごえ》でほえながら飛《と》びかかっていったので、気《き》の毒《どく》なウィンキーたちはすっかり震《ふる》えあがり、行進《こうしん》してきた道《みち》を一目散《いちもくさん》に走《はし》って逃《に》げていきました。ウィンキーたちが城《しろ》に戻《もど》ってくると、悪《わる》い魔女《まじょ》はムチで何度《なんど》もたたき、元《もと》の仕事《しごと》に戻《もど》るように命令《めいれい》しました。

それから魔女《まじょ》は、今度《こんど》はドロシーたちに何《なに》をしてやろうかと考《かんが》えました。自分《じぶん》の計画《けいかく》がどうしてすべて失敗《しっぱい》してしまったのか、魔女《まじょ》にはわかりません。でも強《つよ》い魔法《まほう》の力《ちから》をもっていましたし、意地《いじ》も悪《わる》かったので、すぐにどうするかを決《き》めました。

魔女《まじょ》の食器棚《しょっきだな》には、ダイヤモンドとルビーで縁《ふち》どられた、金《きん》の帽子《ぼうし》が入《はい》っていました。この帽子《ぼうし》には不思議《ふしぎ》な力《ちから》があり、どんな人《ひと》でも、翼《つばさ》の生《は》えた猿《さる》たちを3回《かい》呼《よ》びだすことができます。翼《つばさ》の生《は》えた猿《さる》たちは、持《も》ち主《ぬし》の命令《めいれい》に必《かなら》ず従《したが》わなければならないのです。ただし持《も》ち主《ぬし》が誰《だれ》であっても、命令《めいれい》は3回《かい》しかできません。

魔女《まじょ》はすでに2回《かい》、金《きん》の帽子《ぼうし》の魔法《まほう》を使《つか》っていました。

1度目《どめ》は、翼《つばさ》の生《は》えた猿《さる》の力《ちから》を借《か》りてウィンキーたちを奴隷《どれい》にして、この国《くに》を支配《しはい》したときです。2度目《どめ》は偉《えら》い魔法使《まほうつか》いであるオズと戦《たたか》って、相手《あいて》を西《にし》の国《くに》から追《お》いだしたときでした。魔女《まじょ》は翼《つばさ》の生《は》えた猿《さる》たちの力《ちから》を、このときも借《か》りました。

金《きん》の帽子《ぼうし》はあと1回《かい》しか使《つか》えないので、魔女《まじょ》は、翼《つばさ》の生《は》えた猿《さる》を呼《よ》びだすのを最後《さいご》の手段《しゅだん》にとっておこうと思《おも》っていました。

でも獰猛《どうもう》なオオカミと、カラス、そしてお尻《しり》に針《はり》をもったハチたちはもういません。奴隷《どれい》のウィンキーたちも、臆病《おくびょう》なライオンを怖《こわ》がって逃《に》げてきました。そこで魔女《まじょ》は、ドロシーたちを滅《ほろ》ぼすために、金色《きんいろ》の帽子《ぼうし》を使《つか》うしかないと考《かんが》えました。

悪《わる》い魔女《まじょ》は食器棚《しょっきだな》から金《きん》の帽子《ぼうし》を取《と》りだして、自分《じぶん》の頭《あたま》にのせました。それからまずは左足《ひだりあし》だけで立《た》つと、ゆっくりと呪文《じゅもん》を唱《とな》えていきます。

「エッペー、ペッペー、カッケ！」

次《つぎ》に魔女《まじょ》は右足《みぎあし》で立《た》って、

「ヒッロー、ホッロー、ハッロー！」

と唱《とな》え、最後《さいご》は両足《りょうあし》で立《た》って、大声《おおごえ》で叫《さけ》びました。

「ジッジー、ズッジー、ジック！」

金《きん》の帽子《ぼうし》の魔法《まほう》がかかり始《はじ》めました。

空《そら》が暗《くら》くなり、ゴロゴロという低《ひく》い音《おと》が聞《き》こえてきます。たくさんの翼《つばさ》がバタバタ羽《は》ばたく音《おと》と、何《なに》かがキーキーと鳴《な》く声《こえ》や、けたたましい笑《わら》い声《ごえ》が聞《き》こえてきた後《あと》、暗《くら》い空《そら》からもう一度《いちど》太陽《たいよう》が現《あらわ》れました。

すると、どうしたことでしょう。悪《わる》い魔女《まじょ》の周《まわ》りには、いつの間《ま》にか、翼《つばさ》の生《は》えた猿《さる》が集《あつ》まっていたのです。

どの猿《さる》も、両肩《りょうかた》から大《おお》きくてたくましい翼《つばさ》が生《は》えていましたが、ひときわ体《からだ》の大《おお》きな猿《さる》がリーダーを務《つと》めているようでした。リーダー役《やく》の猿《さる》は、魔女《まじょ》の近《ちか》くに飛《と》んでくると、こう尋《たず》ねました。

「わたしたちをお呼《よ》びになるのは3度目《どめ》、今回《こんかい》が最後《さいご》です。命令《めいれい》はなんでしょう？」

「あたしの国《くに》に入《はい》ってきた、よそ者《もの》たちのところに行《い》って、ライオン以外《いがい》を殺《ころ》してしまい。でもライオンはそのまま連《つ》れてくるんだ。馬《うま》のように飼《か》いならして、働《はたら》かせるから」

「承知《しょうち》しました。命令《めいれい》のとおりにいたします」

翼《つばさ》の生《は》えた猿《さる》のリーダーはこう答《こた》えると、仲間《なかま》たちとキーキーと騒《さわ》がしくしゃべりながら、空《そら》を飛《と》んでいきました。

ドロシーたちのところにやってきた猿《さる》は、まずブリキの木《き》こりをつかんで空《そら》に舞《ま》い上《あ》がります。そして野原《のはら》の上《うえ》を飛《と》んで鋭《するど》い岩《いわ》でおおわれた場所《ばしょ》まで行《い》くと、気《き》の毒《どく》な木《き》こりを放《ほう》りだしました。

木《き》こりは、かなり高《たか》いところから岩《いわ》の上《うえ》にたたきつけられたので、体《からだ》がへこんでしまい、動《うご》くこともうめくこともできなくなってしまいました。

他《ほか》の猿《さる》たちはカカシをつかまえ、長《なが》い指《ゆび》で服《ふく》や頭《あたま》の部分《ぶぶん》から、わらを全部《ぜんぶ》引《ひ》っ張《ぱ》りだしていきます。そしてカカシの帽子《ぼうし》とブーツ、服《ふく》を小《ちい》さく丸《まる》めて高《たか》い木《き》の一番上《いちばんうえ》の枝《えだ》に投《な》げつけました。

残《のこ》りの猿《さる》たちは丈夫《じょうぶ》な縄《なわ》をライオンめがけて投《な》げて、体《からだ》と頭《あたま》と脚《あし》をグルグル巻《ま》きにしました。

ライオンはどんなに頑張《がんば》っても、猿《さる》にかみつくことも引《ひ》っかくことも、身動《みうご》きすることもできなくなりました。それから猿《さる》たちはライオンの体《からだ》を持《も》ちあげ、空《そら》を飛《と》んで魔《ま》女《じょ》の城《しろ》に連《つ》れていくと、高《たか》い鉄《てつ》の柵《さく》で囲《かこ》まれた小《ちい》さな庭《にわ》に閉《と》じこめました。逃《に》げだせないようにするためです。

ドロシーはトトを抱《だ》いて、自分《じぶん》の友《とも》だちがひどい目《め》にあうのを見《み》ていましたし、すぐに自分《じぶん》の番《ばん》がくるだろうと思《おも》っていました。

けれど猿《さる》たちは、ドロシーにはまったく悪《わる》さをしませんでした。

猿《さる》のリーダーは、毛《け》むくじゃらの長《なが》い腕《うで》を伸《の》ばし、醜《みにく》い顔《かお》にとても嫌《いや》な笑《わら》いを浮《う》かべながら、ドロシーのもとに飛《と》んできました。でも、おでこについていた良《よ》い魔《ま》女《じょ》のキスマークを見《み》ると、その場《ば》で急《きゅう》に止《と》まり、他《ほか》の猿《さる》たちに手《て》を出《だ》すなと合図《あいず》したのです。

「この小《ちい》さな女《おんな》の子《こ》には、絶対《ぜったい》に悪《わる》さをしちゃいけない。この子《こ》は良《よ》い魔《ま》法《ほう》の力《ちから》で守《まも》られている。その力《ちから》は、悪《わる》い魔《ま》法《ほう》の力《ちから》よりも強《つよ》いんだぞ。

俺《おれ》たちにできるのは、この子《こ》を悪《わる》い魔《ま》女《じょ》の城《しろ》に連《つ》れていって、そこに置《お》いてくることだけだ」

猿《さる》たちは注意深《ちゅういぶか》く、そっとドロシーを腕《うで》に抱《だ》きかかえ、空《そら》を素早《すばや》く飛《と》んで城《しろ》まで連《つ》れていきます。そして表玄関《おもてげんかん》の階段《かいだん》のところに、ドロシーを降《お》ろしました。

ドロシーを降《お》ろした猿《さる》のリーダーは、魔女《まじょ》にこう言《い》いました。

「わたしたちは精《せい》いっぱい、あなたの命令《めいれい》に従《したが》いました。ブリキの木《き》こりとカカシは壊《こわ》しましたし、ライオンも体《からだ》をしばって庭《にわ》に置《お》いてきました。でも、小《ちい》さな女《おんな》の子《こ》と彼女《かのじょ》が抱《だ》いている犬《いぬ》には、手《て》を出《だ》せませんでした。あなたはもう、わたしたち猿《さる》の一族《いちぞく》に魔法《まほう》を使《つか》えません。もう二度《にど》とお会《あ》いすることもないでしょう」

それから翼《つばさ》の生《は》えた猿《さる》たちはみんなで笑《わら》いあい、キーキーと鳴《な》き声《ごえ》を上《あ》げ、ガヤガヤ騒《さわ》ぎながら空《そら》に舞《ま》いあがり、あっという間《ま》に見《み》えなくなってしまいました。

ドロシーを預《あず》けられた悪《わる》い魔女《まじょ》は、おでこについている印《しるし》を見《み》てびっくりしましたし、不安《ふあん》にもなりました。

翼《つばさ》の生《は》えた猿《さる》や自分《じぶん》には、絶対《ぜったい》にドロシーを痛《いた》めつけることができません。そのことが、よくわかっていたからです。

また悪《わる》い魔女《まじょ》はドロシーが銀色《ぎんいろ》の靴《くつ》をはいているのを見《み》て、怖《こわ》さのあまりブルブルと震《ふる》え始《はじ》めました。銀色《ぎんいろ》の靴《くつ》に強《つよ》い魔法《まほう》の力《ちから》があることを知《し》っていた魔女《まじょ》は、最初《さいしょ》はドロシーから逃《に》げだそうと思《おも》ったほどです。

ところが、たまたまドロシーの目《め》を見《み》た魔女《まじょ》は、相手《あいて》が無邪気《むじゃき》な子《こ》どもで、銀《ぎん》の靴《くつ》がものすごい力《ちから》のことを、まだ知《し》らないのだと気《き》づきました。

悪《わる》い魔女《まじょ》はニヤリと笑《わら》いました。

《この子《こ》は銀《ぎん》の靴《くつ》をはいているけど、あたしの奴隷《どれい》にできるな。靴《くつ》がもっている魔法《まほう》の使《つか》い方《かた》を知《し》らないいんだから》

こう考《かんが》えた魔女《まじょ》は、ドロシーに乱暴《らんぼう》な口調《くちょう》で、厳《きび》しく命令《めいれい》しました。

「あたしと一緒《いっしょ》に来《く》るのよ。これからおまえに言《い》うことを、ひとつ残《のこ》らず守《まも》るんだ。さもなきゃ、ブリキの木《き》こりやカカシと同《おな》じような目《め》にあわせるからね」

ドロシーは、魔女《まじょ》の後《あと》をついてたくさんのきれいな部屋《へや》を通《とお》り過《す》ぎ、台所《だいどころ》に行《い》きました。

魔女《まじょ》はドロシーに、鍋《なべ》ややかんを洗《あら》い、床《ゆか》を掃除《そうじ》し、かまどに木《き》をくべて火《ひ》を燃《も》やし続《つづ》けるように命令《めいれい》しました。

ドロシーはできるかぎり必死《ひっし》に働《はたら》こうと心《こころ》に決《き》めて、おとなしく仕事《しごと》を始《はじ》めました。悪《わる》い魔女《まじょ》に殺《ころ》されなかったのでホッとしたのです。

ドロシーが一生懸命《いっしょうけんめい》に仕事《しごと》をしているのを見《み》た魔女《まじょ》は、今度《こんど》は中庭《なかにわ》に行《い》き、臆病《おくびょう》なライオンに馬車《ばしゃ》を引《ひ》っ張《ぱ》るための道具《どうぐ》をつけさせようとしました。外《そと》に出《で》かけたくなったときにライオンに馬車《ばしゃ》を引《ひ》っ張《ぱ》らせたら、きっとゆかいだろうと思《おも》ったのです。

でも門《もん》を開《あ》けたとたん、ライオンは大声《おおごえ》でほえて飛《と》びかかってきました。その勢《いきお》いがあまりに激《はげ》しいので、怖《こわ》くなった魔女《まじょ》は檻《おり》の外《そと》に逃《に》げて、門《もん》をもう一度《いちど》閉《し》めました。

「もし、馬車《ばしゃ》を引《ひ》っ張《ぱ》る道具《どうぐ》をつけさせないつもりなら」

魔女《まじょ》は、門《もん》の格子《こうし》越《ご》しにライオンに言《い》いました。

「飢《う》え死《じ》にさせることだってできるんだ。あたしに従《したが》うまで、おまえには何《なに》も食《た》べさせないよ」

この後《あと》、魔女《まじょ》はライオンに食《た》べ物《もの》をもってこなくなりました。そのかわりに毎日《まいにち》、お昼《ひる》になると門《もん》のところにやってきて、

「馬《うま》のように、馬車《ばしゃ》を引《ひ》っ張《ぱ》る道具《どうぐ》をつける気《き》になったかい？」

と尋《たず》ねるようになったのです。

でもライオンは、いつもこう答《こた》えました。

「やなこった。この中庭《なかにわ》に入《はい》ってきたら、おまえにかみついてやるからな」

ライオンが魔女《まじょ》に従《したが》わなくて済《す》んだのには、秘密《ひみつ》がありました。毎晩《まいばん》、魔女《まじょ》が眠《ねむ》っている間《あいだ》に、ドロシーが食器棚《しょっきだな》から食《た》べ物《もの》をだして、こっそり運《はこ》んでいたのです。

ごはんを食《た》べ終《お》えると、ライオンはわらのベッドに寝《ね》そべります。ドロシーもその隣《となり》で横《よこ》になり、ライオンの柔《やわ》らかくて、ふさふさしたたてがみに頭《あたま》をのせました。そして自分《じぶん》たちが、どんなに大変《たいへん》な目《め》にあっているのかを話《はな》し合《あ》いながら、逃《に》げだす計画《けいかく》を立《た》てようとしたのです。

でも、魔女《まじょ》のお城《しろ》から逃《に》げだす方法《ほうほう》は、まるで見《み》つけられませんでした。お城《しろ》は黄色《きいろ》いウィンキーたちによって、いつも見張《みは》られていたからです。ウィンキーは悪《わる》い魔女《まじょ》の奴隷《どれい》になっていましたし、魔女《まじょ》が怖《こわ》くてたまらないので、言《い》われたとおりにふるまっていました。

日中《にっちゅう》、ドロシーは一生懸命《いっしょうけんめい》働《はたら》かなければなりません。また魔女《まじょ》はいつも手《て》に持《も》っている古《ふる》い傘《かさ》で、おまえをひっぱたくぞと何度《なんど》も脅《おど》しました。

でも本当《ほんとう》のことを言《い》うと、魔女《まじょ》はドロシーをたたくつもりなんてちっともありませんでした。おでこには、良《よ》い魔女《まじょ》からつけてもらった印《しるし》があるからです。

けれど、ドロシーはそんなことを知《し》りません。だから自分自身《じぶんじしん》やトトのことを心配《しんぱい》して、いつも震《ふる》えあがっていました。

あるときには、小《ちい》さなトトが魔女《まじょ》の脚《あし》をかんだこともあります。古《ふる》い傘《かさ》でたたかれたので、勇敢《ゆうかん》なトトは相手《あいて》に飛《と》びかかって仕返《しかえ》しをしたのです。

でも魔女《まじょ》の脚《あし》から血《ち》は出《で》ませんでした。あまりにも悪《わる》い魔女《まじょ》だったために、体《からだ》の中《なか》の血《ち》が、何年《なんねん》も前《まえ》に干《ひ》からびていたのです。

カンザスに戻《もど》って、エムおばさんにもう一度《いちど》会《あ》うのは、これまで以上《いじょう》に難《むずか》しそうです。そのことがだんだんわかってくると、ドロシーの生活《せいかつ》は、とてもつらいものになってきました。

ときどきドロシーは、何時間《なんじかん》もさめざめと泣《な》きました。その間《あいだ》、トトは足元《あしもと》に座《すわ》り、ドロシーの顔《かお》をじっと見《み》つめます。そして自分《じぶん》が同情《どうじょう》していることを教《おし》えるために、悲《かな》しそうにクンクンと鼻《はな》をならしました。

トトにとっては、カンザスにいようがオズの国《くに》にいようが、ドロシーと一緒《いっしょ》にいられるのであれば、あまり関係《かんけい》ありませんでした。でもドロシーが悲《かな》しんでいることはわかりましたし、そのせいでトトも悲《かな》しくなったのです。

やがて悪《わる》い魔女《まじょ》は、ドロシーがいつもはいている銀《ぎん》の靴《くつ》も欲《ほ》しがるようになってきました。

自分《じぶん》の手下《てした》だったハチとカラスとオオカミは、とっくに死《し》んで干《ひ》からびてしまっています。それに金《きん》の帽子《ぼうし》の魔法《まほう》も、3回使《かいつか》いきってしまいました。でも銀《ぎん》の靴《くつ》さえあれば、自分《じぶん》がなくしてしまったすべての魔力《まりょく》を超《こ》えるような、すごい力《ちから》が手《て》に入《はい》るのです。

そこで魔女《まじょ》は、ドロシーが靴《くつ》を脱《ぬ》ぐのかどうかを注意深《ちゅういぶか》く観察《かんさつ》しました。

けれどドロシーは、かわいらしい靴《くつ》がとても自慢《じまん》で、夜《よる》に眠《ねむ》るときとお風呂《ふろ》に入《はい》るとき以外《いがい》は絶対《ぜったい》に脱《ぬ》ぎません。

魔女《まじょ》は暗闇《くらやみ》を怖《こわ》がっていたので、夜《よる》、靴《くつ》を盗《ぬす》むためにドロシーの部屋《へや》に忍《しの》びこむようなまねはしませんでした。また魔女《まじょ》は暗闇以上《くらやみいじょう》に、水《みず》のことを怖《こわ》がっていました。だからドロシーがお風呂《ふろ》に入《はい》っているときには、決《けっ》して近《ちか》づかないようにしました。年《とし》をとっていた魔女《まじょ》は、絶対《ぜったい》に水《みず》に触《さわ》りませんでした。どんな場合《ばあい》にも、自分《じぶん》に水《みず》がかからないように注意《ちゅうい》していたのです。

でも悪《わる》い魔女《まじょ》はとてもずる賢《がしこ》いので、靴《くつ》を手《て》に入《い》れるためにわなを仕掛《しか》ける方法《ほうほう》をついに思《おも》いつきました。

台所《だいどころ》の床《ゆか》の真《ま》ん中《なか》に鉄《てつ》の棒《ぼう》を置《お》き、魔法《まほう》の力《ちから》で人間《にんげん》の目《め》には見《み》えないようにしたのです。そのせいで、ドロシーは台所《だいどころ》を横切《よこぎ》ったときに見《み》えない棒《ぼう》につまずき、床《ゆか》の上《うえ》に思《おも》いっきり転《ころ》んでしまいました。

大《おお》きなけがはしませんでしたが、転《ころ》んだときに、ドロシーの足《あし》から片方《かたほう》の靴《くつ》が脱《ぬ》げてしまいました。悪《わる》い魔女《まじょ》は、ドロシーが拾《ひろ》う前《まえ》にその靴《くつ》をさっと横《よこ》どりし、自分《じぶん》のやせこけた足《あし》にはかせました。

悪《わる》い魔女《まじょ》は、自分《じぶん》が仕掛《しか》けたわなにドロシーが引《ひ》っかかったことを大喜《おおよろこ》びしました。片《かた》方《ほう》の靴《くつ》をもっていれば、魔法《まほう》の力《ちから》も半分《はんぶん》、使《つか》えることになります。ドロシーが銀《ぎん》の靴《くつ》の使《つか》い方《かた》を知《し》っていて魔法《まほう》をかけても、悪《わる》い魔女《まじょ》にはきかなくなるのです。

かわいい靴《くつ》を片方《かたほう》とられたドロシーは、怒《おこ》って文句《もんく》を言《い》いました。

「わたしの靴《くつ》を返《かえ》してよ！」

「返《かえ》すもんかい。これはもう、あたしの靴《くつ》さ。おまえのものじゃないんだ」

「あなたはひどい人《ひと》ね！　わたしの靴《くつ》をはく権利《けんり》なんてないはずよ」

「それでも渡《わた》すもんかい」

魔女《まじょ》は鼻《はな》で笑《わら》いながら言《い》いました。

「いつか、もう片方《かたほう》の靴《くつ》も盗《ぬす》んでやる」

魔女《まじょ》の言葉《ことば》を聞《き》いて頭《あたま》にきたドロシーは、近《ちか》くにあったバケツをつかむと魔女《まじょ》に水《みず》をかけ、頭《あたま》からつま先《さき》までずぶぬれにしました。

すると、びっくりするようなことが起《お》きました。

恐《おそ》ろしい悲鳴《ひめい》を上《あ》げたかと思《おも》うと、悪《わる》い魔女《まじょ》の体《からだ》はどんどん縮《ちぢ》み始《はじ》めたのです。

「おまえはなんということをしてくれたんだ！」

魔女《まじょ》は叫《さけ》びました。

「もうすぐ、あたしは溶《と》けてしまうぞ」

驚《おどろ》いて見《み》つめるドロシーの目《め》の前《まえ》で、魔女《まじょ》の体《からだ》は茶色《ちゃいろ》の砂糖《さとう》のようにくずれていきます。

ドロシーはすっかり怖《こわ》くなりました。

「本当《ほんとう》にごめんなさい」

「水《みず》をかけたら、あたしは死《し》んでしまうということを知《し》らなかったのか？」

魔女《まじょ》は悲惨《ひさん》な声《こえ》をだしながら、必死《ひっし》に尋《たず》ねました。

「もちろん知《し》らなかったわ。知《し》っているわけないじゃない」

「もう少《すこ》しで、あたしの体《からだ》は全部《ぜんぶ》溶《と》けてしまう。そしたら、この城《しろ》はおまえのものだよ。あたしは悪《わる》いことを散々《さんざん》やってきたけど、まさかおまえのような小娘《こむすめ》に溶《と》かされて、懲《こ》らしめられるとは思《おも》わなかったよ。ほら見《み》るがいい、これでおしまいさ！」

悪《わる》い魔女《まじょ》はこう言《い》い残《のこ》すと、どろどろに溶《と》けた茶色《ちゃいろ》のかたまりになり、清潔《せいけつ》な台所《だいどころ》の床《ゆか》の上《うえ》に広《ひろ》がり始《はじ》めました。

魔女《まじょ》の体《からだ》が溶《と》けきったのを確《たし》かめてから、ドロシーはバケツ1杯分《ぱいぶん》の水《みず》をもう一度《いちど》上《うえ》からかけ、外《そと》にほうきで掃《は》きだしました。

魔女《まじょ》が溶《と》けた場所《ばしょ》には、銀色《ぎんいろ》の靴《くつ》しか残《のこ》っていません。ドロシーは靴《くつ》を拾《ひろ》うと、きれいに布《ぬの》で拭《ふ》いて乾《かわ》かしてからはき直《なお》しました。

こうしてドロシーは、ついに自由《じゆう》の身《み》になったのです。ドロシーは中庭《なかにわ》に行《い》くと、西《にし》の悪《わる》い魔女《まじょ》が死《し》んだこと、そしてこの見慣《みな》れない国《くに》に、もういる必要《ひつよう》がなくなったことをライオンに教《おし》えてあげました。

友《とも》だちを助《たす》けるために

悪《わる》い魔女《まじょ》が、バケツの水《みず》をかけられて溶《と》けてしまった。

この話《はなし》を聞《き》いた臆病《おくびょう》なライオンは、とても喜《よろこ》びました。ドロシーはすぐにライオンが閉《と》じこめられていた檻《おり》の鍵《かぎ》を開《あ》けて、外《そと》に出《だ》してあげました。

それからドロシーは、ライオンと一緒《いっしょ》に城《しろ》の中《なか》に入《はい》っていきました。

ドロシーが最初《さいしょ》にやったのは、すべてのウィンキーたちを集《あつ》めて、もう悪《わる》い魔女《まじょ》の奴隷《どれい》ではなくなったと教《おし》えてあげることでした。

黄色《きいろ》いウィンキーたちは、大喜《おおよろこ》びしました。長《なが》い間《あいだ》、魔女《まじょ》にとてもひどい仕打《しう》ちをされ、いつもこきつかわれてきたからです。ウィンキーたちは、この日《ひ》を祝日《しゅくじつ》にすることを決《き》め、それからは毎年《まいとし》、ごちそうを食《た》べたり踊《おど》ったりして過《す》ごすようになりました。

「オレたちの仲間《なかま》、カカシ君《くん》とブリキの木《き》こり君《くん》さえいてくれたらなあ」

とライオンが言《い》いました。

「そしたら、すごくうれしいのに」

「ふたりを助《たす》けてあげられると思《おも》わない？」

ドロシーは熱心《ねっしん》にライオンを誘《さそ》いました。

「うん、やってみよう」

ライオンがこう言《い》って賛成《さんせい》したので、ふたりは黄色《きいろ》いウィンキーたちを呼《よ》んで、カカシとブリキを助《たす》けてほしいとお願《ねが》いしました。ウィンキーたちは、自分《じぶん》たちを自由《じゆう》の身《み》にしてくれたドロシーのためなら喜《よろこ》んでなんでもします、と答《こた》えました。

ドロシーは、いろんなことを一番《いちばん》知《し》っていそうなウィンキーを何人《なんにん》か選《えら》び、一緒《いっしょ》に出《で》かけました。ドロシーたちとウィンキーたちは、その日《ひ》と、その次《つぎ》の日《ひ》も何時間《なんじかん》か野原《のはら》を歩《ある》き続《つづ》けて、岩《いわ》だらけのところにやってきました。そう、翼《つばさ》の生《は》えた猿《さる》に、ブリキの木《き》こりが落《お》とされた場所《ばしょ》です。

ブリキの木《き》こりは岩《いわ》にぶつかったせいで、体中《からだじゅう》がへこんだり折《お》れ曲《ま》がったりした状態《じょうたい》で倒《たお》れていました。斧《おの》は近《ちか》くに落《お》ちていましたが、刃《は》もさびていて、柄《え》も途中《とちゅう》で折《お》れて短《みじか》くなっています。

ウィンキーたちは、木《き》こりを優《やさ》しく腕《うで》に抱《だ》きかかえ、黄色《きいろ》い城《しろ》に連《つ》れて帰《かえ》りました。

ドロシーは、仲《なか》が良《よ》かった木《き》こりがひどい姿《すがた》になっているのを見《み》て、何度《なんど》か涙《なみだ》をこぼしました。ライオンも深刻《しんこく》な顔《かお》をして、木《き》こりを気《き》の毒《どく》がっているようです。

城《しろ》に戻《もど》ると、ドロシーはウィンキーたちにききました。

「みなさんの中《なか》に、ブリキを修理《しゅうり》できる職人《しょくにん》さんはいるかしら?」

「ええ、いますとも。とても腕《うで》のいい職人《しょくにん》が何人《なんにん》かいます」

「だったら、わたしのところに連《つ》れてきて」

ブリキ職人《しょくにん》が、自分《じぶん》たちの道具《どうぐ》をかごに入《い》れてやってくると、ドロシーは、こう尋《たず》ねました。

「へこんだところを平《たい》らにして元《もと》の形《かたち》にしてあげたり、壊《こわ》れている部品《ぶひん》をハンダづけして、つないであげたりすることはできる?」

ウィンキーのブリキ職人《しょくにん》たちは、木《き》こりの体《からだ》を注意深《ちゅういぶか》く調《しら》べて、元《もと》どおりに直《なお》せると思《おも》いますと答《こた》えました。それから城《しろ》の中《なか》にある、大《おお》きな黄色《きいろ》い部屋《へや》に入《はい》って作業《さぎょう》にとりかかりました。

職人《しょくにん》たちは3日《か》と4晩働《ばんはたら》き続《つづ》けて、ブリキの木《き》こりの脚《あし》と体《からだ》と頭《あたま》をカナヅチで打《う》ったり、ひねったり曲《ま》げたり、ハンダづけをしたり、磨《みが》きあげたり、たたいたりしました。こうしてブリキの木《き》こりは、ついに元《もと》の形《かたち》に戻《もど》り、前《まえ》と同《おな》じように関節《かんせつ》もスムーズに動《うご》くようになったのです。

たしかにブリキでできた体《からだ》は、ところどころ、つぎはぎがしてありました。でもブリキ職人《しょくにん》たちは丁寧《ていねい》な仕事《しごと》をしましたし、木《き》こりも見栄《みえ》っ張《ぱ》りではなかったので、全然気《ぜんぜんき》にしませんでした。

ブリキの木《き》こりは、ようやく自分《じぶん》で歩《ある》いて、ドロシーの部屋《へや》にやってこられるようになりました。自分《じぶん》を助《たす》けてくれたことにお礼《れい》を言《い》ったときには、本当《ほんとう》に喜《よろこ》んでうれし泣《な》きしたほどです。

ドロシーはブリキの木《き》こりの関節《かんせつ》がさびないように、涙《なみだ》の粒《つぶ》をひとつひとつ、エプロンで拭《ふ》いてあげなければなりませんでした。

ドロシーも、懐《なつ》かしい友《とも》だちと再《ふたた》び会《あ》えたことがうれしくて、たくさんの涙《なみだ》をこぼしましたが、この涙《なみだ》はぬぐう必要《ひつよう》はありません。

ライオンも感動《かんどう》していました。自分《じぶん》のしっぽでしょっちゅう涙《なみだ》を拭《ふ》いたので、ライオンは中庭《なかにわ》に出《で》て、太陽《たいよう》の光《ひかり》でしっぽを乾《かわ》かさなければならなくなりました。

「カカシ君《くん》も、ぼくたちのところに戻《もど》ってきてくれたらなあ」

ドロシーから、何《なに》が起《お》きたのかをすべて聞《き》き終《お》わると、ブリキの木《き》こりはこんなふうに言《い》いました。

「そしたらすごくうれしいのに」

「なんとか探《さが》してみましょうよ」

木《き》こりの意見《いけん》に賛成《さんせい》したドロシーは、またウィンキーたちを呼《よ》び、手伝《てつだ》ってほしいと頼《たの》みました。ドロシーたちは、その日《ひ》は丸一日《まるいちにち》、次《つぎ》の日《ひ》も何時間《なんじかん》か歩《ある》いて、今度《こんど》は高《たか》い木《き》が生《は》えているところまでやってきました。翼《つばさ》の生《は》えた猿《さる》たちが、カカシの服《ふく》を上《うえ》のほうの枝《えだ》に引《ひ》っかけた場所《ばしょ》です。

それはとても高《たか》い木《き》で、幹《みき》もとてもつるつるしていたので、誰《だれ》も登《のぼ》ることができません。

そこで木《き》こりが、すぐにこう言《い》いました。

「ぼくが木《き》を切《き》り倒《たお》すよ。そしたら、カカシ君《くん》の服《ふく》を取《と》り戻《もど》せるから」

ウィンキーたちは、木《き》こりの斧《おの》も直《なお》していました。ブリキ職人《しょくにん》が体《からだ》を直《なお》している間《あいだ》、金《きん》細工《ざいく》の職人《しょくにん》が純金《じゅんきん》で柄《え》を作《つく》り、壊《こわ》れた古《ふる》い柄《え》の部分《ぶぶん》とつけかえていたのです。

また他《ほか》のウィンキーたちが刃《は》を磨《みが》いてさびをすっかりとったので、刃《は》の部分《ぶぶん》も銀色《ぎんいろ》になりピカピカに光《ひか》っていました。

ブリキの木《き》こりは、すぐに木《き》を切《き》り始《はじ》めました。木《き》はあっという間《ま》に大《おお》きな音《おと》を立《た》てて倒《たお》れ、枝《えだ》にかかっていたカカシの服《ふく》も地面《じめん》に落《お》ちてきました。

ドロシーは服《ふく》を拾《ひろ》い、ウィンキーたちに運《はこ》んでもらいました。

城《しろ》に戻《もど》ったウィンキーたちは、新《あたら》しいきれいなわらを服《ふく》の中《なか》に詰《つ》めていきます。

すると、なんということでしょう！　前《まえ》とまったく同《おな》じカカシがよみがえったのです。

生《い》き返《かえ》ったカカシは、自分《じぶん》を助《たす》けてくれたお礼《れい》を、何度《なんど》も何度《なんど》も言《い》いました。

ブリキの木《き》こりやカカシ、ライオン、そしてドロシーと小《ちい》さなトト。こうしてみんなは、もう一度《いちど》そろいました。

ドロシーたちは、何日間《なんにちかん》か、黄色《きいろ》い城《しろ》で楽《たの》しく過《す》ごしました。お城《しろ》にはくつろいで過《す》ごすために必要《ひつよう》なものが、全部《ぜんぶ》そろっていたのです。

でも、そんなある日《ひ》、ドロシーはエムおばさんのことを思《おも》い出《だ》しました。

「オズのところに戻《もど》って、約束《やくそく》を守《まも》ってもらわなきゃ」

「そうだ」

と木《き》こりが言《い》いました。

「ぼくはとうとう、心臓《しんぞう》をもらえるぞ」

「そしておいらは脳《のう》みそを」

カカシがうれしそうにつけ加《くわ》えました。

「そしてオレは勇気《ゆうき》だね」

ライオンは物思《ものおも》いにふけりながら言《い》いました。

「そしてわたしは、カンザスに戻《もど》れるんだわ」

ドロシーは手《て》をたたきながら叫《さけ》びました。

「さあ、明日《あした》、エメラルドの都《みやこ》に向《む》かって出発《しゅっぱつ》しましょう！」

そうと決《き》めたドロシーたちは、次《つぎ》の日《ひ》、ウィンキーたち全員《ぜんいん》を集《あつ》めてさよならを言《い》いました。

ウィンキーたちは、ドロシーたちが帰《かえ》ってしまうのを残念《ざんねん》がりました。またウィンキーたちはブリキの木《き》こりのことが大好《だいす》きになっていたので、お城《しろ》に残《のこ》り、自分《じぶん》たちの王様《おうさま》として、西《にし》に広《ひろ》がっている黄色《きいろ》い国《くに》を治《おさ》めてほしいと頼《たの》みました。

でも、ドロシーたちの気持《きも》ちは変《か》わりません。それを知《し》ったウィンキーたちは、みんなに贈《おく》り物《もの》をしました。

トトとライオンには金《きん》の首輪《くびわ》、ドロシーにはダイヤモンドをちりばめたきれいな腕輪《うでわ》、カカシには、歩《ある》いていても転《ころ》ばないように金《きん》の柄《え》がついた杖《つえ》、そしてブリキの木《き》こりには、金《きん》ときれいな宝石《ほうせき》をちりばめた銀色《ぎんいろ》の油《あぶら》さしが渡《わた》されました。

お礼《れい》に、ドロシーたちはひとりひとり、すてきなお別《わか》れの挨拶《あいさつ》をしました。それから、みんなで腕《うで》が痛《いた》くなるまで、ウィンキーたちと握手《あくしゅ》をし続《つづ》けました。

ドロシーは挨拶《あいさつ》が終《お》わると、悪《わる》い魔女《まじょ》が使《つか》っていた食器棚《しょっきだな》のところに行《い》きました。エメラルドの都《みやこ》に戻《もど》る途中《とちゅう》で食《た》べられるように、バスケットにたくさん食《た》べ物《もの》を詰《つ》めようと思《おも》ったのです。

すると、そこに金《きん》の帽子《ぼうし》がありました。頭《あたま》にかぶってみるとピッタリです。

ドロシーは金《きん》の帽子《ぼうし》がもっている魔法《まほう》のことはちっとも知《し》りませんでしたが、かわいい帽子《ぼうし》だと思《おも》ったので、日《ひ》よけ帽《ぼう》をバスケットの中《なか》に入《い》れ、金《きん》の帽子《ぼうし》をかぶることにしました。

旅《たび》の準備《じゅんび》ができたドロシーたちは、エメラルドの都《みやこ》に向《む》けて出発《しゅっぱつ》しました。ウィンキーたちは「万歳《ばんざい》」と3回声《かいこえ》を合《あ》わせて、旅《たび》が無事《ぶじ》に終《お》わりますようにと祈《いの》ってくれました。

翼《つばさ》の生《は》えた猿《さる》たち

悪《わる》い魔女《まじょ》が住《す》んでいた西《にし》の国《くに》にある城《しろ》と、エメラルドの都《みやこ》の間《あいだ》には道《みち》がまったくありません。小道《こみち》さえありませんでした。読者《どくしゃ》の皆《みな》さんは、そのことを覚《おぼ》えていらっしゃるでしょう。

だから悪《わる》い魔女《まじょ》は翼《つばさ》の生《は》えた猿《さる》たちに、空《そら》を飛《と》んでドロシーたちをつかまえてこいと命令《めいれい》したのです。

でも今度《こんど》は、キンポウゲと黄色《きいろ》いヒナギクが咲《さ》いた広《ひろ》い草原《そうげん》の中《なか》を歩《ある》きながら、エメラルドの都《みやこ》に戻《もど》っていかなければなりません。それは空《そら》を飛《と》んで移動《いどう》するよりも、はるかに大変《たいへん》でした。

もちろんドロシーたちには、太陽《たいよう》が昇《のぼ》ってくる東《ひがし》に向《む》かって、まっすぐ進《すす》んでいけばいいということがわかっていました。それに最初《さいしょ》のうちは、正《ただ》しい方向《ほうこう》に歩《ある》いていました。

でも昼《ひる》になると、太陽《たいよう》は頭《あたま》の上《うえ》まで昇《のぼ》ってしまうので、どちらが東《ひがし》でどちらが西《にし》かわからなくなります。こうしてドロシーたちは、広《ひろ》い草原《そうげん》の真《ま》ん中《なか》で迷子《まいご》になってしまいました。

それでもみんなは歩《ある》き続《つづ》けましたし、夜《よる》になると月《つき》が出《で》てきて、辺《あた》りを明《あか》るく照《て》らしてくれました。ドロシーたちは、甘《あま》い香《かお》りのする花《はな》の真《ま》ん中《なか》で横《よこ》になり、朝《あさ》までぐっすりと眠《ねむ》りました。カカシとブリキの木《き》こりを別《べつ》にすればです。

次《つぎ》の日《ひ》の朝《あさ》がきました。太陽《たいよう》は雲《くも》の陰《かげ》に隠《かく》れています。でもドロシーたちは、自分《じぶん》たちがどこに向《む》かっているのかはっきりとわかっているように、自信満々《じしんまんまん》で歩《ある》き始《はじ》めました。

「どんどん遠《とお》くまで歩《ある》いていったら」

とドロシーが言《い》いました。

「きっと、いつかはどこかに着《つ》くはずよ」

けれど、それから何日歩《なんにちある》き続《つづ》けても、相変《あいか》わらずドロシーたちの目《め》の前《まえ》には、真《ま》っ赤《か》な花畑《はなばたけ》が広《ひろ》がっているだけです。それを見《み》たカカシは、ちょっと文句《もんく》を言《い》い始《はじ》めました。

「絶対《ぜったい》、道《みち》に迷《まよ》ったんだよ。早《はや》く正《ただ》しい道《みち》を見《み》つけてエメラルドの都《みやこ》に行《い》かないと、おいらは脳《のう》みそをもらえなくなっちゃう」

「ぼくも心臓《しんぞう》をもらえなくなる」

ブリキの木《き》こりが言《い》いました。

「オズのところに行《い》くのが待《ま》ちきれないよ。今回《こんかい》はずいぶん長《なが》い間《あいだ》、歩《ある》き続《つづ》けているからね」

「ほら、オレには……」

今度《こんど》は臆病《おくびょう》なライオンが、メソメソしながら言《い》いました。

「どこかにたどり着《つ》けるあてもないのに、ずっと歩《ある》き続《つづ》ける勇気《ゆうき》なんてないんだよ」

ドロシーもがっかりして草《くさ》の上《うえ》に座《すわ》りこみ、友《とも》だちを見《み》つめました。カカシや木《き》こり、ライオンも同《おな》じように座《すわ》りこんで、ドロシーを見《み》つめます。

疲《つか》れていたのはトトも同《おな》じでした。トトには、自分《じぶん》の頭《あたま》の上《うえ》をひらひらと飛《と》ぶチョウを追《お》いかける元気《げんき》さえ残《のこ》っていません。そんな経験《けいけん》をするのは、生《う》まれて初《はじ》めてです。

トトはベロを出《だ》してハアハアと息《いき》をしながら、

《これからどうしたらいいのかな？》

と尋《たず》ねるように、ドロシーを見《み》ました。

そのときドロシーに、すばらしいアイデアがひらめきました。

「野《の》ネズミさんたちを呼《よ》んだらどうかしら。エメラルドの都《みやこ》に行《い》く方法《ほうほう》を、教《おし》えてくれるかもしれないわ」

「きっと教《おし》えてくれるよ。おいらたち、どうしてもっと早《はや》く思《おも》いつかなかったんだろう」

カカシが大声《おおごえ》で賛成《さんせい》しました。

ドロシーは、首《くび》にかけていた小《ちい》さな笛《ふえ》を吹《ふ》きました。ネズミの女王様《じょおうさま》にもらってから、いつも持《も》ち歩《ある》いていたのです。

すると笛《ふえ》を吹《ふ》いて2、3分《ぷん》も経《た》たないうちにパタパタと走《はし》る音《おと》が聞《き》こえてきて、小《ちい》さな灰色《はいいろ》のネズミたちがたくさん、ドロシーのほうに集《あつ》まってきました。

その中《なか》には、ネズミの女王様《じょおうさま》がいました。女王様《じょおうさま》は小《ちい》さな声《こえ》でキーキー鳴《な》きながら、ドロシーに尋《たず》ねました。

「あら、お友《とも》だちのみなさん。何《なに》かお手伝《てつだ》いできることはあるかしら？」

「迷子《まいご》になってしまったの」

ドロシーが言《い》いました。

「エメラルドの都《みやこ》がどこにあるか、教《おし》えてくださらない？」

「もちろんですとも。でも、ずいぶん遠《とお》いですよ。あなたたちはずっと逆《ぎゃく》の方向《ほうこう》に歩《ある》いてきてしまったのよ」

ネズミの女王様《じょおうさま》は、ドロシーがかぶっている金《きん》の帽子《ぼうし》に気《き》づくと、こう提案《ていあん》しました。

「帽子《ぼうし》の魔法《まほう》を使《つか》って、翼《つばさ》の生《は》えた猿《さる》たちを呼《よ》び出《だ》したらどうかしら？　そしたら1時間《じかん》もかからずに、あなたたちをオズの街《まち》に運《はこ》んでくれるわ」

「この帽子《ぼうし》に魔法《まほう》の力《ちから》があるなんて知《し》らなかったわ」

ドロシーはびっくりして言《い》いました。

「それはどんな力《ちから》なの？」

「帽子《ぼうし》の内側《うちがわ》に書《か》いてあるわ。

でも翼《つばさ》の生《は》えた猿《さる》を呼《よ》ぶつもりなら、わたしたちは逃《に》げなければなりません。猿《さる》たちはいたずら好《ず》きで、わたしたちをいじめて遊《あそ》ぶのが大好《だいす》きだから」

「わたしには悪《わる》さをしない？」

ドロシーは心配《しんぱい》そうに尋《たず》ねました。

「絶対《ぜったい》にしないわ。猿《さる》たちは、帽子《ぼうし》をかぶっている人《ひと》に従《したが》わなければならないんです。じゃあ、ごきげんよう！」

ネズミの女王《じょおう》は、手下《てした》のネズミたちを引《ひ》き連《つ》れて走《はし》りだし、すぐに姿《すがた》が見《み》えなくなってしまいました。

金《きん》の帽子《ぼうし》の中《なか》をのぞきこんだドロシーは、裏地《うらじ》のところに、何《なに》か言葉《ことば》が書《か》いてあるのを見《み》つけました。

《これが呪文《じゅもん》に違《ちが》いないわ》

そう思《おも》ったドロシーは、書《か》いてある言葉《ことば》を注意深《ちゅういぶか》く読《よ》んで、帽子《ぼうし》をかぶり直《なお》しました。

「エッペー、ペッペー、カッケ！」

まずドロシーは、左足《ひだりあし》で立《た》って呪文《じゅもん》を唱《とな》えました。

「なんて言《い》ったんだい？」

ドロシーが何《なに》をしているのかわからないので、カカシが尋《たず》ねてきました。

「ヒッロー、ホッロー、ハッロー！」

今度《こんど》は、右足《みぎあし》で立《た》って呪文《じゅもん》を唱《とな》え続《つづ》けます。

「ハロー！」

ドロシーの呪文《じゅもん》を聞《き》いたブリキの木《き》こりが、落《お》ち着《つ》いた声《こえ》で返事《へんじ》をしました。

「ジッジー、ズッジー、ジック！」

ドロシーは最後《さいご》に、両足《りょうあし》で立《た》って呪文《じゅもん》を唱《とな》えました。

これで呪文《じゅもん》はすべて唱《とな》えたことになります。すると大声《おおごえ》でキーキーしゃべる声《こえ》と、翼《つばさ》がバタバタ鳴《な》る音《おと》が聞《き》こえ、空《そら》から猿《さる》たちが飛《と》んできました。

翼《つばさ》の生《は》えた猿《さる》のリーダーは、ドロシーの前《まえ》でおじぎをしながらききました。

「ご命令《めいれい》はなんでしょう？」

「わたしたちはエメラルドの都《みやこ》に行《い》きたいの。でも、道《みち》に迷《まよ》ってしまったんです」

「お運《はこ》びしましょう」

猿《さる》のリーダーが返事《へんじ》をしたとたん、２匹《ひき》の猿《さる》がドロシーの腕《うで》をつかみ、空《そら》に飛《と》んでいきました。

他《ほか》の猿《さる》たちは、カカシと木《き》こりとライオンをつかみ、小《ちい》さな猿《さる》もトトをつかんで、ドロシーの後《あと》を追《お》いかけます。トトは必死《ひっし》に猿《さる》にかみつこうとしましたが、できませんでした。

カカシとブリキの木《き》こりは、最初《さいしょ》は翼《つばさ》の生《は》えた猿《さる》たちを怖《こわ》がりました。しばらく前《まえ》に、ひどい目《め》にあわされたことを覚《おぼ》えていたのです。

でも今回《こんかい》は、自分《じぶん》たちに悪《わる》さをするつもりがないようです。そのことがわかると、カカシとブリキの木《き》こりは、はるか下《した》のほうに広《ひろ》がるきれいな庭《にわ》や森《もり》を眺《なが》めながら、楽《たの》しく空《そら》を飛《と》んでいきました。

一方《いっぽう》ドロシーは、最《もっと》も体《からだ》の大《おお》きな2匹《ひき》の猿《さる》に抱《かか》えられながら、気持《きも》ちよく空《そら》を飛《と》んでいました。そのうちの1匹《ぴき》は猿《さる》のリーダーです。2匹《ひき》の猿《さる》は腕《うで》を組《く》んで椅子《いす》を作《つく》り、ドロシーが痛《いた》がらないように気《き》を配《くば》っていました。

「あなたたちは、どうして金《きん》の帽子《ぼうし》の呪文《じゅもん》に従《したが》わなければならないの？」

ドロシーが尋《たず》ねました。

「それは長《なが》い話《はなし》なんです」

猿《さる》のリーダーは、高《たか》らかに笑《わら》いながら答《こた》えました。

「でも、まだしばらくは飛《と》び続《つづ》けなければなりませんから、お望《のぞ》みであれば、時間《じかん》つぶし

にお聞《き》かせしますよ」

「ええ、ぜひ、聞《き》いてみたいわ」

「昔《むかし》、昔《むかし》……」

群《むれ》のリーダーを務《つと》める猿《さる》の王様《おうさま》は、こうして話《はな》し始《はじ》めました。

「わたしたちは大《おお》きな森《もり》で、自由《じゆう》に、そして幸《しあわ》せに暮《く》らしていました。木《き》から木《き》へと飛《と》び移《うつ》り、木《き》の実《み》や果物《くだもの》を食《た》べて、誰《だれ》にも命令《めいれい》されることなく、好《す》きなことをして暮《く》らしていました。

中《なか》には、地面《じめん》に飛《と》びおりて翼《つばさ》のない動物《どうぶつ》のしっぽを引《ひ》っ張《ぱ》ったり、鳥《とり》を追《お》いかけたり、森《もり》の中《なか》を歩《ある》く人《ひと》たちに、木《き》の実《み》を投《な》げたりするいたずら好《ず》きもいました。

でもわたしたちは、なんの心配《しんぱい》もなく陽気《ようき》で幸《しあわ》せに暮《く》らしていましたし、毎日《まいにち》の生活《せいかつ》を心《こころ》から楽《たの》しんでいました。これはだいぶ昔《むかし》のこと、オズが雲《くも》の合間《あいま》から姿《すがた》を現《あらわ》して、この国《くに》を支配《しはい》する前《まえ》の話《はなし》です。

その頃《ころ》は、この遠《とお》く離《はな》れた北《きた》のほうに、きれいなお姫様《ひめさま》が住《す》んでいました。お姫様《ひめさま》は、強《つよ》い力《ちから》をもった魔女《まじょ》でしたが、魔法《まほう》の力《ちから》を人助《ひとだす》けのためだけに使《つか》っていました。良《よ》い人《ひと》たちは、決《けっ》してひどい目《め》にあわせたりしなかったのです。

お姫様《ひめさま》はゲイエレットという名前《なまえ》で、大《おお》きなルビーのかたまりから造《つく》られた、立派《りっぱ》なお城《しろ》に住《す》んでいました。そしてみんなに愛《あい》されてもいました。

でもお姫様自身《ひめさまじしん》には、誰《だれ》も愛《あい》する人《ひと》がいませんでした。きれいで賢《かしこ》いお姫様《ひめさま》に比《くら》べれば、どんな男《おとこ》の人《ひと》もあまりに愚《おろ》かで見《み》た目《め》が悪《わる》くて、まるでつりあわなかったのです。

お姫様《ひめさま》は、そのことを一番悲《いちばんかな》しんでいましたが、ハンサムで男《おとこ》らしいクエララという少《しょう》年《ねん》に、ついに出会《であ》いました。その男《おとこ》の子《こ》は実際《じっさい》の年齢《ねんれい》よりずっと賢《かしこ》かったので、お姫様《ひめさま》は大人《おとな》になったら結婚《けっこん》しようと決《き》めて、ルビーの宮殿《きゅうでん》に連《つ》れてきました。

そして自分《じぶん》の魔法《まほう》を全部使《ぜんぶつか》い、すべての女性《じょせい》があこがれるような強《つよ》くて、性格《せいかく》が良《よ》くて、魅力的《みりょくてき》な男《おとこ》の人《ひと》にしたのです。

クエララという少年《しょうねん》は大人《おとな》になると、国中《くにじゅう》で最《もっと》も優秀《ゆうしゅう》で賢《かしこ》い男《おとこ》の人《ひと》だと言《い》われるようになりました。クエララは男《おとこ》らしくてりりしかったので、お姫様《ひめさま》は心《こころ》の底《そこ》から愛《あい》しましたし、結婚式《けっこんしき》の準備《じゅんび》を急《いそ》いで調《ととの》えました。

その頃《ころ》、わたしのおじいさんは宮殿《きゅうでん》の近《ちか》くの森《もり》で、翼《つばさ》の生《は》えた猿《さる》たちの王様《おうさま》をしていました。おじいさんは、ごちそうを食《た》べるよりも、いたずらをするのが好《す》きなタイプだったのです。

結婚式《けっこんしき》が間近《まぢか》に迫《せま》ったある日《ひ》、おじいさんは仲間《なかま》と外《そと》を飛《と》び回《まわ》っていました。そこでクエララが、川《かわ》のそばを歩《ある》いているのを見《み》かけました。

クエララはピンク色《いろ》の絹《きぬ》と、紫色《むらさきいろ》のベルベットでできた豪華《ごうか》な衣装《いしょう》を着《き》ていましたが、おじいさんは、力試《ちからだめ》しをしてやろうと考《かんが》えました。仲間《なかま》の猿《さる》に声《こえ》をかけてクエララのところまで降《お》りていかせると、腕《うで》をつかんで川《かわ》の真《ま》ん中《なか》まで運《はこ》ばせ、水《みず》の中《なか》に落《お》としたのです。

『泳《およ》いでみなよ、かっこいいお兄《にい》さん』

わたしのおじいさんは、こう叫《さけ》びました。

『きれいな服《ふく》にシミがついていないかどうか、確《たし》かめてみるんだな』

賢《かしこ》いクエララは、もちろん自分《じぶん》で泳《およ》ごうとしました。それに贅沢《ぜいたく》な暮《く》らしをしていても、甘《あま》やかされただめな人間《にんげん》にもなっていませんでした。そこで水面《すいめん》まで浮《う》かびあがってくると笑《わら》ってみせて、川岸《かわぎし》まで泳《およ》いでいきました。

でもクエララのもとに駆《か》け寄《よ》ってきたお姫様《ひめさま》は、絹《きぬ》やベルベットでできた服《ふく》が、台無《だいな》しになっているのに気《き》づいたんです。

お姫様《ひめさま》は怒《おこ》りました。それに誰《だれ》がそんな悪《わる》さをしたのかも、もちろん知《し》っていました。

そこでお姫様《ひめさま》は翼《つばさ》の生《は》えた猿《さる》を1匹残《ぴきのこ》らず呼《よ》びだすと、最初《さいしょ》は猿《さる》たちの翼《つばさ》をしばったうえで、クエララと同《おな》じような仕打《しう》ちを受《う》けるべきだと言《い》い張《は》りました。

でも翼《つばさ》をしばられたままで川《かわ》に落《お》とされたりしたら、猿《さる》はおぼれてしまいます。

おじいさんには、そのことがわかっていたので、許《ゆる》してくださいと必死《ひっし》にお願《ねが》いしました、クエララも親切《しんせつ》に猿《さる》たちの味方《みかた》をしてくれました。

それでお姫様《ひめさま》も、ようやくおじいさんたちを許《ゆる》すことにしました。

でも、そのかわりに条件《じょうけん》をだしました。これからは、金《きん》の帽子《ぼうし》の持《も》ち主《ぬし》が命令《めいれい》したことを3回聞《かいき》かなければならないといいつけたのです。

この帽子《ぼうし》は、結婚式《けっこんしき》でクエララに贈《おく》るために作《つく》られたもので、こしらえる費用《ひよう》を出《だ》すために、お姫様《ひめさま》が治《おさ》めていた国《くに》は半分《はんぶん》の大《おお》きさに減《へ》ったといわれています。

もちろんわたしのおじいさんと仲間《なかま》の猿《さる》たちは、お姫様《ひめさま》に出《だ》された条件《じょうけん》にすぐに従《したが》いました。だから子孫《しそん》であるわたしたちも、金《きん》の帽子《ぼうし》の持《も》ち主《ぬし》の命令《めいれい》には、3回従《かいしたが》わなければならなくなったのです」

「その後《あと》は、どうなったの？」

ドロシーは話《はなし》の内容《ないよう》にとても興味《きょうみ》をもったので、さらに尋《たず》ねました。

「金《きん》の帽子《ぼうし》の最初《さいしょ》の持《も》ち主《ぬし》はクエララだったので、わたしたちに最初《さいしょ》の命令《めいれい》をしたのもクエララになりました。

お姫様《ひめさま》は、猿《さる》の姿《すがた》を見《み》るのが我慢《がまん》できなくなっていました。だからクエララは結婚《けっこん》した後《あと》、森《もり》の中《なか》ですべての猿《さる》を呼《よ》びだして、二度《にど》とお姫様《ひめさま》の前《まえ》に現《あらわ》れるなと命令《めいれい》したのです。

わたしのおじいさんたちも、それに喜《よろこ》んで従《したが》いました。お姫様《ひめさま》が怖《こわ》かったからです。

最初《さいしょ》の頃《ころ》、わたしたちは、お姫様《ひめさま》の目《め》の届《とど》かないところで暮《く》らしていればいいだけでした。

ところが西《にし》の魔女《まじょ》は金《きん》の帽子《ぼうし》を手《て》に入《い》れ、わたしたちを使《つか》ってウィンキーたちを奴隷《どれい》にしたり、オズを西《にし》の国《くに》から追《お》い払《はら》ったりしました。

今《いま》はあなたが金《きん》の帽子《ぼうし》の持《も》ち主《ぬし》ですから、わたしたちに3回《かい》、願《ねが》いごとをかなえさせる権利《けんり》があるのです」

猿《さる》の王様《おうさま》の話《はなし》が終《お》わったところで、ドロシーが下《した》を見《み》ました。するとそこには、エメラルドの都《みやこ》の緑色《みどりいろ》の壁《かべ》が輝《かがや》いていました。

ドロシーは、翼《つばさ》の生《は》えた猿《さる》たちが、とても速《はや》く空《そら》を飛《と》ぶのにびっくりしながらも、旅《たび》が終《お》わったことを喜《よろこ》びました。

翼《つばさ》の生《は》えた奇妙《きみょう》な猿《さる》たちは、ドロシーたちをエメラルドの都《みやこ》の門《もん》の前《まえ》にそっと降《お》ろします。猿《さる》の王様《おうさま》はドロシーに深《ふか》くおじぎをすると、仲間《なかま》を連《つ》れて、あっという間《ま》に飛《と》び去《さ》っていきました。

「楽《らく》ちんだったわね」

ドロシーが声《こえ》をかけると、ライオンが答《こた》えました。

「そうだね。それに大変《たいへん》な場所《ばしょ》からすぐに抜《ぬ》けだせたし。君《きみ》があのすごい帽子《ぼうし》をお城《しろ》から持《も》ってきてくれて、本当《ほんとう》にラッキーだったよ！」

恐《おそ》ろしいオズの正体《しょうたい》

旅《たび》を終《お》えたドロシーたちは、エメラルドの都《みやこ》の大《おお》きな門《もん》のところに歩《ある》いていき、呼《よ》び鈴《りん》を鳴《な》らしました。何度《なんど》か呼《よ》び鈴《りん》を鳴《な》らしていると、前《まえ》と同《おな》じ門番《もんばん》が、門《もん》を開《あ》けました。

「なんと！　お戻《もど》りになったんですか？」

「おいらたちの姿《すがた》が見《み》えないのかい？」

カカシが答《こた》えました。

「でも、あなたたちは、西《にし》の悪《わる》い魔女《まじょ》のところに行《い》かれたのだとばかり思《おも》っていました」

「行《い》ったよ」

またカカシが説明《せつめい》します。

「で、無事《ぶじ》に帰《かえ》らせてくれたわけですか？」

「魔女《まじょ》も止《と》めようがなかったんだ。体《からだ》が溶《と》けちゃったから」

「体《からだ》が溶《と》けた！　そりゃあ本当《ほんとう》に良《よ》いニュースだ。誰《だれ》が溶《と》かしたんですか？」

「ドロシーさ」

今度《こんど》はライオンが、おごそかに言《い》いました。

「なんてこった！」

感心《かんしん》した門番《もんばん》は、こう叫《さけ》ぶとドロシーの前《まえ》で深々《ふかぶか》と頭《あたま》を下《さ》げました。

門番《もんばん》はドロシーたちを自分《じぶん》の小《ちい》さな部屋《へや》へと案内《あんない》すると、前《まえ》と同《おな》じように大《おお》きな箱《はこ》の中《なか》に入《はい》ったメガネを渡《わた》して鍵《かぎ》をかけます。それから門《もん》をくぐり、一緒《いっしょ》にエメラルドの都《みやこ》に入《はい》っていきました。

「ドロシーさんが、西《にし》の悪《わる》い魔女《まじょ》を溶《と》かしてしまった」

門番《もんばん》から話《はなし》を聞《き》いた人《ひと》たちが、周《まわ》りにどんどん集《あつ》まってきます。そしてドロシーたちの後《あと》を追《お》って、オズがいる宮殿《きゅうでん》へぞろぞろとついていきました。

宮殿《きゅうでん》の扉《とびら》の前《まえ》では、緑《みどり》のヒゲを生《は》やした兵隊《へいたい》が、前《まえ》と同《おな》じように見張《みは》りをしていました。

でも今回《こんかい》は、ドロシーたちが着《つ》くとすぐに中《なか》に入《い》れてくれました。

宮殿《きゅうでん》の中《なか》には、やっぱりきれいな緑色《みどりいろ》の女《おんな》の子《こ》がいます。女《おんな》の子《こ》は、偉《えら》い魔法使《まほうつか》いであるオズがみんなに会《あ》う準備《じゅんび》をするまで休《やす》めるようにと、また前《まえ》と同《おな》じ部屋《へや》へ、すぐに案内《あんない》してくれました。

「ドロシーたちが、悪《わる》い西《にし》の魔女《まじょ》を滅《ほろ》ぼして戻《もど》ってきました」

緑《みどり》のヒゲを生《は》やした兵隊《へいたい》は、早速《さっそく》オズに報告《ほうこく》しましたが、オズからはなんの返事《へんじ》もありません。偉《えら》い魔法使《まほうつか》いであるオズは、すぐにみんなを呼《よ》びだすだろうと誰《だれ》もが思《おも》っていたのに、そうしなかったのです。

しかも次《つぎ》の日《ひ》も、またその次《つぎ》の日《ひ》も、さらには4日目《かめ》になっても、オズからはなんの伝《でん》言《ごん》もありませんでした。

ドロシーたちは待《ま》ちくたびれましたし、オズのひどい態度《たいど》にイライラしてきました。オズに命令《めいれい》されたせいで、ドロシーたちは大変《たいへん》な目《め》にあいました。西《にし》の魔女《まじょ》に奴隷《どれい》にされて、こき使《つか》われたりもしています。

しびれを切《き》らしたカカシは、新《あたら》しい伝言《でんごん》をオズに伝《つた》えるようにと、緑《みどり》の女《おんな》の子《こ》に頼《たの》むことにしました。その内容《ないよう》は、

「今《いま》すぐにおいらたちと会《あ》ってくれなきゃ、翼《つばさ》の生《は》えた猿《さる》を呼《よ》んで、約束《やくそく》を守《まも》るつもりが

あるのかどうか確《たし》かめてもらうけど」

というものでした。

伝言《でんごん》を受《う》け取《と》ったオズは、次《つぎ》の日《ひ》の朝《あさ》、9時《じ》4分《ぷん》に玉座《ぎょくざ》の間《ま》に来《く》るようにと、あわてて伝《つた》えてきました。

オズは一度《いちど》、西《にし》の国《くに》で翼《つばさ》の生《は》えた猿《さる》たちと出会《であ》ったことがあります。猿《さる》の王様《おうさま》がドロシーに教《おし》えたように、そのときはひどい目《め》にあわされていたので、猿《さる》たちに会《あ》うのは二度《にど》とごめんだと思《おも》っていたのです。

ドロシーたちは、オズからもらえるはずの贈《おく》り物《もの》について考《かんが》えながら、眠《ねむ》れない夜《よる》を過《す》ごしました。でもドロシーは、たった一度《いちど》だけ、うとうと眠《ねむ》ってしまい、カンザスにいる夢《ゆめ》を見《み》ました。夢《ゆめ》の中《なか》でエムおばさんは、ドロシーが帰《かえ》ってきてくれてどんなにうれしいかを話《はな》していました。

朝《あさ》がやってきました。9時《じ》ちょうどに緑色《みどりいろ》のヒゲを生《は》やした兵隊《へいたい》がドロシーのところにやってきて、4分後《ぷんご》には、みんなが玉座《ぎょくざ》の間《ま》に入《はい》っていきました。

オズは前《まえ》と同《おな》じような姿《すがた》で現《あらわ》れるだろう。ドロシーたちは、それぞれこう思《おも》っていました。

ドロシーが来《き》たときには巨大《きょだい》な頭《あたま》、カカシの場合《ばあい》はきれいな女性《じょせい》、ブリキの木《き》こりの前《まえ》では恐《おそ》ろしい獣《けもの》、そしてライオンのときには火《ひ》の玉《たま》の姿《すがた》をしていたはずです。でも部屋《へや》を見渡《みわた》しても誰《だれ》もいなかったので、みんなはとても驚《おどろ》きました。ドロシーたちは、扉《とびら》のそばに集《あつ》まりました。誰《だれ》も部屋《へや》にいなくて静《しず》まりかえっているのは、オズがどんな姿《すがた》で現《あらわ》れることよりも怖《こわ》かったのです。

おごそかな声《こえ》が聞《き》こえてきたのはそのときでした。声《こえ》は、丸《まる》い形《かたち》をした大《おお》きな天井《てんじょう》のてっぺん辺《あた》りから響《ひび》いてくるようです。

「わしはオズ。偉大《いだい》で恐《おそ》ろしい魔法使《まほうつか》いだ。おまえたちは、なぜわしに会《あ》いたいと思《おも》ったのだ？」

みんなは部屋《へや》を隅々《すみずみ》まで見回《みまわ》しました。でも、やはり誰《だれ》もいないので、ドロシーが尋《たず》ねました。

「どこにいるんですか？」

「あらゆるところにおるのだ。だが普通《ふつう》の人間《にんげん》の目《め》には見《み》えない。わしはこれから、自分《じぶん》の玉座《ぎょくざ》に座《すわ》ろう。おまえたちと話《はなし》ができるようにな」

声《こえ》は確《たし》かに玉座《ぎょくざ》から聞《き》こえてくるような感《かん》じがします。そこでみんなは玉座《ぎょくざ》のほうに進《すす》んでいくと横《よこ》に並《なら》び、ドロシーがまた声《こえ》をかけました。

「オ、オズ様《さま》、わたしたちは約束《やくそく》を守《まも》ってもらうために来《き》たんです」

「約束《やくそく》とはなんのことだ？」

「悪《わる》い魔女《まじょ》を退治《たいじ》したら、わたしをカンザスに戻《もど》してくれるって約束《やくそく》したはずよ」

ドロシーがこう言《い》うと、カカシとブリキの木《き》こり、臆病《おくびょう》なライオンも口々《くちぐち》に言《い》いました。

「そして、おいらには脳《のう》みそをくれるって」

「そして、ぼくには心臓《しんぞう》をくれるってね」

「そして、オレには勇気《ゆうき》をくれるって約束《やくそく》したぞ」

「悪《わる》い魔女《まじょ》を、本当《ほんとう》に退治《たいじ》したのか？」

目《め》には見《み》えないオズが、もう一度《いちど》質問《しつもん》してきました。ドロシーの耳《みみ》には、その声《こえ》が少《すこ》し震《ふる》えているように聞《き》こえました。

「ええ。わたしがバケツの水《みず》をかけて溶《と》かしてやったわ」

「なんということだ。そんな急《きゅう》な話《はなし》になるとは！　ならば明日《あした》、来《く》るがいい。わしにはじっくり考《かんが》える時間《じかん》が必要《ひつよう》なのだ」

「時間《じかん》なんて、たくさんあったじゃないか」

ブリキの木《き》こりが怒《おこ》って言《い》いました。

「あと1日《にち》だって待《ま》てないよ！」

今度《こんど》はカカシが文句《もんく》を言《い》いました。

「わたしたちとの約束《やくそく》を守《まも》ってちょうだい！」

最後《さいご》にドロシーが叫《さけ》びました。

ライオンは魔法使《まほうつか》いのオズを脅《おど》かそうと思《おも》い、大《おお》きな声《こえ》でほえました。ライオンのほえ方《かた》が、あまりに迫力《はくりょく》があって怖《こわ》かったので、トトはびっくりしてライオンのそばから逃《に》げました。しかもびくっと飛《と》びあがったときに、部屋《へや》の隅《すみ》に立《た》ててあったついたてにぶつかったのです。

バターン。

大《おお》きな音《おと》とともに、ついたてが倒《たお》れます。

音《おと》がしたほうを見《み》たドロシーたちは、次《つぎ》の瞬間《しゅんかん》、きょとんとしてしまいました。ついたてで隠《かく》されていた場所《ばしょ》に、はげ頭《あたま》でしわだらけの顔《かお》をした、小《ちい》さなおじいさんが立《た》っていたからです。おじいさんは、ドロシーたちと同《おな》じくらいびっくりしているようでした。

ブリキの木《き》こりは、斧《おの》を振《ふ》りあげて走《はし》っていき、おじいさんに向《む》かって叫《さけ》びました。

「あんたは誰《だれ》ですか？」

「わしが偉大《いだい》で恐《おそ》ろしいオズだ」

小柄《こがら》なおじいさんは、声《こえ》を震《ふる》わせながら答《こた》えました。

「どうかわしを斧《おの》で切《き》らないでくれ……お願《ねが》いだ……なんでもしてあげるから」

それを聞《き》いたドロシーたちは、びっくり仰天《ぎょうてん》しました。

「オズは、大《おお》きな頭《あたま》の姿《すがた》をしているんだと思《おも》ったわ」

とドロシー。

「おいらは、きれいな女《おんな》の人《ひと》だと思《おも》ったね」

「ぼくは、恐《おそ》ろしい獣《けもの》だと思《おも》っていたよ」

「そしてオレは、火《ひ》の玉《たま》だと思《おも》っていたんだ」

カカシやブリキの木《き》こり、ライオンが口々《くちぐち》に言《い》うのを聞《き》いて、小柄《こがら》なおじいさんは、か細《ぼそ》い声《こえ》で答《こた》えました。

「いいや、みんな間違《まちが》っておる。わしがだましていたんだ」

「だましていたですって！」

ドロシーが叫《さけ》びました。

「あなたは偉《えら》い魔法使《まほうつか》いじゃないというの？」

「しっ！　頼《たの》むから静《しず》かに。そんなに大《おお》きな声《こえ》で話《はな》をださんでくれ。外《そと》に聞《き》こえてしまうじゃないか。他《ほか》の人間《にんげん》に聞《き》かれたりしたら、もうわしは終《お》わりだ。偉大《いだい》な魔法使《まほうつか》いだということになっておるんだから」

「そうじゃないの？」

「まったく違《ちが》うよ。わしはごく普通《ふつう》の人間《にんげん》なんだ」

「いや、普通《ふつう》の人間《にんげん》なんかじゃないな」

カカシが、とても悲《かな》しそうな口調《くちょう》で言《い》いました。

「あんたは大《おお》ボラ吹《ふ》きだよ」

「まさに、そうなんじゃ！」

カカシに文句《もんく》を言《い》われたオズは、まるで喜《よろこ》んでいるように両手《りょうて》をこすりながら言《い》いました。

「わしは大《おお》ボラ吹《ふ》きなんだ」

「そりゃあひどいよ」

ブリキの木《き》こりは言《い》いました。

「じゃあ、ぼくはどうやって心臓《しんぞう》をもらえばいいの？」

「オレの勇気《ゆうき》は？」

「それと、おいらの脳《のう》みそはどうなるの？」

ライオンとカカシも、オズに尋《たず》ねます。カカシは上着《うわぎ》の袖《そで》で涙《なみだ》をぬぐいながら、泣《な》き叫《さけ》びました。

「みなさん方《がた》、お願《ねが》いだから、そんな小《ちい》さいことで悩《なや》まんでくれ。むしろ、わしの立場《たちば》を考《かんが》えてくれよ。自分《じぶん》の正体《しょうたい》がバレてしまって、わしはひどく困《こま》っているんだ」

「あなたが大《おお》ボラ吹《ふ》きだってことは、他《ほか》の人《ひと》は知《し》っているの？」

ドロシーが尋《たず》ねました。

「君《きみ》たち4人《にん》と、わし以外《いがい》は誰《だれ》も知《し》らん。

わしはこれまでずっとみんなをだましてきたし、絶対《ぜったい》に正体《しょうたい》はバレないだろうと思《おも》っていた。君《きみ》たちを玉座《ぎょくざ》の間《ま》に入《い》れてしまったのは、大《おお》きな間違《まちが》いだったよ。いつもは家来《けらい》にさえ会《あ》わんから、みんな、わしのことを恐《おそ》ろしい魔法使《まほうつか》いか何《なに》かだと信《しん》じているんだ」

「それにしても、わからないわ」

きょとんとしたドロシーが言《い》いました。

「わたしの前《まえ》では、大《おお》きな頭《あたま》の姿《すがた》で現《あらわ》れたじゃない。あれはどうやったの？」

「わしが仕掛《しか》けた、トリックのひとつなんだよ。

まあ、こっちへ来《き》てください。そしたらすべてをお話《はな》ししますから」

オズは玉座《ぎょくざ》の間《ま》の奥《おく》にある小《ちい》さな部屋《へや》にみんなを連《つ》れていき、部屋《へや》の隅《すみ》を指《ゆび》さしました。

そこには紙《かみ》を何枚《なんまい》も重《かさ》ね、丁寧《ていねい》に色《いろ》を塗《ぬ》って作《つく》られた、大《おお》きな頭《あたま》が置《お》いてあります。

「針金《はりがね》を使《つか》って、これを天井《てんじょう》からつり下《さ》げるんだ。わしはついたての後《うし》ろに立《た》って糸《いと》を引《ひ》っ張《ぱ》りながら、目《め》を動《うご》かしたり口《くち》を開《あ》けたりしていたんだよ」

「じゃあ声《こえ》は？」

「ああ、わしは腹話術《ふくわじゅつ》ができてね。自分《じぶん》の声《こえ》を好《す》きな場所《ばしょ》から響《ひび》かせられる。だから君《きみ》は、この頭《あたま》から声《こえ》が出《で》ていると思《おも》ったんだ。

それとここにあるのが、君《きみ》たちをだますために使《つか》った他《ほか》の道具《どうぐ》だよ」

小《ちい》さなおじいさんは、こう言《い》いながら、カカシにドレスとお面《めん》を見《み》せました。カカシが会《あ》ったきれいな女《おんな》の人《ひと》は、おじいさんが変装《へんそう》していたのです。

恐《おそ》ろしい獣《けもの》は、細《ほそ》い板《いた》を組《く》み合《あ》わせて骨組《ほねぐ》みを作《つく》り、たくさんの革《かわ》で縫《ぬ》い合《あ》わせたものをかぶせて作《つく》られていました。木《き》こりはそのことを、ようやく知《し》りました。

ライオンが怖《こわ》がった火《ひ》の玉《たま》も、天井《てんじょう》からつり下《さ》げられていたものでした。中身《なかみ》は綿《わた》で作《つく》られた丸《まる》い玉《たま》で、油《あぶら》をかけると激《はげ》しく燃《も》えるようになっていたのです。

「本当《ほんとう》にひどいよ」

カカシは言《い》いました。

「そんな嘘《うそ》をついてみんなをだまして、恥《は》ずかしくないのかい」

「恥《は》ずかしいとも……本当《ほんとう》にね」

オズはしょんぼりしながら答《こた》えました。

「でも、そうするより他《ほか》になかったんだ。どうぞ、座《すわ》ってくれ。椅子《いす》はたくさんあるから。わしの話《はなし》を聞《き》かせてあげるよ」

ドロシーたちは椅子《いす》に座《すわ》って、オズの話《はなし》に耳《みみ》を傾《かたむ》けました。

「わしはオマハで生《う》まれたんだ」

「なんですって！　オマハなら、カンザスからそんなに遠《とお》くないじゃない！」

ドロシーが声《こえ》を上《あ》げました。

「そのとおりだ、でも、ここからだと、もっと遠《とお》い」

オズは、悲《かな》しそうに頭《あたま》を振《ふ》りながら言《い》いました。

「やがて大人《おとな》になると、わしは腹話術師《ふくわじゅつし》になった。一流《いちりゅう》の師匠《ししょう》のもとで、特訓《とっくん》を受《う》けたんだ。だからわしは、ありとあらゆる鳥《とり》や獣《けもの》の鳴《な》き声《ごえ》のまねができるんだよ」

オズが子猫《こねこ》の鳴《な》きまねをしたので、トトは耳《みみ》をピンと立《た》てて、猫《ねこ》がどこかにいないかと、そこらじゅうを見回《みまわ》しました。

「それからしばらく経《た》つと」

オズの話《はなし》は続《つづ》きます。

「腹話術師《ふくわじゅつし》をするのに飽《あ》きて、気球《ききゅう》乗《の》りになったんだ」

「気球《ききゅう》乗《の》りって何《なに》？」

ドロシーが尋《たず》ねました。

「サーカスが開《ひら》かれる日《ひ》に、気球《ききゅう》に乗《の》って空《そら》に上《あ》がって、お客《きゃく》さんを集《あつ》める人《ひと》だよ」

「あら、それなら知《し》ってるわ」

「それである日《ひ》、気球《ききゅう》に乗《の》って空《そら》に上《あ》がっていったら、ロープがねじれて下《した》に降《お》りてこられなくなった。気球《ききゅう》は雲《くも》の上《うえ》にまで出《で》たし、あまりに高《たか》いところまで昇《のぼ》ったから、風《かぜ》に乗《の》ってはるか遠《とお》くまで運《はこ》ばれていったんだ。

わしの乗《の》った気球《ききゅう》は丸一日《まるいちにち》、昼《ひる》も夜《よる》も空《そら》を飛《と》んでいったんだが、2日目《かめ》の朝《あさ》に目《め》が覚《さ》めると、きれいな国《くに》の上《うえ》をふわふわ漂《ただよ》っていることに気《き》がついてね。

気球《ききゅう》はそれからゆっくり地上《ちじょう》に降《お》りてきたから、わしはけがひとつしなかった。

そのかわりに、おかしな人《ひと》たちに囲《かこ》まれていたんだよ。みんな、わしが雲《くも》の間《あいだ》から降《お》りてくるのを見《み》て、すごい魔法使《まほうつか》いだと思《おも》ったのさ。

もちろん、わしはそう思《おも》わせたままにしておいた。わしのことを怖《こわ》がったし、わしが望《のぞ》むことをなんでもすると約束《やくそく》してくれたからね。

そこでわしは面白半分《おもしろはんぶん》の気持《きも》ちと、素直《すなお》な人《ひと》たちを忙《いそが》しく働《はたら》かせておくために、この街《まち》とわしの宮殿《きゅうでん》を建《た》てるようにと命令《めいれい》したんだ。そうしたら、みんな大喜《おおよろこ》びで見事《みごと》な建物《たてもの》を造《つく》ってくれたよ。

それを見《み》て、わしはこう思《おも》ったんだ。

《この国《くに》は緑《みどり》が多《おお》くてきれいだから、エメラルドの都《みやこ》と名《な》づけよう》と。

そして、エメラルドの都《みやこ》という名前《なまえ》がもっとしっくりくるように、すべての人《ひと》たちに緑《みどり》色《いろ》のメガネをかけさせて、見《み》るものすべてが緑色《みどりいろ》に映《うつ》るようにしたというわけさ」

「じゃあ、ここにあるものすべてが、緑色《みどりいろ》をしているわけじゃないの？」

「他《ほか》の街《まち》とまったく同《おな》じだよ。

でも緑色《みどりいろ》のメガネをかけると、もちろん見《み》るものすべてが緑色《みどりいろ》になるんだ」

オズの話《はなし》は続《つづ》きます。

「エメラルドの都《みやこ》は、ずいぶん昔《むかし》に建《た》てられたものだ。気球《ききゅう》に乗《の》ってここに運《はこ》ばれてきたとき、わしは若者《わかもの》だったが、今《いま》では、すっかり年《とし》をとってしまったからね。わしが治《おさ》めているこの国《くに》の人《ひと》たちは、ずっと緑色《みどりいろ》のメガネをかけて生活《せいかつ》してきたから、ほとんどの人《ひと》は、ここが本当《ほんとう》にエメラルドでできた都《みやこ》だと信《しん》じこんでいる。実際《じっさい》この国《くに》には、宝石《ほうせき》やキラキラしたものがたくさんあるし、みんなを幸《しあわ》せな気持《きも》ちにするものも全部《ぜんぶ》そろっている。

わしはこの国《くに》の人《ひと》たちに尽《つ》くしてきたし、好《す》かれてもきた。でも、この城《しろ》が建《た》てられてからは中《なか》に閉《と》じこもって、誰《だれ》にも会《あ》わないようにしてきたんだ」

次《つぎ》にオズは、魔女《まじょ》たちの話《はなし》をしました。

「そんなわしが最《もっと》も恐《おそ》れていたもののひとつは、魔女《まじょ》たちだった。わしには魔法《まほう》の力《ちから》なんてちっともないのに、魔女《まじょ》たちは本当《ほんとう》にすごいことができる。そのことが、すぐにわかったからね。

この国《くに》には東西南北《とうざいなんぼく》、それぞれに魔女《まじょ》がいて、そこに住《す》む人《ひと》たちを治《おさ》めていた。

運《うん》のいいことに、北《きた》と南《みなみ》にいる魔《ま》女《じょ》たちは良《よ》い魔《ま》女《じょ》だったし、わしに悪《わる》さをしないことがわかった。

ところが東《ひがし》と西《にし》の魔《ま》女《じょ》は、恐《おそ》ろしく悪《わる》いやつらだときてる。自《じ》分《ぶん》たちのほうがすごい力《ちから》をもっていると知《し》ったら、わしを滅《ほろ》ぼしにやってくるのは目《め》に見《み》えていたよ。

実際《じっさい》、わしは長《なが》い間《あいだ》、とてもびくびくしながら生《い》きていたんだ。君《きみ》の家《いえ》が悪《わる》い東《ひがし》の魔《ま》女《じょ》の上《うえ》に落《お》ちたと聞《き》いたとき、どんなにうれしく感《かん》じたか。これで想像《そうぞう》がつくと思《おも》う。

だから君《きみ》たちがわしのところに来《き》たときには、残《のこ》っているもうひとりの悪《わる》い魔《ま》女《じょ》をやっつけてくれたら、喜《よろこ》んでなんでもすると約束《やくそく》したんだ。

でも君《きみ》が西《にし》の悪《わる》い魔《ま》女《じょ》を溶《と》かしてくれた今《いま》となっては、約束《やくそく》の守《まも》りようがなくなったんだよ。恥《は》ずかしながらね」

「あなたは、とっても悪《わる》い人《ひと》だと思《おも》うわ」

ドロシーが文句《もんく》を言《い》うと、オズは言《い》い訳《わけ》しました。

「いやいや、そうじゃない。わしは本当《ほんとう》に、とても良《よ》い人間《にんげん》なんだ。ただ、魔法使《まほうつか》いとしては失格《しっかく》なんだよ。それは認《みと》めよう」

「じゃあ、おいらに脳《のう》みそをくれることはできないわけ？」

カカシが尋《たず》ねました。

「君《きみ》には脳《のう》みそなんて必要《ひつよう》ないよ。

君は毎日《まいにち》、何《なに》かを学《まな》んでいる。それに赤《あか》ん坊《ぼう》には脳《のう》みそがあるけれど、あまり知識《ちしき》は詰《つ》まっておらん。知識《ちしき》というのは、いろんなことを経験《けいけん》することによってしか手《て》に入《はい》らないんだ。だから君《きみ》も、この世《よ》に長《なが》くいればいるほど、たくさんのことを経験《けいけん》して賢《かしこ》くなっていくんだよ」

カカシは納得《なっとく》できません。

「そりゃそうだろうけど、脳《のう》みそがもらえなきゃ、おいらはがっくりきちゃうな」

偽物《にせもの》の魔法使《まほうつか》いであることがバレたオズは、カカシをじっと見《み》つめると、ため息《いき》をつきました。

「そうか。さっきも言《い》ったように、わしは魔法使《まほうつか》いとしては大《たい》したことがないが、明日《あした》の朝《あさ》、わしのところに来《き》たら頭《あたま》に脳《のう》みそを詰《つ》めてあげよう。

でも、脳《のう》みその使《つか》い方《かた》までは、わしには教《おし》えられん。それは君《きみ》が自分《じぶん》で見《み》つけだすんだ」

「おお、ありがと、ありがとう！」

カカシは喜《よろこ》んで大声《おおごえ》を出《だ》しました。

「脳《のう》みその使《つか》い方《かた》はおいらが自分《じぶん》で見《み》つけるから、大丈夫《だいじょうぶ》。心配《しんぱい》しないで！」

「じゃあ、オレの勇気《ゆうき》は？」

ライオンは心配《しんぱい》そうにききました。

「君《きみ》は、たくさんの勇気《ゆうき》をもっている。それは間違《まちが》いないさ。君《きみ》に必要《ひつよう》なのは、自信《じしん》をもつことだけだよ。

危《あぶ》ない目《め》にあったときには、どんな生《い》き物《もの》だって怖《こわ》くなる。本当《ほんとう》の勇気《ゆうき》というのは、危険《きけん》な目《め》にあったときに、それに立《た》ち向《む》かうことなんだ。そういう勇気《ゆうき》を、君《きみ》は山《やま》ほどもっている」

「そうかもしれないけど、でもやっぱり怖《こわ》いんだ。自分《じぶん》が何《なに》かを怖《こわ》がっている。そのことを忘《わす》れられるような勇気《ゆうき》がもらえなかったら、オレは本当《ほんとう》にがっかりだな」

「わかった。そういう勇気《ゆうき》を明日《あした》、君《きみ》にあげよう」

「ぼくの心臓《しんぞう》は？」

今度《こんど》はブリキの木《き》こりが尋《たず》ねました。

「どうして心臓《しんぞう》を欲《ほ》しがるんだい？　それは間違《まちが》っていると思《おも》うよ。ほとんどの人《ひと》たちは、心《こころ》があるばっかりに不幸《ふしあわ》せになってしまう。それがわかったなら、心《こころ》なんてもっていないのは、むしろ運《うん》がいいんだと思《おも》うはずだよ」

「それは考《かんが》え方《かた》しだいだね。心臓《しんぞう》さえもらえたら、ぼくは愚痴《ぐち》なんてこぼさずに、どんなつらいことにも我慢《がまん》できるようになるんだ」

「よくわかった」

オズはおとなしく意見《いけん》に従《したが》いました。

「わしのところに明日《あした》、来《き》なさい。そうしたら心臓《しんぞう》をあげよう。わしは長《なが》い間《あいだ》、魔法使《まほうつか》いのふりをしてきたわけだから、もうちょっとだけ魔法使《まほうつか》いの役《やく》をやってみよう」

「それで、わたしはどうやってカンザスに戻《もど》るの？」

最後《さいご》に尋《たず》ねたのはドロシーです。

「その点《てん》については、じっくり考《かんが》えてみなければならん。だから時間《じかん》を2、3日《にち》くれないか。そうしたら君《きみ》が砂漠《さばく》の上《うえ》を飛《と》び越《こ》えられる方法《ほうほう》を見《み》つけだすよ。その間《あいだ》は、わしの大事《だいじ》なお客《きゃく》さんとしてもてなされるように手配《てはい》しよう。宮殿《きゅうでん》にいる間《あいだ》は、わしの家来《けらい》に君《きみ》たちの世話《せわ》をさせるし、どんなに細《こま》かな注文《ちゅうもん》でも、かなえさせるようにする。だから、ひとつだけお願《ねが》いがあるんだ。わしの秘密《ひみつ》を守《まも》って、偽《にせ》物《もの》の魔法使《まほうつか》いだということを、誰《だれ》にも言《い》わないでほしいんだ」

ドロシーたちは、秘密《ひみつ》を誰《だれ》にも言《い》わないと約束《やくそく》し、ワクワクしながらそれぞれの部屋《へや》に戻《もど》っていきました。

ドロシーはオズのことを「偉大《いだい》で恐《おそ》ろしい、大《おお》ボラ吹《ふ》き」と呼《よ》んでいました。でも、そんなドロシーでさえ、カンザスに帰《かえ》してくれる方法《ほうほう》を見《み》つけだしてくれるのを期待《きたい》していました。オズが自分《じぶん》の願《ねが》いをかなえてくれたなら、ドロシーはすべてを許《ゆる》してあげるつもりでした。

大《おお》ボラ吹《ふ》きのかけた魔《ま》法《ほう》

次《つぎ》の日《ひ》の朝《あさ》、カカシは自分《じぶん》の友《とも》だちに言《い》いました。

「おいらをお祝《いわ》いしてくれよ。これからオズのところに行《い》って、ついに脳《のう》みそをもらってくるんだ。戻《もど》ってきたら、おいらは他《ほか》の人《ひと》たちと同《おな》じような人間《にんげん》になっているんだよ」

「わたしは、これまでのカカシさんも好《す》きだったけど」

ドロシーが素直《すなお》に言《い》うと、カカシはこんなふうに答《こた》えました。

「カカシを好《す》きになってくれるのはうれしいよ。でも、新《あたら》しい脳《のう》みそから湧《わ》いてくるすごいアイデアのことがわかったら、きっとおいらのことを、もっと好《す》きになるよ」

カカシは明《あか》るい声《こえ》でみんなに別《わか》れを告《つ》げると、玉座《ぎょくざ》の間《ま》に行《い》って扉《とびら》をノックしました。

「どうぞ、入《はい》りたまえ」

オズの声《こえ》が中《なか》から聞《き》こえます。

カカシが部屋《へや》に入《はい》ると、オズは窓《まど》の近《ちか》くに座《すわ》って、何《なに》かを深《ふか》く考《かんが》えこんでいました。

「脳《のう》みそをもらいにきたよ」

カカシは少《すこ》し落《お》ち着《つ》かない様子《ようす》で、オズに声《こえ》をかけました。

「ああ、そうだね。さあ、あの椅子《いす》に座《すわ》って。

ちょっと失礼《しつれい》して、君《きみ》の頭《あたま》を外《はず》させてもらうよ。脳《のう》みそを正《ただ》しい場所《ばしょ》に入《い》れるためには、頭《あたま》を外《はず》さなきゃならないんだ」

「大丈夫《だいじょうぶ》。もっと優秀《ゆうしゅう》な頭《あたま》にして戻《もど》してくれるなら大歓迎《だいかんげい》だよ」

オズはカカシの頭《あたま》を外《はず》し、中《なか》に詰《つ》めてあったわらを全部《ぜんぶ》とりました。それから奥《おく》の部屋《へや》に入《はい》ると、小麦《こむぎ》のふすまで作《つく》ったぬかを1杯分《ぱいぶん》すくい、たくさんのピンや針《はり》と混《ま》ぜ合《あ》わせました。

オズは混《ま》ぜ物《もの》をよく振《ふ》ってから、カカシの頭《あたま》のてっぺんに入《い》れていきます。脳《のう》みそが落《お》ちないように、頭《あたま》の下《した》の部分《ぶぶん》には、またわらを詰《つ》めました。

カカシの頭《あたま》を体《からだ》に取《と》りつけたオズが、話《はな》しかけます。

「これからは、君《きみ》も立派《りっぱ》な人間《にんげん》だ。わしは新品《しんぴん》の『ぬかぬか良《よ》い脳《のう》みそ』をたくさん入《い》れてあげたからね」

一番《いちばん》の望《のぞ》みをかなえてもらったカカシは、うれしさと誇《ほこ》らしさが入《い》り交《ま》じった気持《きも》ちになりました。そこでオズに心《こころ》からお礼《れい》を言《い》い、友《とも》だちのところに戻《もど》っていきました。

ドロシーは興味津々《きょうみしんしん》でカカシを見《み》つめました。頭《あたま》の部分《ぶぶん》は、脳《のう》みそを詰《つ》めてもらったせいでふくらんでいたからです。

「気分《きぶん》はどう？」

「本当《ほんとう》に賢《かしこ》くなった気《き》がするな」

カカシは大《おお》まじめに答《こた》えました。

「脳《のう》みそを使《つか》うのに慣《な》れたら、なんでもわかるようになるよ」

「どうして君《きみ》の頭《あたま》から、針《はり》やピンが飛《と》びだしているんだい？」

ブリキの木《き》こりが尋《たず》ねると、ライオンがかわりに答《こた》えます。

「それはカカシ君《くん》が、頭《あたま》が鋭《するど》い人間《にんげん》になった証拠《しょうこ》さ」

「さあて、ぼくもオズのところに行《い》って、心臓《しんぞう》をもらわなきゃ」

木《き》こりはこう言《い》うと、オズのいる玉座《ぎょくざ》の間《ま》に行《い》って扉《とびら》をたたきました。

「どうぞ、入《はい》りたまえ」

「心臓《しんぞう》をもらいにきました」

「よろしい。でも、心臓《しんぞう》を正《ただ》しい位置《いち》に入《い》れるためには、君《きみ》の胸《むね》に穴《あな》をあけなければならんのだ。痛《いた》くないといいが」

「へっちゃらです。痛《いた》さなんて、ちっとも感《かん》じないから」

木《き》こりの返事《へんじ》を聞《き》いたオズは、ブリキ職人《しょくにん》が使《つか》うはさみを持《も》ってきて、左胸《ひだりむね》に四角《しかく》い穴《あな》をあけます。そして引《ひ》き出《だ》しから、すてきな心臓《しんぞう》を取《と》りだしました。全体《ぜんたい》が絹《きぬ》でできていて、中《なか》にはおがくずが詰《つ》まったものです。

「きれいだろう？」

「本当《ほんとう》にきれいだ！」

木《き》こりは大喜《おおよろこ》びして答《こた》えました。

「でもそれは、親切《しんせつ》な気持《きも》ちの詰《つ》まった心臓《しんぞう》？」

「そりゃあ、もう！」

オズはこう答《こた》えながら木《き》こりの胸《むね》に心臓《しんぞう》を入《い》れ、四角《しかく》く切《き》り取《と》ったブリキの板《いた》を、丁寧《ていねい》にハンダでつけ直《なお》しました。

「さあ、できた。もう君《きみ》は、どんな人《ひと》でも自慢《じまん》に思《おも》うような心臓《しんぞう》をもっている。胸《むね》のところがつぎはぎになってしまったのは申《もう》し訳《わけ》ないが、しょうがなかったんだ」

「つぎはぎは、全然《ぜんぜん》気《き》にならないよ」

幸《しあわ》せな気持《きも》ちになった木《き》こりは言《い》いました。

「本当《ほんとう》に感謝《かんしゃ》の気持《きも》ちでいっぱいなんです。親切《しんせつ》にしてもらったことは、決《けっ》して忘《わす》れませ

ん」

「いやいや、とんでもない」

心臓《しんぞう》をもらったブリキの木《き》こりが、ドロシーたちのところに戻《もど》ってきます。みんなは木《き》こりが幸《しあわ》せになったことを、心《こころ》から喜《よろこ》びました。

今度《こんど》はライオンの番《ばん》です。カカシやブリキの木《き》こりと同《おな》じように、ライオンもオズがいる玉座《ぎょくざ》の間《ま》に行《い》って扉《とびら》をたたきました。

「入《はい》りたまえ」

「勇気《ゆうき》をもらいにきました」

「よろしい。君《きみ》のために勇気《ゆうき》を持《も》ってきてあげよう」

オズは食器棚《しょっきだな》のところに行《い》って、高《たか》い棚《たな》に手《て》を伸《の》ばし、緑色《みどりいろ》の四角《しかく》いビンを取《と》りだしました。そしてビンの中身《なかみ》を、緑《みどり》がかった金色《きんいろ》のお皿《さら》に注《そそ》いでいきます。お皿《さら》には美《うつく》しい彫刻《ちょうこく》がほどこされていました。

お皿《さら》を目《め》の前《まえ》に置《お》かれた臆病《おくびょう》なライオンは、まるで嫌《きら》いなものをだされたときのように、匂《にお》いをクンクンかぎました。

「飲《の》んでみたまえ」

「これはなんだい？」

「いいかい、これは君《きみ》の体《からだ》の中《なか》に入《はい》ると勇気《ゆうき》に変《か》わるんだ。君《きみ》ももちろん知《し》っているように、勇気《ゆうき》というのは、いつも体《からだ》の中《なか》から湧《わ》いてくる。だからこれを飲《の》みこむまでは、勇気《ゆうき》があるとは言《い》えんのだよ。君《きみ》には、できるだけ早《はや》く飲《の》むことをおすすめするね」

ライオンは、もうためらいません。お皿《さら》が空《から》になるまで、注《そそ》がれたものをすっかり飲《の》みほしました。

「どんな気分《きぶん》だね？」

「体中《からだじゅう》に勇気《ゆうき》があふれているよ」

ライオンはこう答《こた》えると、大喜《おおよろこ》びしながら仲間《なかま》たちのところに戻《もど》り、自分《じぶん》の願《ねが》いがかなったことを話《はな》しました。

ひとりになったオズは、にやにやしました。

カカシとブリキの木《き》こりとライオンは、まさにオズにもらったものが、脳《のう》みそであり心臓《しんぞう》であり、勇気《ゆうき》だと思《おも》いこんでいました。オズは相手《あいて》が欲《ほ》しがっていたとおりのものを、与《あた》えてやることができたからです。

「わしは、大《おお》ボラ吹《ふ》きでいるしかないんだ。みんな、できっこないことばかりをやらせようとするんだから。

カカシとライオン、それに木《き》こりを喜《よろこ》ばせるのは簡単《かんたん》だった。連中《れんちゅう》は、わしがなんでもできると信《しん》じきっていたからな。

でも、ドロシーをカンザスに戻《もど》してやるのは大変《たいへん》だ。頭《あたま》でいろいろと想像《そうぞう》するだけじゃどうにもならん。わしにはどうすればいいのかわからんのだ」

気《き》球《きゅう》に乗《の》って

次《つぎ》は、いよいよドロシーの番《ばん》です。

でもドロシーには3日間《かかん》、オズからなんの連絡《れんらく》もありません。ドロシーはつらい毎日《まいにち》を過《す》ごしていましたが、友《とも》だちはみんな大喜《おおよろこ》びで、とても満足《まんぞく》していました。

カカシは自分《じぶん》の頭《あたま》の中《なか》で、すばらしい考《かんが》えがたくさんひらめいていると言《い》い張《は》ります。ただし自分以外《じぶんいがい》にわかる人《ひと》はいないという理由《りゆう》で、どんな内容《ないよう》なのかは教《おし》えてくれませんでした。

一方《いっぽう》、ブリキの木《き》こりが歩《ある》き回《まわ》ると、胸《むね》の辺《あた》りで心臓《しんぞう》がカタカタ鳴《な》りました。

「これは昔《むかし》、ぼくが生身《なまみ》の人間《にんげん》だった頃《ころ》にもっていた心臓《しんぞう》よりも、もっと優《やさ》しくて思《おも》いやりのある心臓《しんぞう》だったよ」

木《き》こりは、そんなふうにドロシーに話《はな》してきました。

ライオンはといえば、この世《よ》に怖《こわ》いものなんて何《なに》もない、軍隊《ぐんたい》や獰猛《どうもう》なカリダーが12頭《とう》まとめてかかってきたとしても、喜《よろこ》んで立《た》ち向《む》かってやると言《い》いきります。

とにかく、みんなは大満足《だいまんぞく》していました。カンザスに帰《かえ》りたいと、これまで以上《いじょう》に思《おも》うようになっていたドロシーを別《べつ》にすればです。

でも4日目《かめ》、ドロシーもついにオズに呼《よ》びだされました。大喜《おおよろこ》びしながら玉座《ぎょくざ》の間《ま》に行《い》くと、オズは優《やさ》しくドロシーを迎《むか》え入《い》れました。

「さあ、お座《すわ》りなさい。君《きみ》をこの国《くに》の外《そと》に出《だ》してあげる方法《ほうほう》が、見《み》つかったと思《おも》うんだ」

「カンザスに帰《かえ》るための？」

ドロシーは夢中《むちゅう》になって尋《たず》ねました。

「わしはカンザスのことはよくわからん。どっちの方向《ほうこう》にあるのかさえ、さっぱり知《し》らんからね。

でも、まずは砂漠《さばく》を渡《わた》らなければならん。それができれば、家《いえ》に帰《かえ》る方法《ほうほう》は簡単《かんたん》にわかるはずさ」

「どうやって砂漠《さばく》を横切《よこぎ》るの？」

「わしが思《おも》いついたことを話《はな》そう。いいかい、わしはこの国《くに》に気球《ききゅう》に乗《の》ってやってきたし、君《きみ》も竜巻《たつまき》に運《はこ》ばれて空《そら》を飛《と》んできた。

だから砂漠《さばく》を越《こ》えるのに一番《いちばん》いい方法《ほうほう》は、空《そら》を飛《と》んでいくことなんだ。

わしには竜巻《たつまき》なんぞとうてい作《つく》れない。でも何度《なんど》も考《かんが》えるうちに、気球《ききゅう》なら作《つく》れると思《おも》ってね」

「どうやって？」

「気球《ききゅう》は絹《きぬ》の布《ぬの》でできている。そして中《なか》にガスを入《い》れるために、布《ぬの》の裏側《うらがわ》にのりが塗《ぬ》ってあるんだ。

この宮殿《きゅうでん》にはたくさん絹《きぬ》があるから、気球《ききゅう》を作《つく》るのは朝飯前《あさめしまえ》だ。ただ、この国《くに》には気球《ききゅう》を空《そら》に浮《う》き上《あ》がらせるためのガスがないんだよ」

「空《そら》に浮《う》かばなきゃ、なんの役《やく》にも立《た》たないわ」

「そのとおり。でも、気球《ききゅう》を飛《と》ばす方法《ほうほう》がもうひとつある。気球《ききゅう》の中《なか》にガスではなくて、暖《あたた》めた空気《くうき》を入《い》れるんだよ。

とはいっても、暖《あたた》かい空気《くうき》はガスほど優秀《ゆうしゅう》じゃない。空気《くうき》が冷《ひ》えると気球《ききゅう》は砂漠《さばく》に落《お》っこちて、わしら、いい、わしらは迷子《まいご》になってしまう」

「わしら、ですって！」

びっくりしたドロシーが、大《おお》きな声《こえ》を上《あ》げました。

「あなた、わたしと一緒《いっしょ》に来《く》るつもりなの？」

「もちろんだとも。

わしは大《おお》ボラを吹《ふ》き続《つづ》けるのに、もう疲《つか》れたんだ。この宮殿《きゅうでん》から一歩《いっぽ》外《そと》に出《で》たりしたら、この国《くに》の人《ひと》たちはわしが魔法使《まほうつか》いじゃないことに気《き》がつくだろうし、自分《じぶん》たちはだまされていたと怒《おこ》り始《はじ》めるだろう。だからわしは一日中《いちにちじゅう》、自分《じぶん》の部屋《へや》に閉《と》じこもっていなければならないんだ。

そんな生活《せいかつ》は、うんざりだ。だったら君《きみ》と一緒《いっしょ》にカンザスに行《い》って、またサーカスに戻《もど》ったほうがはるかにいい」

「あなたが一緒《いっしょ》に来《き》てくれるならうれしいわ」

「ありがとう。じゃあ、絹《きぬ》を縫《ぬ》い合《あ》わせるのを手伝《てつだ》ってくれるかね。気球《ききゅう》を作《つく》り始《はじ》めよう」

ドロシーは針《はり》と糸《いと》を取《と》りだすと、オズが正《ただ》しい形《かたち》に切《き》った絹《きぬ》の布《ぬの》を、すぐに丁寧《ていねい》に縫《ぬ》い合《あ》わせていきました。最初《さいしょ》は黄《き》緑色《みどりいろ》、次《つぎ》は深《ふか》い緑色《みどりいろ》、それからエメラルドグリーン色《いろ》の布《ぬの》です。オズは濃《こ》さの違《ちが》う緑色《みどりいろ》の布《ぬの》を組《く》み合《あ》わせて、気球《ききゅう》を作《つく》ろうとしていました。

この仕事《しごと》は3日《か》かかりましたが、すべての布《ぬの》を縫《ぬ》い合《あ》わせると、緑色《みどりいろ》の絹《きぬ》でできた6メートルもある大《おお》きな袋《ふくろ》ができあがっていました。

オズは内側《うちがわ》に薄《うす》くのりをつけて、空気《くうき》がもれないようにします。それが済《す》むと、気球《ききゅう》が完成《かんせい》したと言《い》いました。

「でも、わしらが乗《の》りこむためのかごも用意《ようい》しなければならんな」

そこでオズは、緑色《みどりいろ》のヒゲを生《は》やした兵隊《へいたい》に、服《ふく》を入《い》れる大《おお》きなかごを持《も》ってこさせて、気球《ききゅう》の底《そこ》にたくさんのロープで結《むす》びつけました。

オズは出発《しゅっぱつ》の準備《じゅんび》ができると、雲《くも》の中《なか》に住《す》んでいる偉《えら》い魔法使《まほうつか》いのお兄《にい》さんに会《あ》いにいくのだと、お触《ふ》れをだしました。その知《し》らせはすぐにエメラルドの都中《みやこじゅう》に伝《つた》わり、誰《だれ》もがすごい光景《こうけい》を見《み》るために集《あつ》まってきました。

オズが宮殿《きゅうでん》の前《まえ》に気球《ききゅう》を運《はこ》ばせると、集《あつ》まった人《ひと》たちはワクワクしながら眺《なが》めました。

そんな中《なか》、ブリキの木《き》こりは、木《き》をたくさん切《き》って山《やま》のように積《つ》むと火《ひ》をつけました。

オズは気球《ききゅう》の底《そこ》の部分《ぶぶん》を火《ひ》の上《うえ》にかざし、暖《あたた》かい空気《くうき》が絹《きぬ》の袋《ふくろ》に入《はい》っていくようにします。

気球《ききゅう》はだんだんとふくらんできて、ドロシーたちが乗《の》るかごが、ギリギリ地面《じめん》につくかどうかというところまで浮《う》かびあがりました。

かごに乗《の》ったオズは、見物《けんぶつ》に来《き》ていたすべての人《ひと》たちに大《おお》きな声《こえ》で伝《つた》えます。

「わしはこれから兄《あに》のところに行《い》ってくる。わしがいない間《あいだ》は、カカシがこの国《くに》を治《おさ》める。みんなはカカシが言《い》うことを守《まも》るように。わしの命令《めいれい》と同《おな》じようにな」

この頃《ころ》になると、気球《ききゅう》は地面《じめん》につながれているロープをぐいぐい引《ひ》っ張《ぱ》るぐらいまで浮《う》かびあがっていました。気球《ききゅう》の中《なか》の空気《くうき》は暖《あたた》かく、周《まわ》りの空気《くうき》よりも軽《かる》くなっていたので、今《いま》にも飛《と》びたとうとしていたのです。

「さあ、ドロシー！」

オズが叫《さけ》びました。

「急《いそ》いで乗《の》るんだ。さもないと気球《ききゅう》が飛《と》んでいってしまう」

ところがドロシーは、

「トトがどこにもいないのよ」

と答《こた》えました。トトは子猫《こねこ》を追《お》いかけてほえてやろうと、人《ひと》ごみの中《なか》に走《はし》っていってしまったのです。

でもトトを置《お》いていくわけにはいきません。ドロシーはようやくトトを見《み》つけると、腕《うで》に抱《だ》きかかえて、気球《ききゅう》に向《む》かって走《はし》っていきました。

ドロシーは、気球《ききゅう》まであと2、3歩《ぽ》のところまで近《ちか》づきました。オズもドロシーをかごに乗《の》せるために、両手《りょうて》をぐっと伸《の》ばします。

ところがその瞬間《しゅんかん》、パチンと音《おと》がしました。気球《ききゅう》を地面《じめん》につないでいたロープが切《き》れてしまったのです。こうして気球《ききゅう》は、ドロシーを乗《の》せずに空《そら》に上《あ》がっていきました。

「戻《もど》ってきて！　わたしも行《い》きたいのよ！」

ドロシーが大声《おおごえ》でオズに叫《さけ》びます。でもオズは、かごの中《なか》からこう言《い》っただけでした。

「もう戻《もど》れんよ。お嬢《じょう》さん、さよなら！」

「さよなら！」

エメラルドの都《みやこ》の人《ひと》たちが、オズに叫《さけ》び返《かえ》します。みんなはオズがかごに乗《の》って、どんどん空《そら》へと昇《のぼ》っていくのを目《め》で追《お》っていました。

エメラルドの都《みやこ》の人《ひと》たちが、すばらしい魔法使《まほうつか》いであるはずのオズを見《み》たのは、それが最後《さいご》になりました。

もしかするとオズは、オマハに無事《ぶじ》にたどり着《つ》いて、今《いま》もそこに住《す》んでいるのかもしれません。

でもエメラルドの都《みやこ》の人《ひと》たちは、オズのことをよく思《おも》っていて、お互《たが》いにこんなふうに言《い》い合《あ》いました。

「オズはいつもよくしてくれたね。この国《くに》にいたときには、美《うつく》しいエメラルドの都《みやこ》を造《つく》ってくれたんだ。もういなくなってしまったけど、今度《こんど》は国《くに》を治《おさ》めるために、賢《かしこ》いカカシさんを残《のこ》してくれたんだから」

都《みやこ》の人《ひと》たちは、何日《なんにち》もの間《あいだ》、すばらしい魔法使《まほうつか》いがいなくなってしまったことを嘆《なげ》きました。その悲《かな》しみは癒《い》やされませんでした。

はるか南《みなみ》へ

カンザスに戻《もど》れる見込《みこ》みがなくなったドロシーは、わんわん泣《な》きました。

けれど、じっくりと考《かんが》え直《なお》してみた後《あと》は、気球《ききゅう》に乗《の》らなくて良《よ》かったと思《おも》うようになりました。ドロシーは、オズがいなくなったことを残念《ざんねん》にも感《かん》じました。他《ほか》の仲間《なかま》と同《おな》じようにです。

ブリキの木《き》こりが、ドロシーのところに来《き》て言《い》いました。

「ぼくにすてきな心臓《しんぞう》をくれた人《ひと》がいなくなったんだから、悲《かな》しそうにしないとね。じゃないと、ぼくは恩知《おんし》らずってことになっちゃう。少《すこ》し泣《な》きたいから、体《からだ》がさびてしまわないように、涙《なみだ》を拭《ふ》いてもらえないかな」

「ええ、いいわよ」

ドロシーはこう答《こた》えると、すぐにタオルを持《も》ってきました。ブリキの木《き》こりはしばらくの間《あいだ》、泣《な》きました。ドロシーは涙《なみだ》がこぼれるのを注意深《ちゅういぶか》く見張《みは》って、タオルでしっかり拭《ふ》いてあげました。

泣《な》き終《お》わったブリキの木《き》こりは、ドロシーにていねいにお礼《れい》を言《い》いました。それから、うっかり体《からだ》がさびたりしないように、宝石《ほうせき》がついた油《あぶら》さしで体中《からだじゅう》に油《あぶら》をさしました。

一方《いっぽう》、カカシは今《いま》や、エメラルドの都《みやこ》を治《おさ》める王様《おうさま》です。カカシは魔法使《まほうつか》いではありませんが、都《みやこ》の人《ひと》たちはこんなふうに言《い》いながら、自慢《じまん》に思《おも》っていました。

「どうしてかっていうと、世界中探《せかいじゅうさが》したって、体《からだ》にわらが詰《つ》まった人《ひと》が治《おさ》めている街《まち》なんて、他《ほか》にはないだろうからね」

エメラルドの都《みやこ》の人《ひと》たちが知《し》っているかぎりでは、まさに、そのとおりでした。

オズを乗《の》せた気球《ききゅう》が空《そら》の彼方《かなた》に飛《と》んでいった日《ひ》の午前中《ごぜんちゅう》、ドロシーたちは玉座《ぎょくざ》の間《ま》に集《あつ》まり、これからどうするかを話《はな》し合《あ》いました。

オズによって王様《おうさま》に任命《にんめい》されたカカシが大《おお》きな椅子《いす》に座《すわ》り、他《ほか》の3人《にん》はカカシの前《まえ》に、あらたまった態度《たいど》で立《た》っていました。

「おいらたちは、そんなに運《うん》が悪《わる》いわけじゃない」

カカシが言《い》いました。

「この宮殿《きゅうでん》とエメラルドの都《みやこ》はおいらたちのものになったし、なんでも好《す》きにしてよくなったんだから。

それにおいらは、ほんのちょっと前《まえ》はトウモロコシ畑《ばたけ》の棒《ぼう》にぶら下《さ》げられていたのに、今《いま》じゃ、このきれいな都《みやこ》を治《おさ》める王様《おうさま》にもなれた。おいらは自分《じぶん》の運命《うんめい》に大満足《だいまんぞく》だよ」

「ぼくも」

ブリキの木《き》こりが言《い》いました。

「新《あたら》しい心臓《しんぞう》がもらえて大満足《だいまんぞく》だね。それがこの世《よ》で望《のぞ》んでいた、たったひとつのことだったから」

「オレも、これまでに世《よ》の中《なか》にいたどんな獣《けもの》と比《くら》べても、負《ま》けないくらい勇気《ゆうき》があるってことがわかって大満足《だいまんぞく》だね。他《ほか》の獣《けもの》よりも、勇敢《ゆうかん》なわけじゃないかもしれないけど」

ライオンは謙虚《けんきょ》に言《い》いました。

「ドロシーさえエメラルドの都《みやこ》に住《す》むのを喜《よろこ》んでくれたら、おいらたちは、みんなで一緒《いっしょ》に幸《しあわ》せに暮《く》らせるかもしれないよ」

今度《こんど》はカカシが、またこんなふうに言《い》いました。

「でもわたしは、ここにいたくないの」

ドロシーは大声《おおごえ》を出《だ》しました。

「わたしはカンザスに戻《もど》りたいの。そしてエムおばさんとヘンリーおじさんと一緒《いっしょ》に暮《く》らしたいのよ」

「なるほど、じゃあ、どうしたらいいんだろう？」

木《き》こりが尋《たず》ねたので、カカシは一生懸命《いっしょうけんめい》に考《かんが》えることにしました。あまりに一生懸命《いっしょうけんめい》に考《かんが》えたので、ピンや針《はり》が脳《のう》みそから出《で》てきたほどです。じっくり考《かんが》えた後《あと》、カカシはついにこんなアイデアを思《おも》いつきました。

「翼《つばさ》の生《は》えた猿《さる》たちを呼《よ》んで、砂漠《さばく》の上《うえ》を運《はこ》んでもらうのはどうだい？」

「それは思《おも》いつかなかったわ！」

ドロシーはうれしそうに言《い》いました。

「そうよね。すぐに金色《きんいろ》の帽子《ぼうし》をとってくるわね」

帽子《ぼうし》を持《も》ってきたドロシーは、玉座《ぎょくざ》の間《ま》に入《はい》ると呪文《じゅもん》を唱《とな》え始《はじ》めます。

すると翼《つばさ》の生《は》えた猿《さる》たちが、すぐに飛《と》んできました。猿《さる》たちは開《あ》いていた窓《まど》から部屋《へや》に入《はい》ると、ドロシーの隣《となり》に立《た》ちました。

「これでわたしたちをお呼《よ》びになったのは2度目《どめ》です」

猿《さる》の王様《おうさま》は、ドロシーにおじぎをしながら言《い》いました。

「お望《のぞ》みはなんですか？」

「空《そら》を飛《と》んで、わたしをカンザスまで連《つ》れていってほしいの」

ところが猿《さる》の王様《おうさま》は、首《くび》を横《よこ》に振《ふ》りました。

「それはできません。わたしたちはこの国《くに》の生《い》き物《もの》ですから、ここを離《はな》れることはできないのです。カンザスに翼《つばさ》の生《は》えた猿《さる》が行《い》ったことは一度《いちど》もありませんし、これからもないと思《おも》います。なぜなら、翼《つばさ》の生《は》えた猿《さる》はカンザスの生《い》き物《もの》ではないからです。わたしたちにできる範囲《はんい》のことであれば、どんなことでも喜《よろこ》んでお手伝《てつだ》いしますが、砂《さ》漠《ばく》を渡《わた》ることはできません。それでは」

猿《さる》の王様《おうさま》はもう一度《いちど》ドロシーにおじぎをすると、自分《じぶん》の手下《てした》を引《ひ》き連《つ》れて、翼《つばさ》を広《ひろ》げて窓《まど》から飛《と》んでいってしまいました。

がっかりしたドロシーは、今《いま》にも泣《な》きだしそうでした。

「金《きん》の帽子《ぼうし》で使《つか》える魔法《まほう》を、1回分《かいぶん》、無駄《むだ》にしちゃったわ。翼《つばさ》の生《は》えた猿《さる》たちでも、わたしを助《たす》けることはできないのよ」

「本当《ほんとう》にかわいそうだ！」

心優《こころやさ》しい木《き》こりが、ドロシーに声《こえ》をかけます。

カカシは、また一生懸命《いっしょうけんめい》に考《かんが》え始《はじ》めました。カカシの頭《あたま》があまりにふくらんだので、ドロシーは脳《のう》みそが爆発《ばくはつ》するのではないかと心配《しんぱい》したほどです。

「そうだ、緑色《みどりいろ》のヒゲを生《は》やした兵隊《へいたい》を呼《よ》ぼう。そしてアドバイスをもらおうよ」

そこで今度《こんど》は兵隊《へいたい》が呼《よ》ばれました。兵隊《へいたい》はびくびくしながら玉座《ぎょくざ》の間《ま》に入《はい》ってきました。オズがいた頃《ころ》は、出入《でい》り口《ぐち》よりも近《ちか》づくことなど、許《ゆる》してもらえなかったからです。

「このお嬢《じょう》さんは、砂漠《さばく》を渡《わた》りたがっているんだ。どうしたらいいかな？」

カカシが兵隊《へいたい》に尋《たず》ねました。

「わかりません。オズ様《さま》以外《いがい》には、砂漠《さばく》を渡《わた》った人《ひと》などいませんでしたから」

「わたしを助《たす》けてくれる人《ひと》は、誰《だれ》もいないってこと？」

ドロシーが必死《ひっし》に尋《たず》ねると、兵隊《へいたい》はこんなことを言《い》ってきました。

「グリンダなら、助《たす》けてくれるかもしれません」

「グリンダって誰《だれ》だい？」

カカシが質問《しつもん》しました。

「南《みなみ》の魔女《まじょ》です。どの魔女《まじょ》よりも力《ちから》があって、クアドリングたちが住《す》んでいる国《くに》を治《おさ》めています。

それにグリンダのお城《しろ》は砂漠《さばく》の端《はし》にあるので、どうやって砂漠《さばく》を渡《わた》ればいいのかを知《し》っているかもしれませんね」

「グリンダは、良《よ》い魔女《まじょ》なんでしょう？」

ドロシーが兵隊《へいたい》に尋《たず》ねました。

「クアドリングたちは、そう思《おも》っています。誰《だれ》にでも親切《しんせつ》にする魔女《まじょ》だとも思《おも》われていますね。話《はなし》によると、グリンダはきれいな女性《じょせい》で、とても長《なが》い間《あいだ》生きているのに、若《わか》さを保《たも》つ秘《ひ》けつを知《し》っているそうです」

「どうやったら彼女《かのじょ》のお城《しろ》に行《い》けるの？」

「道《みち》はまっすぐ南《みなみ》に続《つづ》いています。

でも、そこを通《とお》っていくのは危険《きけん》がいっぱいだと言《い》われています。

森《もり》には野生《やせい》の獣《けもの》たちがいますし、自分《じぶん》たちの国《くに》をよそ者《もの》が横切《よこぎ》るのを嫌《いや》がる、奇妙《きみょう》な姿《すがた》をした人《ひと》たちもいるそうです。だからクアドリングたちは、エメラルドの都《みやこ》にひとりも来《き》たことがないのです」

兵隊《へいたい》がドロシーたちのもとを離《はな》れると、カカシが提案《ていあん》しました。

「危険《きけん》がいっぱいだとしても、ドロシーにとって一番《いちばん》いいのは、南《みなみ》の国《くに》に行《い》って魔女《まじょ》のグリンダに助《たす》けてもらうようにお願《ねが》いすることだね。この国《くに》にいたって、カンザスには絶対《ぜったい》戻《もど》れっこないんだから」

「またずっと考《かんが》えていたんだね？」

ブリキの木《き》こりが尋《たず》ねると、カカシは、

「そうだよ」

と答《こた》えました。

「オレはドロシーと一緒《いっしょ》に行《い》くよ」

話《はなし》を聞《き》いていたライオンが、きっぱりと言《い》いました。

「この街《まち》にいるのも飽《あ》きたし、オレは森《もり》と田舎《いなか》が恋《こい》しいんだ。

君《きみ》たちも知《し》ってのとおり、オレは本物《ほんもの》の獣《けもの》だからね。それにドロシーには、誰《だれ》か守《まも》って
くれる人《ひと》が必要《ひつよう》だろうし」

「そのとおりだよ」

木《き》こりも賛成《さんせい》しました。

「斧《おの》が役《やく》に立《た》つかもしれないから、ぼくも一緒《いっしょ》に南《みなみ》の国《くに》に行《い》くよ」

「じゃあ、いつ出発《しゅっぱつ》しようか？」

カカシがきいてきたので、みんなはびっくりして尋《たず》ねました。

「君《きみ》も行《い》くのかい？」

「もちろんだよ。ドロシーがいなかったら、おいらは脳《のう》みそをもらえなかったんだから。

ドロシーは、おいらをトウモロコシ畑《ばたけ》の棒《ぼう》から外《はず》して、エメラルドの都《みやこ》まで連《つ》れてきて
くれた。おいらが幸《しあわ》せになれたのは、全部《ぜんぶ》ドロシーのおかげなんだよ。

だからドロシーがカンザスに帰《かえ》れるようになるまで、おいらはずっと一緒《いっしょ》にいる」

「ありがとう」

ドロシーは心《こころ》を込《こ》めてお礼《れい》を言《い》いました。

「みんな本当《ほんとう》に親切《しんせつ》にしてくれるのね。ただ、わたしはできるだけすぐに出発《しゅっぱつ》したいの」

「明日《あした》の朝出発《あさしゅっぱつ》したほうがいいな」

カカシが言《い》いました。

「さあ、準備《じゅんび》を始《はじ》めようよ。長《なが》い旅《たび》をしなきゃならないから」

動《うご》く木《き》に襲《おそ》われて

次《つぎ》の日《ひ》の朝《あさ》がきました。

ドロシーは、かわいい緑色《みどりいろ》の女《おんな》の子《こ》にさよならのキスをしました。また、門《もん》のところまで見送《みおく》ってくれた緑《みどり》のヒゲの兵隊《へいたい》と、みんなで握手《あくしゅ》をしました。

緑《みどり》の城《しろ》の門番《もんばん》は、ドロシーたちの姿《すがた》を見《み》てとても不思議《ふしぎ》がりました。きれいなエメラルドの都《みやこ》を離《はな》れて、危険《きけん》が待《ま》ち構《かま》えている場所《ばしょ》に、もう一度出《いちどで》かけようとしているからです。

でも門番《もんばん》は、みんながかけていたメガネをすぐに外《はず》して、緑《みどり》の箱《はこ》に戻《もど》しました。それから旅《たび》の途中《とちゅう》で、いいことがたくさんありますようにと祈《いの》ってくれました。

「カカシ様《さま》、あなたはもうこの国《くに》の王様《おうさま》なのですから、できるだけ早《はや》く戻《もど》っていただかなければなりません」

「できるだけそうするよ」

カカシは答《こた》えました。

「でもまずは、ドロシーが家《いえ》に戻《もど》るのを助《たす》けてあげなきゃならないんだ」

ドロシーは、気《き》のいい門番《もんばん》に最後《さいご》のお別《わか》れを言《い》いました。

「このすてきな街《まち》で、わたしはとても親切《しんせつ》にしてもらったわ。みんなに良《よ》くしてもらったし。どんなにありがたく思《おも》っているか、言葉《ことば》では言《い》えないくらいよ」

「お礼《れい》など結構《けっこう》です。わたしたちはあなたに、ここに残《のこ》っていただきたいのです。でもカンザスに戻《もど》ることを願《ねが》われるのなら、それがかなうように祈《いの》っております」

門番《もんばん》はこう言《い》いながら、エメラルドの都《みやこ》をぐるりと取《と》り囲《かこ》む外《そと》の壁《かべ》の門《もん》を開《あ》けてくれました。ドロシーたちも前《まえ》に向《む》かって歩《ある》き始《はじ》めます。こうして再《ふたた》び、旅《たび》に出《で》たのです。

南《みなみ》の国《くに》があるほうに顔《かお》を向《む》けると、太陽《たいよう》がさんさんと輝《かがや》いていました。誰《だれ》もが元気《げんき》いっぱいで、一緒《いっしょ》に笑《わら》ったりしゃべったりしながら歩《ある》いていきます。

ドロシーの胸《むね》は、カンザスに帰《かえ》れるという希望《きぼう》でもう一度《いちど》ふくらみました。

カカシとブリキの木《き》こりは、ドロシーの役《やく》に立《た》てるので喜《よろこ》んでいます。ライオンもうれしそうに新鮮《しんせん》な空気《くうき》をかぎ、しっぽを左右《さゆう》に振《ふ》りました。街《まち》から離《はな》れられたことを心《こころ》から喜《よろこ》んでいたのです。トトはみんなの周《まわ》りを走《はし》り回《まわ》りながらガやチョウを追《お》いかけ、ずっと楽《たの》しそうにほえていました。

「都会《とかい》での生活《せいかつ》は、オレにちっともあわないんだ」

みんなできびきび歩《ある》きながら、ライオンはこんなふうに言《い》いました。

「あそこにいる間《あいだ》に、だいぶ筋肉《きんにく》が落《お》ちちゃったな。オレがどんなに勇気《ゆうき》のあるライオンになったか。他《ほか》の獣《けもの》たちに見《み》せてやるのが待《ま》ち遠《どお》しいよ」

ドロシーたちは後《うし》ろを振《ふ》り返《かえ》り、最後《さいご》にもう一度《いちど》、エメラルドの都《みやこ》を眺《なが》めました。目《め》に見《み》えるのは、緑色《みどりいろ》の壁《かべ》の後《うし》ろにあるたくさんの塔《とう》やとんがった屋根《やね》だけです。中《なか》でも一番高《いちばんたか》くそびえているのが、オズが住《す》んでいた宮殿《きゅうでん》の塔《とう》と丸《まる》い屋根《やね》でした。

「結局《けっきょく》、オズはそんなに悪《わる》い魔法使《まほうつか》いじゃなかったね」

自分《じぶん》の胸《むね》の中《なか》で心臓《しんぞう》がカタカタ鳴《な》っているのを感《かん》じながら、ブリキの木《き》こりが言《い》いました。

「おいらに脳《のう》みそ、それも、とても良《よ》い脳《のう》みそをくれるやり方《かた》も知《し》っていたし」

今度《こんど》は、カカシがオズのことをほめます。

「もしもオズが、オレに飲《の》ませてくれたのと同《おな》じ〝勇気《ゆうき》のもと〟を自分《じぶん》で飲《の》んでいたら」

ライオンも考《かんが》えを言《い》いました。

「きっと勇気《ゆうき》のある人《ひと》になっていただろうな」

でもドロシーは何《なに》も言《い》いません。オズは、ドロシーとの約束《やくそく》を守《まも》ってくれなかったからです。

けれど自分《じぶん》にできることを一生懸命《いっしょうけんめい》にやってくれたので、ドロシーは相手《あいて》を許《ゆる》してあげることにしました。オズ自身《じしん》が言《い》ったように、彼《かれ》は悪《わる》い人間《にんげん》ではありません。魔法使《まほうつか》いとしては、失格《しっかく》だったとしてもです。


最初《さいしょ》の日《ひ》、ドロシーたちはエメラルドの都《みやこ》の周《まわ》りに広《ひろ》がっている、緑《みどり》の野原《のはら》と明《あか》るい色《いろ》をした花々《はなばな》の間《あいだ》を歩《ある》いていきました。

やがて夜《よる》がくると、星空《ほしぞら》の下《した》で草《くさ》の上《うえ》に横《よこ》になり、疲《つか》れた体《からだ》をしっかり休《やす》めました。

次《つぎ》の日《ひ》の朝《あさ》がやってきました。

ドロシーたちが歩《ある》いていくと、うっそうとした森《もり》につきあたりました。ドロシーたちが見《み》るかぎり、森《もり》は左右《さゆう》にずっと広《ひろ》がっていて、よけて通《とお》れそうにありません。道《みち》に迷《まよ》うのも怖《こわ》いので、ドロシーたちは違《ちが》う方向《ほうこう》に向《む》かって歩《ある》き始《はじ》める気《き》にもなれませんでした。

そこでみんなは、森《もり》の中《なか》に一番簡単《いちばんかんたん》に入《はい》っていけそうな場所《ばしょ》を探《さが》し始《はじ》めました。

やがて先頭《せんとう》にいたカカシが、枝《えだ》が大《おお》きく広《ひろ》がっていて、下《した》を通《とお》り抜《ぬ》けられそうな大《おお》きな木《き》をついに見《み》つけました。ところがカカシが下《した》まで来《く》ると、枝《えだ》は折《お》れ曲《ま》がり、カカシに巻《ま》きついたのです。

次《つぎ》の瞬間《しゅんかん》、カカシは地面《じめん》から持《も》ちあげられて、ドロシーたちがいるところに真《ま》っ逆《さか》さまに投《な》げ返《かえ》されました。

カカシはけがこそしなかったものの、びっくり仰天《ぎょうてん》していました。ドロシーが体《からだ》を起《お》こしてあげると、目《め》を回《まわ》しているようです。

「この木《き》の間《あいだ》にもすき間《ま》があるよ」

ライオンが声《こえ》をかけると、カカシが返事《へんじ》をしました。

「まずは、おいらに行《い》かせてみてよ。おいらは投《な》げ飛《と》ばされても痛《いた》くないから」

こう説明《せつめい》しながら別《べつ》の木《き》に近《ちか》づくと、やはり枝《えだ》がすぐにカカシをつかまえて、投《な》げ返《かえ》しできます。

「この森《もり》は変《へん》だわ。どうすればいいかしら？」

ドロシーの質問《しつもん》に、ライオンが答《こた》えました。

「この森《もり》の木《き》は、力《ちから》ずくでも旅《たび》の邪魔《じゃま》をしようとしているみたいだ」

「じゃあ、ぼくがやってみよう」

木《き》こりはこう言《い》って斧《おの》を肩《かた》にかつぐと、カカシを最初《さいしょ》に投《な》げ飛《と》ばした木《き》に近《ちか》づきました。大《おお》きな枝《えだ》が木《き》こりをつかまえようと折《お》れ曲《ま》がると、木《き》こりは猛烈《もうれつ》な勢《いきお》いで斧《おの》を振《ふ》って、枝《えだ》を真《ま》っ二《ぷた》つに切《き》ってしまいました。大《おお》きな木《き》は、まるで痛《いた》がっているように全部《ぜんぶ》の枝《えだ》を震《ふる》わせ始《はじ》めます。

ブリキの木《き》こりは、その下《した》を無事《ぶじ》に通《とお》り過《す》ぎました。

「こっちへ来《き》て！　さあ、早《はや》く！」

ドロシーたちはみんなで走《はし》りだし、安全《あんぜん》に木《き》の下《した》を通《とお》り抜《ぬ》けました。

でも、トトだけは別《べつ》でした。小《ちい》さな枝《えだ》につかまって揺《ゆ》さぶられ、ほえていたのです。けれど木《き》こりがすぐに枝《えだ》を切《き》り落《お》とし、トトを自由《じゆう》にしてあげました。

ドロシーたちは、森《もり》の中《なか》を進《すす》んでいきました。

他《ほか》の木《き》が邪魔《じゃま》をしないところをみると、森《もり》の外側《そとがわ》に並《なら》んで生《は》えていた木《き》だけが、枝《えだ》を下《した》に曲《ま》げることができるようです。そういう木《き》は森《もり》の警察官《けいさつかん》のような役割《やくわり》を果《は》たしていて、よそ者《もの》が入《はい》ってこないようにするために、不思議《ふしぎ》な力《ちから》を与《あた》えられているのでしょう。

この後《あと》、ドロシーたちは楽《らく》に木々《きぎ》の間《あいだ》を歩《ある》き、森《もり》の反対側《はんたいがわ》にたどり着《つ》きました。

驚《おどろ》いたことに、そこには白《しろ》い瀬戸物《せともの》でできた高《たか》い壁《かべ》がありました。お皿《さら》の表面《ひょうめん》のようにすべすべで、自分《じぶん》たちの頭《あたま》よりも高《たか》い壁《かべ》です。

「今度《こんど》はどうすればいいの？」

ドロシーが尋《たず》ねました。

「ぼくが、はしごを作《つく》るよ」

ブリキの木《き》こりが名乗《なの》りでました。

「はしごをかけて、この壁《かべ》を登《のぼ》らなくちゃいけないからね」

　ブリキの木《き》こりが、森《もり》で見《み》つけた木《き》ではしごを作《つく》っている間《あいだ》、ドロシーは横《よこ》になって眠《ねむ》りました。長《なが》い間《あいだ》、歩《ある》いてきたので疲《つか》れていたのです。ライオンも眠《ねむ》るために体《からだ》を丸《まる》め、トトはその隣《となり》で横《よこ》になりました。

　一方《いっぽう》、カカシは木《き》こりが仕事《しごと》をしているのを、ずっと眺《なが》めています。それから、こんなふうに話《はな》しかけました。

「どうしてここに、こんな壁《かべ》があるのか、おいらは考《かんが》えてもわかんないよ。何《なに》でできているのかもわかんないし」

「壁《かべ》のことは心配《しんぱい》しなくていいから、脳《のう》みそを休《やす》ませたほうがいいよ。この壁《かべ》を越《こ》えたら、向《む》こう側《がわ》に何《なに》があるのかがわかるだろうしね」

　しばらくすると、はしごが完成《かんせい》しました。

できばえはよくありませんでしたが、しっかりしたはしごです。これならみんなで壁《かべ》を登《のぼ》っていけるはずです。ブリキの木《き》こりは、そう信《しん》じていました。

カカシはドロシーとライオンとトトを起《お》こして、はしごができたよと教《おし》えてあげます。

最初《さいしょ》にはしごに登《のぼ》ったのも、カカシでした。でも動《うご》きがあまりにもぎこちなかったので、ドロシーはすぐ後《うし》ろにいて、落《お》ちないように支《ささ》えてあげなければなりません。

やがて壁《かべ》の上《うえ》に頭《あたま》をだしたカカシは、

「なんてこった！」

と言《い》いました。

「そのまま上《あ》がって」

ドロシーに大声《おおごえ》で言《い》われたカカシは、さらにはしごを登《のぼ》り、壁《かべ》のてっぺんに座《すわ》りました。

今度《こんど》はドロシーが壁《かべ》の上《うえ》に頭《あたま》をだす番《ばん》です。壁《かべ》の向《む》こう側《がわ》を見《み》たとたん、ドロシーもカカシとまったく同《おな》じように叫《さけ》んでしまいました。

「なんてことかしら！」

それからトトが登《のぼ》ってきてすぐにほえ始《はじ》めたので、ドロシーはおとなしくさせました。

最後《さいご》は、ライオンとブリキの木《き》こりの番《ばん》です。

まずライオンがはしごを登《のぼ》り、ブリキの木《き》こりが続《つづ》きました。ふたりとも壁《かべ》の向《む》こうを見《み》たとたんに、やはり叫《さけ》んでしまいました。

「なんてことだい！」

ドロシーたちは壁《かべ》の上《うえ》に並《なら》んで座《すわ》りながら、不思議《ふしぎ》な景色《けしき》を眺《なが》めていました。

そこには大《おお》きな皿《さら》のようにつるつるとして、ピカピカに光《ひか》っている白《しろ》い国《くに》が広《ひろ》がっていました。地面《じめん》もすべて瀬戸物《せともの》でできていて、その上《うえ》には鮮《あざ》やかな色《いろ》で塗《ぬ》られた、瀬戸物《せともの》の家《いえ》があちこちに建《た》っています。家《いえ》はとても小《ちい》さくて、最《もっと》も大《おお》きいものでもドロシーの腰《こし》の高《たか》さくらいしかありません。

家《いえ》のそばにはすてきな小《ちい》さな納屋《なや》もあり、瀬戸物《せともの》でできた柵《さく》で囲《かこ》ってあります。そして、これまた瀬戸物《せともの》でできた、たくさんの牛《うし》や羊《ひつじ》や馬《うま》や豚《ぶた》や鶏《にわとり》が、群《む》れを作《つく》っていました。

でも一番変《いちばんか》わっていたのは、この奇妙《きみょう》な国《くに》に住《す》んでいる人《ひと》たちでした。

乳《ち》しぼりや羊飼《ひつじか》いをしている女《おんな》の人《ひと》たちは、鮮《あざ》やかな色《いろ》のベストと、あちこちに金色《きんいろ》の水玉模様《みずたまもよう》のついた長《なが》いドレスを着《き》ています。

お姫様《ひめさま》が着《き》ているのは、銀色《ぎんいろ》と金色《きんいろ》と紫色《むらさきいろ》をした、とても豪華《ごうか》なワンピース。羊飼《ひつじか》いの男《おとこ》の人《ひと》たちは、ピンクと黄色《きいろ》と青《あお》のしま模様《もよう》が入《はい》った半《はん》ズボンを身《み》につけ、金色《きんいろ》の留《と》め具《ぐ》がついた靴《くつ》をはいています。王子様《おうじさま》は宝石《ほうせき》のついた冠《かんむり》を頭《あたま》にかぶり、毛皮《けがわ》のついたマントとサテンの上着《うわぎ》をはおっていました。

さらには、ひだのついたガウンを着《き》て、ほっぺを丸《まる》く赤《あか》く塗《ぬ》り、先《さき》のとんがった帽子《ぼうし》をかぶったおかしなピエロもいます。

でも一番奇妙《いちばんきみょう》なのは、この人《ひと》たちが服《ふく》まで全部《ぜんぶ》、瀬戸物《せともの》でできていることでした。しかも背《せ》がとても低《ひく》く、一番大《いちばんおお》きな人《ひと》でさえ、ドロシーのひざの高《たか》さくらいです。

最初《さいしょ》は、誰《だれ》もドロシーたちを見《み》ようとしませんでした。

ただ1匹《ぴき》、とても頭《あたま》が大《おお》きくて、体《からだ》が紫色《むらさきいろ》をした瀬戸物《せともの》の子犬《こいぬ》が壁《かべ》のところに来《き》て、小《ちい》さな声《こえ》でほえただけです。でも瀬戸物《せともの》の犬《いぬ》は、また走《はし》っていってしまいました。

「どうやって下《した》に降《お》りればいいかしら？」

ドロシーは仲間《なかま》に尋《たず》ねました。

はしごが重《おも》すぎて持《も》ちあげられなかったので、まずはカカシが壁《かべ》から飛《と》びおり、それからドロシーたちが、カカシの体《からだ》の上《うえ》に飛《と》びおりました。瀬戸物《せともの》でできた硬《かた》い地面《じめん》に降《お》りても、足《あし》をけがしないようにするためです。

もちろん飛《と》びおりるときには、カカシの頭《あたま》を踏《ふ》まないように注意《ちゅうい》しました。頭《あたま》を踏《ふ》んだりすると、カカシの頭《あたま》に入《はい》ったピンが、足《あし》に刺《さ》さってしまいます。

こうしてみんなが地面《じめん》に無事《ぶじ》に降《お》りると、体《からだ》がぺしゃんこになってしまったカカシを抱《だ》きかかえ、体《からだ》をたたいて、中《なか》に詰《つ》まったわらを元《もと》の形《かたち》に戻《もど》してあげました。

「反対側《はんたいがわ》に行《い》くためには、このおかしな国《くに》を横切《よこぎ》らなければならないわね。南《みなみ》の方角《ほうがく》からそれちゃうのは、いいやり方《かた》じゃないから」

ドロシーの意見《いけん》に従《したが》って、みんなは瀬戸物《せともの》でできた人《ひと》たちの間《あいだ》を歩《ある》き始《はじ》めます。

そこで最初《さいしょ》に出会《であ》ったのは、瀬戸物《せともの》でできた牛《うし》の乳《ちち》しぼりをしている、瀬戸物《せともの》でできた女《おんな》の子《こ》でした。

ドロシーたちが近《ちか》づくと、びっくりした牛《うし》は突然《とつぜん》後《うし》ろ脚《あし》を蹴《け》りだして、瀬戸物《せともの》でできた腰《こし》かけと牛乳《ぎゅうにゅう》を入《い》れる桶《おけ》、そして乳《ちち》しぼりをしていた女《おんな》の子《こ》も蹴《け》り飛《と》ばしました。すべてが瀬戸物《せともの》なので、ガシャンという大《おお》きな音《おと》を立《た》てながら、瀬戸物《せともの》の地面《じめん》に落《お》ちてしまいます。

そのせいで、牛《うし》の脚《あし》は折《お》れてしまいました。桶《おけ》も粉々《こなごな》に砕《くだ》けましたし、気《き》の毒《どく》な乳《ち》しぼりの女《おんな》の子《こ》の左《ひだり》ひじにも、ヒビが入《はい》っています。それを見《み》てドロシーは、ぎょっとしました。


「ちょっと、そこの人《ひと》たち！」

乳《ち》しぼりの女《おんな》の子《こ》は、ぷんぷん怒《おこ》っていました。

「これを見《み》てよ、なんてことをしてくれたの！ 牛《うし》の脚《あし》が壊《こわ》れちゃったから、修理屋《しゅうりや》さんのところに行《い》って、またのりでつけてもらわなきゃならないわ。こんなところにやってきてわたしの牛《うし》をおどかすなんて、どういうつもり？」

「本当《ほんとう》にごめんなさい。どうか許《ゆる》してちょうだい」

ドロシーはおわびを言《い》いましたが、かわいい乳《ち》しぼりの女《おんな》の子《こ》は返事《へんじ》ができないほど、イライラしていました。そして、むっつりとした顔《かお》で折《お》れた牛《うし》の脚《あし》を拾《ひろ》い、牛《うし》を連《つ》れて帰《かえ》っていきました。気《き》の毒《どく》な牛《うし》は、３本《ぼん》の脚《あし》で体《からだ》をひきずるようにして歩《ある》いていきます。

帰《かえ》り際《ぎわ》、乳《ち》しぼりの女《おんな》の子《こ》は、ヒビが入《はい》ってしまったひじをしっかり脇腹《わきばら》につけながら、気《き》のきかないよそ者《もの》たち、ドロシーたちのことを何度《なんど》も振《ふ》り返《かえ》ってにらみました。

ドロシーは、この失敗《しっぱい》にすっかりしょげてしまいました。

「ここでは、とても注意《ちゅうい》しないとね」

心優《こころやさ》しい木《き》こりが言《い》いました。

「でないと、瀬戸物《せともの》でできた、きれいでちっちゃな人《ひと》たちのことを、修理《しゅうり》できないくらい壊《こわ》しちゃうから」

ドロシーたちがもう少《すこ》し先《さき》に行《い》くと、今度《こんど》はとてもきれいに着飾《きかざ》ったお姫様《ひめさま》がいました。お姫様《ひめさま》はよそ者《もの》のドロシーを見《み》かけると一瞬《いっしゅん》立《た》ち止《ど》まり、走《はし》って逃《に》げ始《はじ》めます。

ドロシーはお姫様《ひめさま》をもっと見《み》たかったので、あとを追《お》いかけました。すると瀬戸物《せともの》でできたお姫様《ひめさま》は、こう叫《さけ》びました。

「わたしを追《お》いかけないで！　追《お》いかけないでください！」

その声《こえ》があまりにもおびえていたので、ドロシーは立《た》ち止《ど》まって尋《たず》ねました。

「どうして追《お》いかけちゃだめなの？」

「どうしてって……」

お姫様《ひめさま》も同《おな》じように立《た》ち止《ど》まって、安全《あんぜん》な距離《きょり》まで離《はな》れたまま答《こた》えました。

「走《はし》ったりしたら、転《ころ》んで体《からだ》が壊《こわ》れてしまうかもしれないからです」

「直《なお》してもらえないの？」

「直《なお》してもらえますよ。でも、元《もと》のようにかわいくはならないでしょ？」

「そうかもしれないわね」

「あそこに、ミスター・ジョーカーというピエロがいるわ。

あの人《ひと》はいつも逆立《さかだ》ちをしようとしているの。そのせいでしょっちゅう体《からだ》が壊《こわ》れるから、100か所《しょ》も直《なお》した跡《あと》があって、ちっともかわいく見《み》えないわ。

ほら、こっちに来《く》るから、自分《じぶん》でご覧《らん》になるといいわ」

お姫様《ひめさま》の言《い》ったとおり、陽気《ようき》で小《ちい》さなピエロが歩《ある》いてきました。すてきな赤《あか》と黄色《きいろ》と緑《みどり》色《いろ》の服《ふく》を着《き》ているものの、あらゆる方向《ほうこう》にヒビが入《はい》っていて、あちこちを直《なお》したことがはっきりわかります。

ピエロはポケットに両手《りょうて》を突《つ》っこんだまま、ほっぺをふくらませ、なれなれしい感《かん》じで頭《あたま》を下《さ》げました。

「そこのきれいなお嬢《じょう》さん、

どうしてご覧《らん》におなりになるのかな、

この哀《あわ》れなミスター・ジョーカーを？

あなたはとても、堅苦《かたくる》しい。

しかも、体《からだ》はカチカチだ。

まるで棒《ぼう》でも食《た》べたよう」

「お黙《だま》りなさい！」

お姫様《ひめさま》が叱《しか》りました。

「この人《ひと》たちはよその土地《とち》から来《き》た人《ひと》です。礼儀正《れいぎただ》しくしなければならないというのが、

わからないの？」

「礼儀正《れいぎただ》しいと、思《おも》うけど」

ピエロはこう言《い》って、すぐに逆立《さかだ》ちをしました。

「ミスター・ジョーカーのことは気《き》にしないで」

お姫様《ひめさま》はドロシーに言《い》いました。

「頭《あたま》にもかなりヒビが入《はい》っているから、そのせいでくだらないことばかり言《い》うのよ」

「あら、全然気《ぜんぜんき》にならないわ。

それにしても、あなたは本当《ほんとう》にきれいね。わたしは大好《だいす》きになると思《おも》うわ。

ねえ、カンザスに連《つ》れていって、エムおばさんの暖炉《だんろ》の上《うえ》にのせてもいいかしら？　バスケットに入《い》れて運《はこ》んであげられるわよ」

「でも、わたしはとても不幸《ふしあわ》せになってしまいます。

ご覧《らん》のように、わたしたちは幸《しあわ》せに暮《く》らしているし、この国《くに》にいれば、自分《じぶん》たちの好《す》きなように話《はな》したり動《うご》いたりできるのです。

でも他《ほか》の場所《ばしょ》に持《も》っていかれると、その瞬間《しゅんかん》に関節《かんせつ》が硬《かた》くなってしまい、まっすぐに立《た》って自分《じぶん》をかわいく見《み》せることしかできなくなるのです。

もちろん、暖炉《だんろ》やキャビネットや客間《きゃくま》のテーブルに置《お》かれたときには、かわいく立《た》っているだけでいいけど、この国《くに》だと、もっと楽《たの》しく生活《せいかつ》できるのです」

「あなたを不幸《ふしあわ》せになんて、絶対《ぜったい》したくないわ。だからここでお別《わか》れするわね。さよなら」

「さようなら」

ドロシーたちは、瀬戸物《せともの》でできた国《くに》を、注意深《ちゅういぶか》くそろそろと歩《ある》いていきました。小《ちい》さな動物《どうぶつ》や小《ちい》さな人《ひと》たちは、よそ者《もの》のドロシーたちに壊《こわ》されないように、さっと走《はし》って道《みち》をあけていきます。

こうして1時間《じかん》くらい歩《ある》くと、ドロシーたちは瀬戸物《せともの》の国《くに》の反対側《はんたいがわ》に着《つ》きました。そこには、瀬戸物《せともの》でできた壁《かべ》がまた立《た》っています。

今度《こんど》の壁《かべ》はそれほど高《たか》くなかったので、ライオンの背中《せなか》に乗《の》って、なんとかよじ登《のぼ》ることができました。ライオンは両脚《りょうあし》をそろえてかがみ、自分《じぶん》で壁《かべ》に飛《と》び乗《の》ります。

でもジャンプしたときに、しっぽが瀬戸物《せともの》の教会《きょうかい》に当《あ》たったので、教会《きょうかい》は粉々《こなごな》になってしまいました。

「悪《わる》いことをしてしまったわ」

ドロシーが言《い》いました。

「でも、牛《うし》の脚《あし》を1本《ぽん》折《お》ったのと、教会《きょうかい》を壊《こわ》しただけで済《す》んで本当《ほんとう》に良《よ》かったわ。この国《くに》にあるものは、何《なに》から何《なに》まで、あまりに壊《こわ》れやすいんですもの！」

「本当《ほんとう》にそのとおりだね」

とカカシが感想《かんそう》を言《い》いました。

「おいらの体《からだ》はわらでできているし、簡単《かんたん》に壊《こわ》れなくて本当《ほんとう》によかったよ。世《よ》の中《なか》には、カカシのままでいるよりも悪《わる》いことがあるんだな」

百《ひゃく》獣《じゅう》の王《おう》になったライオン

瀬戸物《せともの》の壁《かべ》を降《お》りると、そこは沼地《ぬまち》や湿地《しっち》だらけでした。丈《たけ》が伸《の》びきった草《くさ》におおわれている、気持《きも》ちの悪《わる》い場所《ばしょ》が広《ひろ》がっていたのです。

草《くさ》が茂《しげ》りすぎて前《まえ》が見《み》えないので、ぬかるみに落《お》っこちないようにしながら歩《ある》くのは大《たい》変《へん》でした。

それでも慎重《しんちょう》に進《すす》んでいくとなんとか歩《ある》けるようになり、やがて地面《じめん》が硬《かた》くなっている場所《ばしょ》に着《つ》きました。

けれど、この場所《ばしょ》はこれまでよりも、さらに荒《あ》れています。

ドロシーたちはやぶをかきわけながら、うんざりするほど長《なが》い間《あいだ》歩《ある》いた後《あと》、やはり今《いま》まで見《み》たこともないほど古《ふる》くて大《おお》きな木《き》が茂《しげ》っている森《もり》に着《つ》きました。

「この森《もり》は、最高《さいこう》だな」

ライオンは自分《じぶん》の周《まわ》りをうれしそうに見渡《みわた》しながら言《い》いました。

「こんなにきれいな場所《ばしょ》は、見《み》たことがないよ」

「暗《くら》い感《かん》じがするけどな」

カカシはこう言《い》いましたが、ライオンの意見《いけん》は違《ちが》っていました。

「そんなことないさ。オレは一生《いっしょう》、ここに住《す》みたいくらいだよ。足《あし》の下《した》の枯《か》れ葉《は》がどんなに柔《やわ》らかいか、古《ふる》い木《き》に貼《は》りついているコケが、どんなにふさふさしていて、きれいな緑色《みどりいろ》をしているかを見《み》てみなよ。野生《やせい》の獣《けもの》にとっては、最高《さいこう》のすみかなんだ」

「もしかすると、森《もり》の中《なか》に獣《けもの》がいるかもね」

ドロシーがライオンに話《はな》しかけました。

「いると思《おも》うよ。でもこの辺《あた》りには、全然《ぜんぜん》見当《みあ》たらない」

ドロシーたちが森《もり》の中《なか》を歩《ある》いていくと、やがて日《ひ》が暮《く》れて暗《くら》くなり、もう前《まえ》に進《すす》めなくなりました。

そこでドロシーとトトとライオンは、横《よこ》になって寝《ね》ることにしました。そしていつもと同《おな》じように、木《き》こりとカカシが見張《みは》りをします。

朝《あさ》がやってくると、みんなはまた歩《ある》きだしました。すると、あまり遠《とお》くまで行《い》かないうちに、たくさんの獣《けもの》がゴロゴロうなるような、低《ひく》い音《おと》が聞《き》こえてきました。

トトは少《すこ》し怖《こわ》がってクンクン鳴《な》きましたが、他《ほか》のみんなは怖《こわ》がらなかったので、よく踏《ふ》みしめられた道《みち》を歩《ある》き続《つづ》けていきました。

やがてドロシーたちは、森《もり》の中《なか》の開《ひら》けた場所《ばしょ》にでました。

するとそこには、ありとあらゆる種類《しゅるい》の獣《けもの》が何百頭《なんびゃくとう》と集《あつ》まっていたのです。トラにゾウ、クマ、オオカミ、キツネと、自然《しぜん》の中《なか》で生《い》きているすべての動物《どうぶつ》たちがいました。

ドロシーはしばらくの間《あいだ》、怖《こわ》がりました。でもライオンの説明《せつめい》によれば、動物《どうぶつ》たちは話《はな》し合《あ》いをしているようです。うなり声《ごえ》やゴロゴロいう声《こえ》から判断《はんだん》すると、何《なに》か大《おお》きな問題《もんだい》を抱《かか》えているらしいということでした。

ライオンが話《はな》していると、何頭《なんとう》かの獣《けもの》がライオンを見《み》つけました。

そのとたんに、まるで魔法《まほう》にでもかけられたかのように、大《おお》きな獣《けもの》の群《む》れが静《しず》まりかえります。やがて最《もっと》も大《おお》きなトラがライオンに近《ちか》づいてきて、おじぎをして話《はな》しかけました。

「おお、百獣《ひゃくじゅう》の王様《おうさま》、ようこそ！　あなたはちょうどいいときに来《こ》られた。わたしたちの敵《てき》を倒《たお》して、もう一度《いちど》、森《もり》にいるすべての動物《どうぶつ》たちが、平和《へいわ》に暮《く》らせるようにしていただけないでしょうか」

「何《なに》を困《こま》っているんだい？」

ライオンは静《しず》かな声《こえ》でききました。

「わたしたちはみな、おびやかされているんです。最近《さいきん》、この森《もり》にやってきた、獰猛《どうもう》で恐《おそ》ろしい化《ば》け物《もの》にです。そいつは大《おお》きなクモのような形《かたち》をしていて、体《からだ》はゾウぐらい大《おお》きくて、脚《あし》は木《き》の幹《みき》ほど長《なが》いんです。長《なが》い脚《あし》は8本《ぽん》あるんですが、この化《ば》け物《もの》は森《もり》の中《なか》を這《は》い回《まわ》っては1本《ぽん》の脚《あし》で動物《どうぶつ》をつかみ、口《くち》の中《なか》に引《ひ》きずりこんでしまいます。そしてクモがハエを食《た》べるように、動物《どうぶつ》を食《た》べてしまうのです。

この恐《おそ》ろしい化《ば》け物《もの》が生《い》きているかぎり、わたしたちは誰《だれ》も安全《あんぜん》ではいられません。そこで、どうやって身《み》を守《まも》ろうかと話《はな》しているときに、あなた様《さま》が来《こ》られたのです」

ライオンはしばらく考《かんが》えてから尋《たず》ねました。

「この森《もり》には、他《ほか》にライオンはいないの？」

「いません。以前《いぜん》はいたのですが、化《ば》け物《もの》に全部《ぜんぶ》食《た》べられてしまいました。それにあなた様《さま》ほど大《おお》きくて、勇気《ゆうき》のあるライオンは1頭《とう》もいませんでした」

「もしもオレがそいつをやっつけたら、オレの前《まえ》にひれ伏《ふ》して、この森《もり》の王様《おうさま》として迎《むか》えてくれるかい？」

「喜《よろこ》んで従《したが》いますとも」

トラが答《こた》えると、他《ほか》の動物《どうぶつ》たちも、力《ちから》いっぱいのうなり声《ごえ》を上《あ》げて、

「そうします！」

と叫《さけ》びました。

「君《きみ》が話《はな》してくれた大《おお》きなクモは、今《いま》どこにいるのかな？」

「あそこ、オークの木《き》が生《は》えている間《あいだ》のところです」

トラが前脚《まえあし》で場所《ばしょ》を指《ゆび》さしながら答《こた》えました。

「じゃあ、オレの友《とも》だちを守《まも》っておいてくれよ。すぐに化《ば》け物《もの》を退治《たいじ》してくるから」

ライオンはドロシーたちに別《わか》れを告《つ》げて、森《もり》の動物《どうぶつ》たちの敵《てき》と戦《たたか》うために、堂々《どうどう》と歩《ある》い

ていきました。

ライオンが見《み》つけたとき、大《おお》きなクモは横《よこ》になって眠《ねむ》っていました。

その姿《すがた》があまりに醜《みにく》かったので、ライオンは思《おも》わず顔《かお》をそむけました。

トラが言《い》ったとおり、脚《あし》はとても長《なが》く、胴体《どうたい》は太《ふと》く黒《くろ》い毛《け》でおおわれています。口《くち》も大《おお》きくて、30センチほどの長《なが》さがある鋭《するど》い歯《は》が並《なら》んでいました。

でも、頭《あたま》の部分《ぶぶん》とずんぐりした胴体《どうたい》をつなげている首《くび》は、スズメバチの腰《こし》ほどの太《ふと》さしかありません。そこでライオンは、この化《ば》け物《もの》を倒《たお》す一番《いちばん》いい方法《ほうほう》を思《おも》いつきました。

相手《あいて》が目《め》を覚《さ》ましているときよりも、眠《ねむ》っているときに襲《おそ》ったほうが、やっつけるのは簡単《かんたん》です。そのことを知《し》っていたライオンは大《おお》きくジャンプして、化《ば》け物《もの》の背中《せなか》に直接飛《ちょくせつと》び乗《の》りました。そして鋭《するど》い爪《つめ》が生《は》えていて、ずしりとした前脚《まえあし》をひと振《ふ》りして、頭《あたま》を胴体《どうたい》から切《き》り離《はな》したのです。

ライオンはクモの背中《せなか》から飛《と》びおりると、長《なが》い脚《あし》が震《ふる》えなくなるまで見守《みまも》りました。こうして化《ば》け物《もの》は死《し》んでしまいました。

ライオンは、森《もり》の動物《どうぶつ》たちが自分《じぶん》を待《ま》っている広場《ひろば》に戻《もど》ると、誇《ほこ》らしげに言《い》いました。

「もうこれで、化《ば》け物《もの》を怖《こわ》がらなくてもいいよ」

動物《どうぶつ》たちは、自分《じぶん》たちの王様《おうさま》としてライオンを迎《むか》え、その前《まえ》でひれ伏《ふ》しました。

「ドロシーが無事《ぶじ》カンザスに帰《かえ》ったら、すぐに森《もり》に戻《もど》ってきて、自分《じぶん》が王様《おうさま》として森《もり》を治《おさ》めるよ」

ライオンはこう約束《やくそく》してから、また旅《たび》を続《つづ》けていきました。

クアドリングたちの国《くに》

ドロシーたちは、森《もり》の残《のこ》りの部分《ぶぶん》を安全《あんぜん》に通《とお》り抜《ぬ》けました。薄暗《うすぐら》い森《もり》から抜《ぬ》けでると、今度《こんど》は目《め》の前《まえ》に、上《うえ》から下《した》まで大《おお》きな岩《いわ》でおおわれた険《けわ》しい丘《おか》が現《あらわ》れました。

「ここを登《のぼ》っていくのはきついだろうな。でも、なんとかして越《こ》えていかないと」

カカシはこう言《い》って先頭《せんとう》を歩《ある》き、他《ほか》の3人《にん》があとに続《つづ》きました。

すると、最初《さいしょ》の岩《いわ》にもう少《すこ》しでたどり着《つ》くというところで、荒々《あらあら》しい叫《さけ》び声《ごえ》が聞《き》こえてきました。

「近《ちか》づくな！」

「君《きみ》は誰《だれ》だい？」

カカシが尋《たず》ねると、岩《いわ》の向《む》こうから人《ひと》の頭《あたま》が現《あらわ》れ、また同《おな》じ声《こえ》が聞《き》こえてきました。

「この丘《おか》は俺《おれ》たちのもんだ。誰《だれ》にも通《とお》らせないぞ」

「でも、通《とお》らなくちゃいけないんだよ。おいらたちはクアドリングの国《くに》に行《い》くんだから」

「そうはさせないぞ！」

また声《こえ》が聞《き》こえたかと思《おも》うと、岩《いわ》の後《うし》ろから、見《み》たこともないほどおかしな姿《すがた》の男《おとこ》が現《あらわ》れました。

その男《おとこ》はとても背《せ》が低《ひく》く、体《からだ》はがっしりしていて、大《おお》きな頭《あたま》をしていました。頭《あたま》のてっぺんは平《たい》らで、しわだらけの太《ふと》い首《くび》で支《ささ》えられています。

でも腕《うで》はまったくありません。それを見《み》たカカシは、丘《おか》を登《のぼ》るのを邪魔《じゃま》することはできないだろうと思《おも》い、相手《あいて》を怖《こわ》がりませんでした。

「君《きみ》の言《い》うとおりにしなくて悪《わる》いけど、おいらたちは君《きみ》らの丘《おか》を通《とお》らなきゃならないんだ。君《きみ》が嫌《いや》がってもなんでもね」

カカシはこう言《い》うと、勇敢《ゆうかん》に前《まえ》に進《すす》み始《はじ》めました。

男《おとこ》の頭《あたま》が、雷《かみなり》よりも速《はや》く前《まえ》に飛《と》びだしてきたのは、そのときでした。首《くび》がグーッと伸《の》びて、平《たい》らな頭《あたま》のてっぺんを、カカシの体《からだ》のど真《ま》ん中《なか》にぶつけてきたのです。そのせいでカカシは、ゴロゴロ転《ころ》がりながら丘《おか》を落《お》ちていきました。

おかしな男《おとこ》は、前《まえ》に飛《と》びださせたのと同《おな》じ速《はや》さで頭《あたま》を胴体《どうたい》に戻《もど》すと、

「おまえたちが思《おも》ってるほど、簡単《かんたん》には通《とお》さないぞ！」

と嫌《いや》な感《かん》じで笑《わら》いながら言《い》ってきました。

すると、他《ほか》の岩《いわ》の陰《かげ》からも、騒々《そうぞう》しい笑《わら》い声《ごえ》がたくさん聞《き》こえてきます。

ドロシーの目《め》には、腕《うで》がなくて、カナヅチのような形《かたち》の頭《あたま》をした連中《れんちゅう》が何百人《なんびゃくにん》もいて、それぞれ丘《おか》の途中《とちゅう》の岩《いわ》の陰《かげ》にひとりずついるのが見《み》えました。

カカシを笑《わら》い者《もの》にされたライオンは猛烈《もうれつ》に怒《おこ》り、雷《かみなり》のように響《ひび》く大《おお》きな声《こえ》でほえながら、丘《おか》を駆《か》けあがっていきます。

ところが、平《ひら》べったい頭《あたま》がまたもや勢《いきお》いよく飛《と》びだしました。そして今度《こんど》は大《おお》きなライオンが、大砲《たいほう》の弾《たま》をぶつけられたように、丘《おか》を転《ころ》げ落《お》ちていったのです。

ドロシーは丘《おか》を駆《か》けおりてカカシを起《お》こしてやりました。散々《さんざん》な目《め》にあったライオンも、ドロシーのもとにやってきました。

「頭《あたま》が飛《と》びだしてくるような奴《やつ》らと戦《たたか》っても無駄《むだ》だね。誰《だれ》もかないっこないよ」

「どうすればいいの？」

「翼《つばさ》の生《は》えた猿《さる》たちを呼《よ》んでよ」

今度《こんど》はブリキの木《き》こりが言《い》いました。

「もう1回《かい》だけ、呼《よ》べるんだから」

「わかったわ」

ドロシーはそう答《こた》えると、金《きん》の帽子《ぼうし》をかぶりながら呪文《じゅもん》を唱《とな》えました。

すると翼《つばさ》の生《は》えた猿《さる》たちは、いつもと同《おな》じようにすぐに現《あらわ》れ、あっという間《ま》に全員《ぜんいん》がドロシーの前《まえ》に並《なら》びました。

「ご命令《めいれい》はなんですか？」

猿《さる》の王様《おうさま》は深《ふか》くおじぎをしながら、尋《たず》ねてきました。

「丘《おか》の上《うえ》を飛《と》んで、わたしたちをクアドリングたちの国《くに》に連《つ》れていってほしいの」

「お望《のぞ》みのままに」

猿《さる》の王様《おうさま》がそう言《い》うと、仲間《なかま》の猿《さる》たちはドロシーたち4人《にん》とトトを腕《うで》に抱《かか》え、空《そら》を飛《と》び始《はじ》めました。

丘《おか》の上《うえ》を飛《と》んでいくと、カナヅチのような頭《あたま》をした連中《れんちゅう》が怒《おこ》って叫《さけ》びながら、高《たか》いところまで首《くび》を伸《の》ばしてきました。でも翼《つばさ》の生《は》えた猿《さる》たちには、さすがに届《とど》きません。猿《さる》たちは無事《ぶじ》に丘《おか》を越《こ》え、みんなをきれいなクアドリングたちの国《くに》に降《お》ろしてくれました。

「あなたがわたしたちを呼《よ》びだせるのは、これで最後《さいご》ですね」

猿《さる》の王様《おうさま》が、ドロシーに別《わか》れの挨拶《あいさつ》をしました。

「さようなら。どうぞ、ご幸運《こううん》を」

「さよなら。本当《ほんとう》にありがとうね」

ドロシーが答《こた》えると、猿《さる》たちは空中《くうちゅう》に舞《ま》いあがり、あっという間《ま》に姿《すがた》を消《け》しました。

こうしてドロシーたちは、ついに目的《もくてき》の場所《ばしょ》にやってきました。南《みなみ》の国《くに》の良《よ》い魔女《まじょ》と、クアドリングたちが暮《く》らしている国《くに》に着《つ》いたのです。

クアドリングたちが住《す》んでいる国《くに》は、豊《ゆた》かで幸《しあわ》せそうでした。麦《むぎ》が豊《ゆた》かに実《みの》った畑《はたけ》がずっと広《ひろ》がり、その間《あいだ》にはきちんと舗装《ほそう》された道《みち》が走《はし》っています。キラキラしたきれいな小川《おがわ》には、丈夫《じょうぶ》な橋《はし》もかかっていました。

ウィンキーたちの国《くに》では柵《さく》や家《いえ》や橋《はし》が黄色《きいろ》に、マンチキンたちの国《くに》では青色《あおいろ》に塗《ぬ》られていました。それと同《おな》じように、ここでは、すべてのものが明《あか》るい赤《あか》で塗《ぬ》られていました。

クアドリングたちは背《せ》が低《ひく》くて太《ふと》っていて、ぽっちゃりしています。

性格《せいかく》も良《よ》さそうで、みんな赤《あか》い服《ふく》を着《き》ていました。赤《あか》い色《いろ》が、緑色《みどりいろ》の草《くさ》と黄色《きいろ》く麦《むぎ》が実《みの》った畑《はたけ》によく映《は》えていました。

翼《つばさ》の生《は》えた猿《さる》たちは、農家《のうか》の近《ちか》くにドロシーたちを降《お》ろしてくれたので、4人《にん》はその家《いえ》に歩《ある》いていって扉《とびら》をたたきました。

扉《とびら》を開《あ》けてくれたのは、おかみさんでした。ドロシーが何《なに》か食《た》べ物《もの》をくださいと頼《たの》むと、おかみさんはみんなにすてきな食事《しょくじ》をふるまってくれました。3種類《しゅるい》のケーキと4種類《しゅるい》のクッキーと、トトにはお椀《わん》1杯分《ぱいぶん》のミルクもだしてくれたのです。

「グリンダのお城《しろ》はどのくらい遠《とお》いのかしら？」

ドロシーが尋《たず》ねると、おかみさんはこう教《おし》えてくれました。

「それほど遠《とお》くないわね。南《みなみ》のほうに進《すす》むとすぐに着《つ》くわ」

ドロシーは親切《しんせつ》なおかみさんにお礼《れい》を言《い》ってから、再《ふた》び出発《しゅっぱつ》しました。

野原《のはら》を歩《ある》き、きれいな橋《はし》を渡《わた》っていくと、目《め》の前《まえ》にとてもきれいなお城《しろ》が現《あらわ》れました。

門《もん》の前《まえ》には、3人《にん》の若《わか》い女《おんな》の子《こ》の兵隊《へいたい》が立《た》っていました。縁《ふち》のところに金色《きんいろ》の飾《かざ》りがついた、赤《あか》くてかっこいい制服《せいふく》を着《き》ています。

ドロシーが近《ちか》づくと、そのうちのひとりが尋《たず》ねました。

「南《みなみ》の国《くに》になんの御用《ごよう》ですか？」

「ここを治《おさ》めている、良《よ》い魔女《まじょ》に会《あ》いにきたんです。わたしをその方《かた》のところに連《つ》れていってくださる？」

「お名前《なまえ》を教《おし》えてください。そうすれば、グリンダがあなたに会《あ》うかどうかをきいてきますよ」

ドロシーたちが自分《じぶん》たちのことを伝《つた》えると、女《おんな》の子《こ》の兵隊《へいたい》は城《しろ》の中《なか》に入《はい》っていきました。しばらくすると女《おんな》の子《こ》の兵隊《へいたい》は戻《もど》ってきて、すぐに会《あ》えますよ、とドロシーたちに言《い》いました。

良《よ》い魔《ま》女《じょ》グリンダ

グリンダに会《あ》いにいく前《まえ》に、ドロシーたちはまずお城《しろ》の中《なか》にある部屋《へや》に通《とお》されました。ドロシーは顔《かお》を洗《あら》い、髪《かみ》をとかします。ライオンはたてがみについたほこりを振《ふ》り落《お》とし、カカシは自分《じぶん》の体《からだ》をたたいて、一番《いちばん》いい形《かたち》になるように整《ととの》えました。木《き》こりもブリキの体《からだ》を磨《みが》き、関節《かんせつ》に油《あぶら》をさします。

きちんと身支度《みじたく》が整《ととの》ったところで、みんなは兵隊《へいたい》の女《おんな》の子《こ》の後《うし》ろについて、大《おお》きな部屋《へや》に行《い》きました。

そこにはルビーの玉座《ぎょくざ》に座《すわ》った魔女《まじょ》、グリンダがいました。

グリンダはとてもきれいで、若《わか》く見《み》えました。髪《かみ》は深《ふか》い赤色《あかいろ》で、長《なが》い巻《ま》き毛《げ》が波打《なみう》つように肩《かた》にかかっています。ドレスは真《ま》っ白《しろ》で目《め》は青《あお》く、優《やさ》しいまなざしでドロシーを見《み》ました。

「お嬢《じょう》さん、あなたに何《なに》をして差《さ》し上《あ》げればいいかしら？」

ドロシーは自分《じぶん》が体験《たいけん》してきたことを、すべて話《はな》しました。

どうやって竜巻《たつまき》によってオズの国《くに》に運《はこ》ばれたか、どうやって仲間《なかま》たちと出会《であ》ったか、そしてみんなで、どんなにすばらしい冒険《ぼうけん》をしてきたのかをです。

「わたしが今《いま》、一番《いちばん》かなえてほしいのは」

ドロシーはつけ足《た》しました。

「カンザスに戻《もど》ることなんです。

エムおばさんはきっと、わたしにひどいことが起《お》きたと思《おも》っているし、お葬式《そうしき》をだそうとするでしょう。

でも去年《きょねん》よりも、たくさん麦《むぎ》が実《みの》らないと、ヘンリーおじさんにはお葬式《そうしき》の費用《ひよう》なんてだせないはずなんです」

グリンダは前《まえ》かがみになり、顔《かお》を上《あ》げて一生懸命《いっしょうけんめい》に話《はな》す、かわいらしいドロシーにキスをしました。

「あなたの優《やさ》しい心《こころ》に、神様《かみさま》のご加護《かご》がありますように。わたしなら、あなたがカンザスに戻《もど》る方法《ほうほう》を教《おし》えてあげられるわ」

それからグリンダは、こう続《つづ》けました。

「でもそうするためには、金《きん》の帽子《ぼうし》を渡《わた》してもらわなければならないの」

「喜《よろこ》んで！」

ドロシーは大声《おおごえ》で、元気《げんき》よく答《こた》えました。

「この帽子《ぼうし》は、わたしにはもうなんの役《やく》にも立《た》たないんです。それと、この帽子《ぼうし》があれば、翼《つばさ》の生《は》えた猿《さる》たちに3回《かい》、命令《めいれい》できるんですよ」

「ええ、猿《さる》たちの力《ちから》を、ちょうど3回《かい》、借《か》りなければならないわ」

グリンダは、ほほえみながら言《い》いました。

ドロシーが金《きん》の帽子《ぼうし》を渡《わた》すと、グリンダはまずカカシに尋《たず》ねました。

「ドロシーが帰《かえ》ってしまったら、どうするつもり？」

「おいらはエメラルドの都《みやこ》に戻《もど》ります。オズがそこの王様《おうさま》にしてくれたんだけど、あそこの人《ひと》たちは、おいらのことを気《き》に入《い》ってくれているんですよ。

おいらがひとつだけ心配《しんぱい》しているのは、カナヅチ頭《あたま》たちがいる丘《おか》を、どうやって越《こ》えるかですね」

「金《きん》の帽子《ぼうし》を使《つか》って、翼《つばさ》の生《は》えた猿《さる》たちに、エメラルドの都《みやこ》の門《もん》のところに運《はこ》ばせましょう。

こんなにすばらしい王様《おうさま》を、エメラルドの都《みやこ》の人《ひと》たちから奪《うば》うのは、あまりにもったいないですからね」

「おいらは本当《ほんとう》にすばらしいんですか？」

「あなたみたいな人《ひと》は、めったにいないわ」

次《つぎ》にグリンダは、ブリキの木《き》こりのほうを向《む》きました。

「ドロシーがこの国《くに》から帰《かえ》ってしまったら、あなたはどうするの？」

木《き》こりは斧《おの》にもたれかかって、しばらく考《かんが》えました。

「ウィンキーたちは、ぼくにとてもよくしてくれました。それに悪《わる》い魔女《まじょ》が死《し》んでしまった後《あと》、自分《じぶん》たちの王様《おうさま》になってほしいと言《い》っていました。ぼくはウィンキーたちが好《す》きなんです。だからもし西《にし》の国《くに》に戻《もど》れたなら、あの国《くに》をずっと治《おさ》めたいですね。それが一番《いちばん》の望《のぞ》みです」

「翼《つばさ》の生《は》えた猿《さる》たちへのふたつ目《め》の命令《めいれい》は、ウィンキーたちの国《くに》に、無事《ぶじ》にあなたを運《はこ》んでもらうことになるわね。

あなたの脳《のう》みそは、カカシさんほど大《おお》きくはないかもしれないけれども、あなたのほうがきらりと光《ひか》るものをもっているわ。よく磨《みが》いたときにはね。

あなたならウィンキーたちをきっと賢《かしこ》く、そして上手《じょうず》に治《おさ》められるわ」

グリンダは、今度《こんど》は毛《け》むくじゃらの大《おお》きなライオンを見《み》ました。

「ドロシーが自分《じぶん》の家《いえ》に帰《かえ》ってしまったら、あなたはどうするつもりかしら？」

「カナヅチ頭《あたま》たちの丘《おか》の向《む》こう側《がわ》に、大《おお》きな古《ふる》い森《もり》があるんです。オレはそこに住《す》んでいる全部《ぜんぶ》の獣《けもの》から、王様《おうさま》に選《えら》ばれました。

あの森《もり》に戻《もど》ることさえできたら、そこで一生《いっしょう》、幸《しあわ》せに暮《く》らせると思《おも》うんです」

「翼《つばさ》の生《は》えた猿《さる》たちへの3つ目《め》の命令《めいれい》は、あなたの森《もり》にあなたを運《はこ》ぶことね。

こうして金《きん》の帽子《ぼうし》の魔法《まほう》を全部《ぜんぶ》使《つか》ったら、帽子《ぼうし》は猿《さる》の王様《おうさま》に渡《わた》しましょう。猿《さる》の王様《おうさま》と仲間《なかま》たちが、これからずっと自由《じゆう》に過《す》ごせるようにするためにね」

カカシとブリキの木《き》こりとライオンは、グリンダの親切《しんせつ》に心《こころ》からお礼《れい》を言《い》いました。

これを聞《き》いていたドロシーは、大《おお》きな声《こえ》で話《はな》しかけました。

「あなたはきれいなだけじゃなくて、良《よ》い人《ひと》なのね！　でも、どうやってカンザスに戻《もど》るのか、わたしにまだ教《おし》えてくれていないわ」

「銀色《ぎんいろ》の靴《くつ》が、砂漠《さばく》の上《うえ》を運《はこ》んでくれるわ。銀色《ぎんいろ》の靴《くつ》のことを知《し》っていたら、オズの国《くに》にやってきたその日《ひ》に、エムおばさんのところに戻《もど》れたのに」

「でもそしたら、おいらはすばらしい脳《のう》みそをもらえなかった！　一生《いっしょう》、トウモロコシ畑《ばたけ》で過《す》ごすことになっていたかもしれないよ」

「そしてぼくは、このすてきな心臓《しんぞう》をもらえなかった。世界《せかい》の終《お》わりがくるまで、森《もり》の中《なか》で、ずっとさびたまま立《た》っていたかもしれない」

「そしてオレは、ずっと臆病者《おくびょうもの》として生《い》きていただろうな。森《もり》のどんな獣《けもの》も、オレのことをほめてくれたりしなかっただろうしね」

カカシと木《き》こり、ライオンは口々《くちぐち》に言《い》いました。

「全部《ぜんぶ》、そのとおりだわ」

今度《こんど》はドロシーが言《い》いました。

「みんなのお役《やく》に立《た》ててよかった。でも、みんな一番望《いちばんのぞ》んでいるものを手《て》に入《い》れたし、自分《じぶん》たちが幸《しあわ》せに治《おさ》められる国《くに》もできたんだから、わたしはカンザスに戻《もど》りたいの」

「その銀色《ぎんいろ》の靴《くつ》には」

良《よ》い魔女《まじょ》のグリンダが言《い》いました。

「すばらしい魔法《まほう》の力《ちから》があるわ。とても不思議《ふしぎ》なことに、たった3歩《ぽ》であなたを世界《せかい》のどこへでも連《つ》れていってくれるの。それもまばたきするくらい、あっという間《ま》にね。あなたは3度《ど》かかとを踏《ふ》んで、靴《くつ》に行《い》きたいところを命令《めいれい》するだけでいいのよ」

「もし、そうなら、すぐにカンザスに連《つ》れて帰《かえ》ってくれるように頼《たの》むわ」

ドロシーはうれしそうに言《い》うと、ライオンの首《くび》に腕《うで》を回《まわ》し、大《おお》きな頭《あたま》を優《やさ》しくポンポンとたたきながらキスをしました。

それからドロシーは、ブリキの木《き》こりにキスをしました。木《き》こりは、ポロポロと涙《なみだ》をこぼしながら、関節《かんせつ》がさびてしまいそうな泣《な》き方《かた》をしています。

最後《さいご》はカカシです。ドロシーは、ペンキで描《か》かれた顔《かお》にキスをするかわりに、わらの詰《つ》まった体《からだ》を優《やさ》しく抱《だ》きしめてあげました。

大好《だいす》きな友《とも》だちと別《わか》れるのが悲《かな》しくて、ドロシーは自分《じぶん》も泣《な》いているのに気《き》がつきました。

良《よ》い魔女《まじょ》のグリンダは、ドロシーにお別《わか》れのキスをするためにルビーの玉座《ぎょくざ》から降《お》りてきます。

ドロシーは、親切《しんせつ》にしてくれたことにお礼《れい》を言《い》いました。

さあ、いよいよカンザスに戻《もど》る瞬間《しゅんかん》がやってきました。

ドロシーはおごそかにトトを抱《だ》きかかえると、最後《さいご》にもう一度《いちど》お別《わか》れの挨拶《あいさつ》をして、靴《くつ》のかかとを3度《ど》踏《ふ》みながら願《ねが》い言《ごと》を唱《とな》えました。

「わたしをエムおばさんのところに帰《かえ》して！」

次《つぎ》の瞬間《しゅんかん》、ドロシーは空《そら》を移動《いどう》していました。あまりにも速《はや》く空《そら》を飛《と》ぶので、ドロシーは耳元《みみもと》を風《かぜ》が通《とお》り過《す》ぎていくのを見《み》たり、聞《き》いたりするしかできません。

銀色《ぎんいろ》の靴《くつ》は3歩分《ぽぶん》だけ前《まえ》に進《すす》むと、急《きゅう》に止《と》まってしまいました。地面《じめん》に降《お》りたドロシーは、そのせいで草《くさ》の上《うえ》をゴロゴロと転《ころ》がりました。自分《じぶん》がどこにいるのかも一瞬《いっしゅん》わかりませんでした。

ようやく立《た》ち上《あ》がったドロシーは、周《まわ》りを見渡《みわた》して叫《さけ》びました。

「まあ、なんてこと！」

ドロシーは広《ひろ》いカンザスの平原《へいげん》に座《すわ》っていました。

しかも竜巻《たつまき》が古《ふる》い家《いえ》を飛《と》ばしてしまった後《あと》、ヘンリーおじさんが建《た》てた新《あたら》しい家《いえ》のまん前《まえ》にいたのです。

ヘンリーおじさんは、家畜小屋《かちくごや》で牛《うし》の乳《ち》しぼりをしているところでした。トトはドロシーの腕《うで》から飛《と》びおりると、ワンワンと激《はげ》しくほえながら小屋《こや》に向《む》かって走《はし》っていきます。

立《た》ち上《あ》がったドロシーは、自分《じぶん》が長《なが》い靴下《くつした》をはいて立《た》っていることに気《き》づきました。銀《ぎん》の靴《くつ》は空《そら》を飛《と》んでいる間《あいだ》に脱《ぬ》げて、砂漠《さばく》に永遠《えいえん》に消《き》えてしまったのです。

ただいま！

エムおばさんは、キャベツに水《みず》をやるために、ちょうど家《いえ》から出《で》てきたところでした。

ふと目《め》を上《あ》げると、ドロシーが自分《じぶん》のほうに向《む》かって走《はし》ってきます。

「わたしのかわいい子《こ》！」

エムおばさんはドロシーを腕《うで》で抱《だ》きしめて、顔中《かおじゅう》にたくさんキスをしながら言《い》いました。

「いったい、どこから戻《もど》ってきたの？」

「オズの国《くに》からよ」

ドロシーは真剣《しんけん》な顔《かお》で言《い》いました。

「そしてトトも一緒《いっしょ》よ。ああ、エムおばさん！　また家《いえ》に帰《かえ》ってこられて、本当《ほんとう》にうれしいわ！」

訳者《やくしゃ》あとがき

田邊雅之《たなべまさゆき》

『オズの魔法使《まほうつか》い』。

この作品《さくひん》は、1900年《ねん》にアメリカの男性作家《だんせいさっか》、ライマン・フランク・ボームさんが子《こ》ども向《む》けに発表《はっぴょう》した童話《どうわ》です。私《わたし》もみなさんと同《おな》じ小学生《しょうがくせい》の頃《ころ》、夢中《むちゅう》になって読《よ》んだ大好《だいす》きな作品《さくひん》ですが、この作品《さくひん》は、大人《おとな》の人《ひと》たちにも長《なが》く親《した》しまれてきました。

実際《じっさい》、アメリカではミュージカルの作品《さくひん》としても何度《なんど》となく上演《じょうえん》されてきました。映画《えいが》に向《む》けて作《つく》られた『虹《にじ》の彼方《かなた》に』という主題歌《しゅだいか》は、クラシックやロック、ジャズといった音楽《おんがく》のジャンルを超《こ》えて、昔《むかし》から多《おお》くのアーティストによって演奏《えんそう》されてきたほどです。

では、『オズの魔法使《まほうつか》い』は、どうしてそんなに人気《にんき》があるのでしょうか?

ひとつ目《め》の理由《りゆう》としては、物語《ものがたり》のわかりやすさが挙《あ》げられます。

これまでジュニア文庫《ぶんこ》に登場《とうじょう》してきた『小公女《しょうこうじょ》セーラ』や『小公子《しょうこうし》セドリック』、『トム・ソーヤの冒険《ぼうけん》』、『フランダースの犬《いぬ》』といった作品《さくひん》は、感動的《かんどうてき》な物語《ものがたり》であると同時《どうじ》に、人生《じんせい》や私《わたし》たちが暮《く》らしている社会《しゃかい》についても、多《おお》くのことを教《おし》えてくれる内容《ないよう》になっていました。

でも『オズの魔法使《まほうつか》い』は、誰《だれ》でも素直《すなお》に楽《たの》しめる作品《さくひん》になっています。作者《さくしゃ》のボームさんも、そのことを心《こころ》がけて書《か》いたと述《の》べています。

『オズの魔法使《まほうつか》い』が、世界中《せかいじゅう》で親《した》しまれてきたふたつ目《め》の理由《りゆう》としては、さまざまな登場人物《とうじょうじんぶつ》や、「場所《ばしょ》」のおもしろさも挙《あ》げられます。

ブリキの木《き》こり、ペンキで描《か》かれた口《くち》でしゃべるカカシ、臆病《おくびょう》なライオンの姿《すがた》は、想像《そうぞう》しただけでも楽《たの》しくなります。ブリキの木《き》こりなどは、人気《にんき》のSF《エスエフ》映画《えいが》『スター・ウォーズ』に出《で》てくる、金色《きんいろ》のロボットのモチーフにもなったような気《き》がしますし、エメラルドの都《みやこ》も、いったいどんなところなのだろうと、誰《だれ》もが頭《あたま》の中《なか》で思《おも》い描《えが》いてしまいます。だからこそ、いろんなエピソードが、とても鮮《あざ》やかに印象《いんしょう》に残《のこ》るのです。

3つ目《め》の理由《りゆう》は、友情《ゆうじょう》やチームワークが、全体《ぜんたい》のテーマになっている点《てん》です。

もちろんドロシーは、素直《すなお》で元気《げんき》で、思《おも》いやりのあるかわいらしい女《おんな》の子《こ》ですが、旅《たび》が始《はじ》まったばかりの頃《ころ》は、自分《じぶん》のことを考《かんが》えるだけで精《せい》いっぱいでした。

でも、ドロシーは苦難《くなん》を一緒《いっしょ》に乗《の》り越《こ》えていくうちに、友《とも》だちのありがたさを実感《じっかん》し、カカシやブリキの木《き》こり、ライオンたちの望《のぞ》みを、なんとかしてかなえてあげたいと、一《いっ》生懸命《しょうけんめい》に願《ねが》うようになっていきます。

その意味《いみ》で、カンザスの大草原《だいそうげん》からエメラルドの都《みやこ》に行《い》き、再《ふたた》びカンザスに戻《もど》ってくるまでの旅《たび》は、ドロシーが成長《せいちょう》していく「心《こころ》の旅《たび》」だったのかもしれません。

長《なが》い旅《たび》は、ドロシーの仲間《なかま》たちにも、すてきなプレゼントをしてくれます。

おそらくみなさんの中《なか》には、『オズの魔法使《まほうつか》い』を読《よ》まれていて、きっと、こんなふうに思《おも》われた方《かた》もいるのではないでしょうか？

「あれ？　カカシ君《くん》は、脳《のう》みそがないはずなのに意外《いがい》に頭《あたま》がいいし、心《こころ》がない木《き》こり君《くん》は思《おも》いやりの気持《きも》ちがある。それに臆病《おくびょう》なライオン君《くん》は、かなり勇気《ゆうき》があるぞ⁉」

みなさんが受《う》けた印象《いんしょう》は、間違《まちが》っていません。

ケシの花畑《はなばたけ》からライオンを助《たす》けるために、カカシはネズミの女王様《じょおうさま》に力《ちから》を借《か》りるというすばらしいアイデアを思《おも》いつきます。ブリキの木《き》こりは、うれしいことや悲《かな》しいことがあるたびに、ポロポロ涙《なみだ》をこぼします。そしてライオンは、ドロシーたちを守《まも》るために、カリダーという恐《おそ》ろしい獣《けもの》にも、命《いのち》がけで立《た》ち向《む》かっていこうとします。

つまりカカシやブリキの木《き》こり、ライオンは、もともと脳《のう》みそや心臓《しんぞう》（心《こころ》）、勇気《ゆうき》をもっていたのであり、自分《じぶん》で気《き》づいていなかっただけなのです。

そう考《かんが》えると、『オズの魔法使《まほうつか》い』は、チルチルとミチルという兄妹《きょうだい》が、本当《ほんとう》の幸《しあわ》せを探《さが》して歩《ある》く『青《あお》い鳥《とり》』という物語《ものがたり》に、少《すこ》し似《に》ているところもあるといえます。

またカカシやブリキの木《き》こり、臆病《おくびょう》なライオンが、賢《かしこ》さや優《やさ》しさ、勇気《ゆうき》をもっていることを最初《さいしょ》から見抜《みぬ》いていたのがオズだった——すごい魔法使《まほうつか》いのふりをしていた、大《おお》ボラ吹《ふ》きだったというのも、話《はなし》のポイントになっています。

すばらしい文学作品《ぶんがくさくひん》は、私《わたし》たちをドキドキ、ワクワクさせてくれるだけでなく、違《ちが》う角《かく》度《ど》から物語《ものがたり》の内容《ないよう》を考《かんが》えてみたり、自分《じぶん》はどうだろう？　と振《ふ》り返《かえ》ってみるきっかけも与《あた》えてくれます。家族《かぞく》やお友《とも》だち、あるいは学校《がっこう》の先生《せんせい》たちと、いろんな話《はなし》をしながらこの本《ほん》を読《よ》んでいただけると、エメラルドの都《みやこ》への旅《たび》は、みなさんにとって、さらに楽《たの》しいものになっていくはずです。

なお、この作品《さくひん》を日本語《にほんご》にする際《さい》には、川端亮子《かわばたりょうこ》さんに作業《さぎょう》を手伝《てつだ》っていただきました。川端《かわばた》さんにはこの場《ば》をお借《か》りして、お礼《れい》を申《もう》し上《あ》げたいと思《おも》います。

Shogakukan Junior Bunko

★小学館ジュニア文庫★
オズの魔法使い

2017年 2 月27日　初版第１刷発行

作／L・F・ボーム
監訳／田邉雅之
絵／日本アニメーション

発行人／立川義剛
編集人／吉田憲生
編集／杉浦宏依

発行所／株式会社　小学館
〒101-8001　東京都千代田区一ツ橋２－３－１
電話　編集　03-3230-5105
販売　03-5281-3555

印刷・製本／中央精版印刷株式会社

デザイン／クマガイグラフィックス

編集協力／辻本幸路

Printed in Japan　　ISBN 978-4-09-231140-4

★小学館ジュニア文庫★ワクワク、ドキドキがいっぱいのラインナップ

〈大好き！ 大人気まんが原作シリーズ〉

いじめ―いつわりの楽園―
いじめ―学校という名の戦場―
いじめ―引き裂かれた友情―
いじめ―過去へのエール―
いじめ―うつろな絆―
いじめ―友だちという鎖―
いじめ―行き止まりの季節―
いじめ―闇からの歌声―
いじめ―勇気の翼―

エリートジャック!! めざせ、ミラクル大逆転!!
エリートジャック!! ミラクルガールは止まらない!!
エリートジャック!! 相川ユリアに学ぶ 毎日が絶対ハッピーになる100の名言
エリートジャック!! ミラクルチャンスをつかまえろ!!
エリートジャック!! 発令！ ミラクルプロジェクト!!

オオカミ少年♥こひつじ少女 わくわく♪どうぶつワンだーらんど！
オオカミ少年♥こひつじ少女 お散歩は冒険のはじまり
おはなし 猫ピッチャー ミー太郎、ニューヨークへ行く！の巻

カノジョは嘘を愛しすぎてる
キミは宙のすべて―たったひとつの星―
キミは宙のすべて―ヒロインは眠れない―
キミは宙のすべて―君のためにできること―
キミは宙のすべて―宙いっぱいの愛をこめて―
小林が可愛すぎてツライっ!! 放課後が過激すぎてヤバイっ!!
小林が可愛すぎてツライっ!! 好きが加速しすぎてバないっ!!
12歳。～だけど、すきだから～
12歳。～てんこうせい～
12歳。～きみのとなり～
12歳。～そして、みらい～
12歳。～おとなでも、こどもでも～
12歳。～いまのきもち～

12歳。～まもりたい～

12歳。 アニメノベライズ～ちっちゃなムネのトキメキ～全8巻

次はどれにする？　おもしろくて楽しい新刊が、続々登場!!

ショコラの魔法～ダックワーズショコラ　記憶の迷路～

ショコラの魔法～クラシックショコラ　失われた物語～

ショコラの魔法～イスパハン　薔薇の恋～

ショコラの魔法～ショコラスコーン　氷呪の学園～

ショコラの魔法～ジンジャーマカロン　真昼の夢～

ちび☆デビ！～天界からの使者とチョコル島の謎×2！～

ちび☆デビ！～まおちゃんと夢と魔法とウサギの国～

ちび☆デビ！～スーパーまおちゃんとひみつの赤い実～

ちび☆デビ！～まおちゃんとちびザウルスと氷の王国～

ドラえもんの夢をかなえる読書ノート

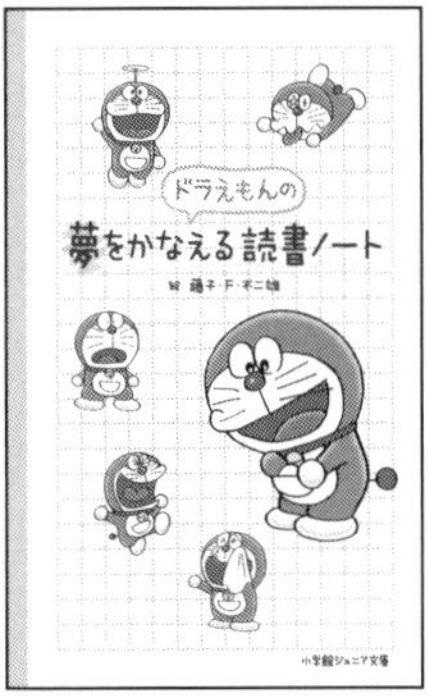

ドーリィ♪カノン～ヒミツのライブ大作戦～
ドラマ　ドーリィ♪カノン　カノン誕生
ドラマ　ドーリィ♪カノン　未来は僕らの手の中
ないしょのつぼみ～さよならのプレゼント～
ないしょのつぼみ～あたしのカラダ・あいつのココロ～
ナゾトキ姫と嘆きのしずく
ナゾトキ姫と魔本の迷宮
ナゾトキ姫とアイドル怪人Xからの挑戦状
ハチミツにはつこい　ファースト・ラブ
ハチミツにはつこい　アイ・ラブ・ユー
ヒミツの王子様★　恋するアイドル！
ふなっしーの大冒険　きょうだい集結！梨汁ブシャーッに気をつけろ!!

真代家こんぷれっくす！～Mother's day こんぷれっくすは、ケーキをめぐる～

真代家こんぷれっくす！～Memorial days きえない花火ときえないキズナ～

真代家こんぷれっくす！～Sentimental days ココロをつなぐメロディ～

真代家こんぷれっくす！～Holy days 賢者たちの贈り物～

真代家こんぷれっくす！～Mysterious days 光の指輪物語～

★小学館ジュニア文庫★ ワクワク、ドキドキがいっぱいのラインナップ

〈大人気！「名探偵コナン」シリーズ〉

名探偵コナン　天国へのカウントダウン
名探偵コナン　迷宮の十字路
名探偵コナン　銀翼の奇術師
名探偵コナン　水平線上の陰謀

名探偵コナン　探偵たちの鎮魂歌
名探偵コナン　紺碧の棺
名探偵コナン　戦慄の楽譜
名探偵コナン　漆黒の追跡者
名探偵コナン　天空の難破船
名探偵コナン　沈黙の15分
名探偵コナン　11人目のストライカー
名探偵コナン　絶海の探偵
名探偵コナン　異次元の狙撃手

ルパン三世VS名探偵コナン　THE MOVIE
名探偵コナン　江戸川コナン失踪事件　史上最悪の二日間
名探偵コナン　業火の向日葵
名探偵コナン　コナンと海老蔵　歌舞伎十八番ミステリー
名探偵コナン　純黒の悪夢
名探偵コナン　エピソード"ONE"　小さくなった名探偵

小説　名探偵コナン　CASE1～4

次はどれにする？　おもしろくて楽しい新刊が、続々登場!!

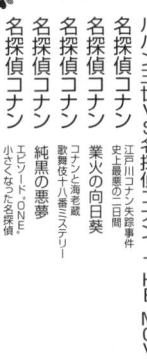

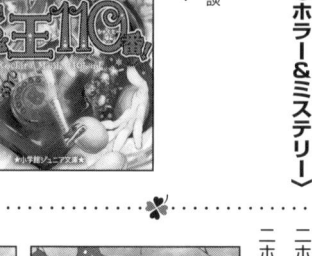

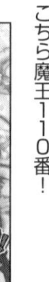

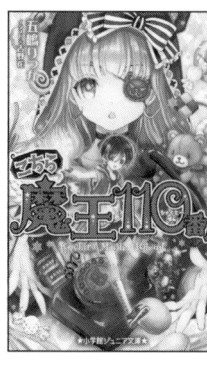

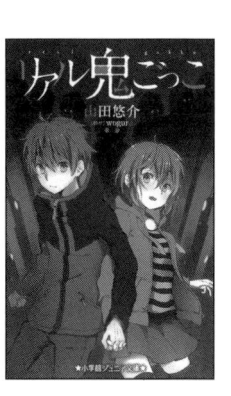

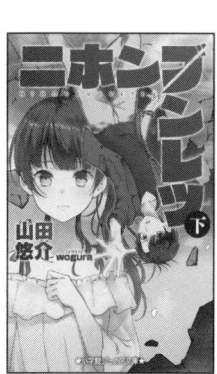

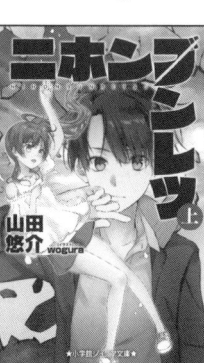

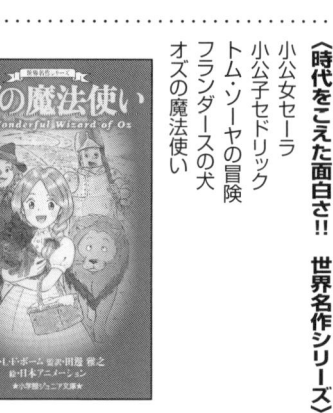

★「小学館ジュニア文庫」を読んでいるみなさんへ★

この本《ほん》の背《せ》にあるクローバーのマークに気《き》がつきましたか?

オレンジ、緑《みどり》、青《あお》、赤《あか》に彩《いろど》られた四《よ》つ葉《ば》のクローバー。これは、小学館《しょうがくかん》ジュニア文庫《ぶんこ》のマークです。そして、それぞれの葉《は》の色《いろ》には、私《わたし》たちがジュニア文庫《ぶんこ》を刊行《かんこう》していく上《うえ》で、みなさんに伝《つた》えていきたいこと、私《わたし》たちの大切《たいせつ》な思《おも》いがこめられています。

オレンジは愛《あい》。家族《かぞく》、友達《ともだち》、恋人《こいびと》。みなさんの大切《たいせつ》な人《ひと》たちを思《おも》う気持《きも》ち。まるでオレンジ色《いろ》の太陽《たいよう》の日差《ひざ》しのように心《こころ》を暖《あたた》かにする、人《ひと》を愛《あい》する気持《きも》ち。

緑《みどり》はやさしさ。困《こま》っている人《ひと》や立場《たちば》の弱《よわ》い人《ひと》、小《ちい》さな動物《どうぶつ》の命《いのち》に手《て》をさしのべるやさしさ。緑《みどり》の森《もり》は、多《おお》くの木々《きぎ》や花々《はなばな》、そこに生《い》きる動物《どうぶつ》をやさしく包《つつ》み込《こ》みます。

青《あお》は想像力《そうぞうりょく》。芸術《げいじゅつ》や新《あたら》しいものを生《う》み出《だ》していく力《ちから》。立場《たちば》や考《かんが》え方《かた》、国籍《こくせき》、自分《じぶん》とは違《ちが》う人《ひと》たちの気持《きも》ちを思《おも》い、協力《きょうりょく》しあうことも想像《そうぞう》の力《ちから》です。人間《にんげん》の想像力《そうぞうりょく》は無限《むげん》の広《ひろ》がりを持《も》っています。まるで、どこまでも続《つづ》く、澄《す》みきった青《あお》い空《そら》のようです。

赤《あか》は勇気《ゆうき》。強《つよ》いものに立《た》ち向《む》かい、間違《まちが》ったことをただす気持《きも》ち。くじけそうな自分《じぶん》の弱《よわ》い気持《きも》ちに立《た》ち向《む》かうことも大《おお》きな勇気《ゆうき》です。まさにそれは、赤《あか》い炎《ほのお》のように熱《あつ》く燃《も》え上《あ》がる心《こころ》。

四《よ》つ葉《ば》のクローバーは幸《しあわ》せの象徴《しょうちょう》です。愛《あい》、やさしさ、想像力《そうぞうりょく》、勇気《ゆうき》は、みなさんが未来《みらい》を切《き》りひらき、幸《しあわ》せで豊《ゆた》かな人生《じんせい》を送《おく》るためにすべて必要《ひつよう》なものです。

体《からだ》を成長《せいちょう》させていくために、栄養《えいよう》のある食《た》べ物《もの》が必要《ひつよう》なように、心《こころ》を育《そだ》てていくためには読書《どくしょ》がかかせません。みなさんの心《こころ》を豊《ゆた》かにしていく本《ほん》を一冊《さつ》でも多《おお》く出《だ》したい。それが私《わたし》たちジュニア文庫編集部《ぶんこへんしゅうぶ》の願《ねが》いです。

みなさんのこれからの人生《じんせい》には、困《こま》ったこと、悲《かな》しいこと、自分《じぶん》の思《おも》うようにいかないことも待《ま》ち受《う》けているかもしれません。どうか「本《ほん》」を大切《たいせつ》な友達《ともだち》にしてください。どんな時《とき》でも「本《ほん》」はあなたの味方《みかた》です。そして困難《こんなん》に打《う》ち勝《か》つヒントをたくさん与《あた》えてくれるでしょう。みなさんが「本《ほん》」を通《つう》じ素敵《すてき》な大人《おとな》になり、幸《しあわ》せで実《みの》り多《おお》い人生《じんせい》を歩《あゆ》むことを心《こころ》より願《ねが》っています。

小学館ジュニア文庫編集部